Mirijam G
Heim

Mirijam Günter

Heim

Roman

Deutscher Taschenbuch Verlag

Die in der vorliegenden Geschichte geschilderten
Jugendheime und alle handelnden Personen sind völlig
frei erfunden. Eventuelle Ähnlichkeiten mit tatsächlichen
Personen sind rein zufälliger Natur.

Originalausgabe
In neuer Rechtschreibung
November 2004
Deutscher Taschenbuch Verlag GmbH & Co. KG, München
www.dtvjunior.de
© 2004 Deutscher Taschenbuch Verlag GmbH & Co. KG, München
Umschlagkonzept: Balk & Brumshagen
Umschlaggestaltung: Jorge Schmidt und Tabea Dietrich
unter Verwendung eines Fotos von Jan Roeder
Lektorat: Dorothee Dengel
Satz: Greiner & Reichel, Köln
Gesetzt aus der Aldus 10,3/13·
Druck und Bindung: Kösel, Krugzell
Printed in Germany · ISBN 3-423-70884-0

Für Christian Frings,
Jörg Hoffmann
und Stephan Senge,
die mir in schwierigen Zeiten
beigestanden haben.

Mein Dank gilt Richard Witthüser
für die große Unterstützung
während der Arbeit an diesem Buch.

Gewidmet allen jetzigen
und ehemaligen Heimkindern.

1

»Du wirst sehen, du wirst dich hier wohl fühlen.«
Ich schaute den bärtigen Typ an, der zu mir sprach.
»Ja, wirklich, auch wenn du es jetzt noch nicht glaubst, es wird ein neuer Lebensabschnitt für dich sein. Eine große Umstellung, aber du wirst sehen, wir werden uns viel Mühe mit dir geben und du wirst dich bald wohl fühlen.« Der Typ trug eine grüne Latzhose und eine kleine runde Brille. Er redete noch weiter, aber ich hörte ihm nicht mehr zu.
»Nun komm doch erst mal herein.«
Wir hatten die ganze Zeit vor dem Fachwerkhaus gestanden. Er nahm meine beiden leichten Koffer und ich trottete ihm hinterher. Das sollte also mein neues Zuhause sein, Mädchengruppe *Falkenheim*. Schon allein bei dem Gedanken bekam ich Krämpfe, wahrscheinlich alles geschminkte Tussen, mit denen ich so viel anfangen konnte wie mit Barbiepuppen.
Endlich waren wir in einem kleinen Büro angekommen.
»Setz dich doch hin, du interessierst dich bestimmt für ein paar Sachen, die hier so laufen.«
Wenn der wüsste, für was ich mich ganz gewiss nicht interessierte! Ich holte meine Zigaretten aus der Jacke und steckte mir eine an.
»Rauchen darf man hier übrigens erst ab fünfzehn, aber ich will mal nicht so sein, schließlich ist das hier eine große Umgewöhnung für dich, aber für die Zukunft …«

Er machte eine lange Pause, wahrscheinlich wartete er darauf, dass ich ihm ein paar Fragen stellte. Der konnte warten, bis er grün würde!

»O. K. Dann erzähl ich dir mal ein paar Dinge, das mit dem Rauchen weißt du ja schon. Wir haben dich an einer Schule angemeldet, das ist eine Pflicht, der du nachkommen musst. Nachtruhe ist für die unter Fünfzehnjährigen um halb zehn, auch daran musst du dich halten. Du wirst alle zwei Tage ein Gespräch mit deinem persönlichen Betreuer haben und einmal in der Woche gibt es, zusammen mit den anderen Mädchen aus deiner Gruppe, ein Gespräch, bei dem ihr über eure Probleme reden könnt.« Er machte wieder eine Pause. »Hast du noch irgendwelche Fragen?«

Ich schaute auf meine Schuhspitzen, nahm noch einen letzten Zug von meiner Zigarette und drückte sie auf dem Tisch aus. Der Typ blieb ruhig. Schleimscheißer, dachte ich nur.

»Dann werde ich dir jetzt dein Zimmer zeigen.« Wir gingen gemeinsam einen langen Gang entlang und er schloss eine Zimmertür auf. »Herzlich willkommen in deinem neuen Zuhause. Richte dich doch erst mal ein, ich komme später noch mal vorbei und stelle dich dann den anderen Mädels vor.«

Er sagte Mädels statt Mädchen.

Endlich ging er. Ich schmiss meine Koffer, die sofort aufsprangen, in die Ecke, legte mich aufs Bett und rauchte eine Zigarette. Das Zimmer war spartanisch eingerichtet, ein Bett, ein Schrank, ein Schreibtisch, die Wände weiß und kein Teppichboden. Ich wusste, hier würde ich nicht alt werden. Vor meinem Fenster turnten ein paar Jungen rum und drückten sich die Nase an der Fensterscheibe platt.

»Ih, wie sieht die denn aus!«

»Ey, Tussi, neu hier?«

»Lass die doch, die fängt gleich an zu weinen!«

Wenn ich eins nicht machen würde, dann heulen.

Meine Zimmertür wurde aufgerissen und ein Mädchen kam rein.

»Hi, bist du neu hier, ich bin ...«

Sie sagte mir irgendeinen Namen, den ich sofort wieder vergaß.

»Hast du mal 'ne Kippe für mich?«

Ich reichte ihr mein Päckchen.

»Mit dir sind wir jetzt vier Mädchen hier. Michaela ist gerade bei ihrem Freund, und Tanja, die ist bei den Erziehern schleimen, der darfst du nicht trauen!«

Ich traute niemandem, aber trotzdem war ich froh, dass das Mädchen mit mir redete.

»Du kannst hier machen, was du willst – solange du die Erzieher in Ruhe lässt.«

Das hörte sich ja schon mal ganz gut an.

»Und was ist mit Schule?«

»Keine Ahnung. Ich bin auch erst drei Wochen hier, die Gruppe ist ja neu aufgemacht worden. Ich war hier noch nie in der Schule, da ist es doch ätzend.«

Ich musste ihr Recht geben. Bei meinem letzten Schulrausschmiss hatte ich mir geschworen nie wieder so einen Laden zu betreten.

Es klopfte an der Tür und der bärtige Typ, der mich begrüßt hatte, stand wieder da. Das Mädchen versteckte ihre Kippe, aber ich rauchte weiter, was wollte der mir schon.

»Ich habe dir doch vorhin gesagt, dass das Rauchen hier erst mit fünfzehn erlaubt ist.«

Ich zog an meiner Zigarette und sah ihn verächtlich an. Er holte tief Luft, als wollte er zu einer langen Rede ausholen, besann sich dann aber und sagte: »Ich wollte euch nur Bescheid geben, dass wir gleich Besprechungsrunde haben. Daniela, wo steckt denn Michaela?«

»Ich hole sie«, antwortete das Mädchen, das Daniela hieß. Der Typ ging weg.

»Das ist so ein Schleimscheißer.« Sie sprach mir aus dem Herzen.

»Kommst du mit?«, fragte sie. »Dann lernst du direkt die Jungen von gegenüber kennen, aus dem Jungenheim.«

»Klar«, sagte ich, wir gingen los. Die beiden Heime waren umgeben von Feldern, die an einem kleinen Wald lagen. Es gab weit und breit nichts zu sehen bis auf eine Straße, die hoffentlich zu etwas Leben führte. Wir gingen etwa zehn Minuten und bestiegen einen Hang mit einer kleinen Lichtung. Dort hatten sich ein paar Jungen um ein Feuer versammelt. Dieselben Jungen, die sich an meinem Fenster die Nase eingedrückt hatten. Ich wurde vorgestellt und gab jedem einzelnen die Hand. Zum Schluss sah ich auch Michaela, die bei einem Typen in den Armen lag.

»Michaela, du sollst zur Besprechung kommen«, sagte Daniela, die von allen Danny genannt wurde, zu ihr.

»Was wollen die Asis, die sollen uns in Ruhe lassen.«

»Los, komm, mach kein Theater.« Natürlich machte sie Theater, aber schließlich kam sie dann doch mit. Wir verabredeten uns mit den Jungen noch für später, dann gingen wir.

Die Erzieher hatten sich schon um einen Tisch versammelt, ein Haufen alternativer Hippies. Auf dem Tisch stand Tee und Mürbeteigkuchen. Wenn ich eins in meinem Leben hasse, dann ist es Tee und Mürbeteigkuchen. Wir setzten uns an den Tisch. Uns gegenüber saßen die Erzieher und mittendrin diese Tanja, die sah schon so schleimig aus. Ein Erzieher brachte Kaffee und bot ihn seinen Kollegen an. Sie winkten alle ab. Uns bot er natürlich keinen an. Ich stand auf, beugte mich über den Tisch, schnappte mir die Kanne und schenkte erst den Mädchen, dann mir eine Tasse ein. Die Mädchen grinsten.

Der Oberheini der Erzieher fing an zu quatschen: »... heiße ich dich herzlich willkommen ...«

Es hörte niemand zu. Irgendwann verstummte er, er schien bemerkt zu haben, dass auf sein Gesülze niemand etwas gab. Ich gab eine Runde Zigaretten aus, nahm den Teller mit dem Mürbeteigkuchen, schüttete den Kuchen auf den Tisch und stellte den Teller als Aschenbecher zu uns. Die Stimmung war gut. Wir tranken Kaffee und rauchten Zigaretten, während die Erzieher langsam wahnsinnig vor Wut wurden. Endlich sagte einer der anderen Hampeln etwas.

»Es gibt Regeln in diesem Haus. Zwei dieser Regeln beachtet ihr gerade nicht.«

Wir grinsten.

»Regeln sind dazu da, eingehalten zu werden und um das Miteinander zu erleichtern. Wir haben noch mehr Regeln in diesem Haus!«

Er machte eine kurze Pause, Michaela gähnte übertrieben.

»Erstens gibt es die Schulpflicht, an die ihr euch halten müsst. Wir haben gestern einen Anruf vom Schulamt bekommen. Bis auf Tanja geht keiner von euch in die Schule, ihr solltet euch mal ein Vorbild an ihr nehmen.«

Danny zeigte Tanja die Faust, die tat so, als wenn sie nichts bemerken würde, aber wir sahen es alle.

Der Erzieher fuhr fort: »Eine weitere Regel ist das Einhalten des Putzdienstes. Jede von euch ist einmal in der Woche dazu verpflichtet, den Gruppenraum und die Küche zu putzen!«

»Gibt's hier keine Putzfrau?«, fragte ich ihn.

Er sah mich wütend an.

»Doch, aber die putzt schon dein Zimmer, außerdem ist es nicht zu viel verlangt, einmal in der Woche zu putzen!«

»Macht ihr das doch«, sagte Danny und grinste.

»Das fehlt uns noch. Meinst du nicht, wir haben schon genug mit euch zu tun? Entweder ihr haltet euch an die Regeln oder ihr könnt gehen. Wenn ihr euch nicht an die Regeln haltet, dann ist das doch ein Beweis dafür, dass ihr keine Lust habt, hier zu leben! Wir haben jetzt halb neun, ich würde sagen, dass wir für unseren Neuling eine Vorstellungsrunde machen und dann die Besprechung hier beenden, schließlich ist ja um halb zehn Nachtruhe. Am besten fangen wir mal mit dir an!«

Er sah mich an, ich sagte nichts.

»Reden scheint ja nicht deine Stärke zu sein. Na, wir kriegen deinen Namen schon raus. Dann die Nächste.« Er sah Danny an, auch sie blieb stumm und so ging es bis zum ersten Erzieher. Die stellten sich alle vor, plus kurzen Reden, wie sie sich freuen würden hier zu sein und was für große Erwartungen sie an die neue Gruppe hätten. Diese Schleimerin von Tanja stellte sich natürlich auch vor und dann war das Grauen endlich vorbei.

Wir sprangen von unseren Stühlen auf und stoben davon. Irgendeiner der Erzieher brüllte uns noch hinterher, dass wir den Tisch abräumen sollten. Der hatte ja wohl einen an der Waffel. Ich fragte Danny, wann wir uns treffen wollten, und sie meinte, in einer halben Stunde vor meinem Fenster.

Irgendwann klopfte es. Ich musste wohl eingeschlafen sein. Ich zog mir meine Bomberjacke an und stieg aus dem Fenster.

»Süße Träume gehabt?«, fragte mich ein Junge. Ich grinste. Wir waren insgesamt zwölf Leute.

»Und jetzt?«, fragte ich.

»Ach, wir gehen in die Stadt und gucken mal, was da los ist!«
Die Stadt entpuppte sich als kleines Kaff mit einem Marktplatz. Wir klauten uns Obst von den nur notdürftig verschlossenen Ständen und setzten uns auf die Treppenstufen des Rathauses. Nach und nach gesellten sich weitere Gestalten zu uns. Ein abgefuckter Punk, ein paar Skins, ein Obdachloser und drei schon sehr betrunkene Yuppies. Ein paar Leute hatten Bier dabei und irgendwann hatte ich auch eins in der Hand. Die Jungen sprachen über einen garantiert sicheren Einbruch und wir Mädchen versuchten einen Streit, den wir nicht verstanden, zwischen den Yuppies und den Skins zu schlichten.

Weit nach Mitternacht war aus der Ferne ein Polizeiauto mit eingeschaltetem Blaulicht, aber ohne Sirenengeheul zu sehen, die anderen stoben davon, ich blieb mit Danny sitzen. Das Polizeiauto kam langsam näher und hielt vor uns. Zwei Polizisten stiegen aus.

»Wo sind denn die anderen hin?«, fragte uns der eine.

»Pizza essen.«

»Können wir mal eure Ausweise sehen?«

Ich überlegte krampfhaft, ob es ein Verbrechen war, keinen Ausweis zu haben.

»Ihr seid doch noch unter sechzehn. Also, was macht ihr um diese Uhrzeit hier draußen? Seid ihr aus dem *Falkenheim*?«

Wir nickten.

»Na, dann wundert uns gar nichts, also hier könnt ihr nicht bleiben.«

»Dann fahrt uns doch einfach zurück.«

Sie sahen sich an und nickten. Wir stiegen in den Wagen.

»Kümmert es denn keinen dort, wo ihr steckt?«

Ich zuckte mit den Schultern. »Keine Ahnung.«

Kurz vorm Heim stiegen wir aus und bedankten uns. Wir

kletterten durch mein Fenster, Danny verabschiedete sich. Ich schaute auf die Uhr, es war halb drei, ich legte mich hin und schlief sofort ein.

2

Es klopfte, die Uhr zeigte halb sieben. Wieso klopften diese Idioten eigentlich, wenn sie trotzdem reinkamen? Dann standen sie zu zweit vor meinem Bett, sie schienen allmählich Respekt vor mir zu kriegen.

»Los, steh auf, wir bringen dich zur Schule!« Ich muss sie ziemlich dämlich angeguckt haben, denn sie wiederholten ihren Satz drei Mal.

»Wir kommen in einer halben Stunde wieder, dann bist du fertig. Die Schule beginnt um halb acht.« Und weg waren sie. Ich drehte mich um und schlief weiter.

Jemand zerrte an mir herum.

»Noch nicht mal ihre Bomberjacke hat sie zum Schlafen ausgezogen, das ist echt unglaublich, los, steh auf, wir haben jetzt Viertel nach sieben.«

Ich blinzelte und stieg langsam aus dem Bett. Sie sahen mich an wie ein Ungeheuer, vielleicht sah ich auch so aus. Ich war tatsächlich nicht nur in Bomberjacke, sondern auch in Jeans und Turnschuhen eingeschlafen.

»Jetzt beeil dich, wir erwarten dich in fünf Minuten vor der Haustür.«

Wenn ich müde bin, bin ich zu nichts in der Lage, noch nicht einmal dazu, jemandem was auf die Schnauze zu hauen.

Ich trottete ins Bad und ging kurz unter die warme Dusche.

Draußen warteten die beiden Erzieher schon, sie hatten extra einen Wagen bestellt. Ich saß hinten eingequetscht zwischen ihnen und kam mir vor wie ein Schwerverbrecher. Sie lieferten mich beim Direktor ab.

»Ach, schon wieder so ein hoffnungsloser Fall. Das ist doch sinnlos«, begrüßte ein etwas übergewichtiger, grauhaariger Mann die Erzieher.

»Was sollen wir machen, das ist unsere Pflicht.«

Sie unterhielten sich noch eine Weile über weitere hoffnungslose Fälle, während ich daneben stand und mir meine Zukunft unter der Brücke vorstellte. Endlich verschwanden sie und ließen mich mit dem Direktor allein.

»So, da wollen wir mal sehen, wann warst du das letzte Mal in der Schule und in welcher Klasse?«

»Vor neun Monaten in der siebten Klasse.«

»Ja, dann stecken wir dich mal in die sechste Klasse, oft beehren wirst du uns ja eh nicht!«

Wir gingen einen Flur entlang und er klopfte an eine Klassentür.

»Hier habt ihr ein neues Mädchen, sie kommt aus dem Heim, also nehmt euch in Acht, Jungen.«

Die Jungen grölten und die Mädchen sahen mich so mitleidig an, dass ich mir wie ein fünfzigjähriger Penner mit durchlöchertem Mantel und einer Pulle Wermut vorkam. Mir wurde ein Platz zugewiesen. Die Schüler saßen in einer Hufeisenform im Klassenzimmer und ich hatte einen Tisch hinter dem Hufeisen, natürlich für mich alleine. So hatte ich alles im Blick.

Ich setzte mich hin, legte meine Arme auf die Tischplatte,

packte meinen Kopf darauf und schlief augenblicklich ein. Irgendwann wachte ich auf und war verwundert, aber ich saß tatsächlich in einem Klassenzimmer, dann fiel mir nach und nach alles wieder ein. Vorne kritzelte ein Lehrer, der vorher noch nicht da war, Formeln auf die Tafel. Ich schaute mich im Klassenzimmer um und sah eine Uhr. Wir hatten halb elf, also hatte ich eine Pause durchgeschlafen. Dafür fühlte ich mich jetzt richtig gut.

Ich wollte mich gerade für das Gekritzel auf der Tafel interessieren, als ein Junge plötzlich meinte: »Ey, guckt mal, das Asiheimkind ist aufgewacht.«

Die anderen lachten. Ich stand auf, ging zu dem Jungen und knallte ihm mit der flachen Hand eine, direkt aufs Ohr.

Ich schlug immer – außer bei Schlägereien – mit der flachen Hand zu. Ich alleine habe schon zwei ausgeschlagene Zähne und vier gebrochene Nasen davongetragen, nur weil die Idioten immer meinen, sie müssen mit der Faust zuschlagen. Wenn man mit voller Wucht, mit der flachen Hand, aufs Ohr schlägt, ist der andere nur für ein paar Stunden taub auf dem Ohr. Das reicht doch auch. In der Klasse war Totenstille, ich setzte mich wieder auf meinen Platz und irgendwann machte der Lehrer mit seinem Unterricht weiter.

Ich versuchte mich auf den Unterricht zu konzentrieren und merkte, dass ich das alles schon kannte. Die anderen starrten mich die ganze Zeit an. Endlich klingelte die Pausenglocke. Ich ging aus dem Klassenzimmer auf den Schulhof, am Schultor standen Danny und Michaela mit ein paar Jungen.

»Ey, was machst du denn da drin, bist du wahnsinnig?«

»Kurz davor«, entgegnete ich.

»Wir konnten echt nicht glauben, dass du dich dazu zwingen lässt. Warum bist du denn mitgefahren heute Morgen? Du hättest einfach liegen bleiben sollen, irgendwann geben die auf. Bei uns haben die das einmal und nie wieder gemacht.«

»Die waren zu zweit und ich war zu müde, um mich zu wehren.«

Die Pausenaufsicht kam auf mich zu und meinte, ich solle meine Kippe ausmachen, außerdem wolle der Direktor mit mir sprechen.

»Dann soll er doch herkommen.«

»Genau, wir können alle zusammen mit ihm reden.«

Die Pausenaufsicht verzog sich achselzuckend. Wir feixten noch was rum und schnitten den braven Kindern böse Grimassen. Dann klingelte es zum Pausenende.

»Willst du da wirklich wieder rein?«

»Ach ja, ich guck noch mal.«

»Wenn du keinen Bock mehr hast, wir sind auf dem Marktplatz.«

Ich ging zurück ins Schulgebäude. Vor meiner Klassentür empfing mich schon der Direx.

»Komm mal mit«, sagte er zu mir.

»Wohin?«

»Wirst du schon sehen!«

»Ich will aber nicht.«

»Du musst aber.«

Darauf fiel mir nichts mehr ein. Das ist echt gemein, aber Diskussionen waren nicht meine Stärke und bei Erwachsenen verlor ich immer.

»Setz dich hin.« Er wies mir einen riesengroßen Sessel zu, in dem ich sofort versank, als ich mich hineinsetzte.

»Warum hast du den Jungen eben geschlagen?«

»Er hat mich beleidigt.«

»Du hast ihn geschlagen, weil er dich beleidigt hat, das ist doch nicht dein Ernst?! Der Junge kann auf dem Ohr nichts mehr hören und du sagst nur, dass er dich beleidigt hat. Das ist ... das darf doch nicht wahr sein!«

Ich erklärte ihm noch, dass das mit der Taubheit schnell vergehen würde, aber das machte ihn noch wütender.

»Ihr seid asoziale Herumstreuner, ich weiß nicht, warum ihr auf meine Schule kommt, warum ich mich mit euch herumschlagen muss. Früher hat man solche Asis wie dich direkt auf eine Hilfsschule geschickt, da wusste man, da wird nix draus, aber heute wollen sie ja jedem eine Chance geben, und nicht nur eine, nein, Hunderte, und was hat man davon? Nur Gewalt und Chaos, aber das sehen die feinen Herren in ihren Amtsstuben ja nicht. Tu mir den Gefallen und geh und komm nicht wieder. Geh zu deinen Kumpels ins Heim. Die von der Stadtverwaltung wissen schon, warum sie das abseits der Stadt gebaut haben. Den Kram hier brauchen solche Leute wie du nicht, das ist vertane Zeit, ihr seid nichts und aus euch wird nichts.«

Er hatte sich jetzt in Fahrt geredet und sprach nicht mehr zu mir direkt, sondern spazierte im Zimmer auf und ab. Als er mir das nächste Mal den Rücken zudrehte, sprang ich aus dem Sessel und verließ das Zimmer, die Tür fiel mit einem lauten Knall ins Schloss, aber das schien er nicht zu hören, er redete weiter.

Ich beendete mit einem Seufzer meine kurze Schulkarriere, verließ das Schulgelände und ging zum Marktplatz, wo ich mit einem großen Hallo begrüßt wurde.

»Na du Streber.«

Ich erzählte kurz, was passiert war, und die anderen lachten sich krank.

»Der schimpft bestimmt immer noch«, meinte Michaela.

»Was macht ihr überhaupt hier?«, fragte ich.

»Wir wollen einen Ausflug in die nächstgrößere Stadt machen und klauen gehen; wenn hier im Kaff was fehlt, dann stehen die ja direkt bei uns auf der Matte«, sagte Alex, der Freund von Michaela.

Das leuchtete mir ein.

»Außerdem könntest du mal ein paar neue Sachen gebrauchen, das ist ja alles megaout, was du da anhast. Deswegen haben wir auf dich gewartet«, meinte Danny.

Ich schaute auf meine Klamotten. Meine Jeans hatte Löcher, meine lose Schuhsohle hatte ich mit Klebeband befestigt und an meiner Bomberjacke, die mein Ein und Alles war, konnte man die Spuren meiner Geschichte nachlesen.

Wir stiegen in den Bus und fuhren los. In der Stadt teilten wir uns in zwei Gruppen ein. Wir klauten Zigaretten, Sekt und Süßigkeiten, außerdem noch ein paar Klamotten für mich und einen Ghettoblaster mit Batterien, an die hatte zum Glück Danny gedacht. Mittlerweile wurde es dunkel und wir nahmen den letzten Bus zurück.

Vor dem Rathaus hatten sich die andern vom Vorabend fast alle wieder eingefunden, wir teilten alles, was wir hatten, tranken sehr viel Sekt, hörten schreckliche Musik aus dem Radio, denn natürlich hatte keiner von uns eine Kassette, wir lachten, machten Unsinn und hatten sehr viel Spaß.

Irgendwann machten wir uns mit den Jungen auf den Heimweg, weil wir froren. Ich holte mir Blasen an den Füßen, weil die neuen Schuhe mir zwei Nummern zu groß waren, dafür waren es echte Springerstiefel. Endlich kamen wir am Heim an. Wir verabschiedeten uns wortreich von den Jungen, schworen uns ewige Freundschaft, stiegen durch mein Fenster in mein Zimmer und tranken die letzte Flasche Sekt zusammen aus.

Es klopfte an meiner Zimmertür. Ich blinzelte, die Sonne knallte in mein Zimmer. In meinem Bett lagen noch Danny und Michaela. Als ich die Flasche Sekt sah, wusste ich wieder Bescheid, das Hämmern in meinem Kopf tat ein Übriges. Es klopfte noch mal an der Tür, ich wunderte mich, rief aber dann doch »herein«.

Es war die Putzfrau, eine zirka sechzigjährige alte Frau.

»Oh, ihr schlaft noch, dann komm ich später wieder.«

Jetzt wachten auch die anderen Mädchen auf. Die Putzfrau verließ das Zimmer, kurze Zeit später gingen die Mädchen. Ich drehte mich noch mal um und schlief weiter, bis ich vom Duft frischen Kaffees geweckt wurde.

Es war die Putzfrau.

»Hier mein Kind«, sagte sie.

Ich war so baff, dass ich nichts antwortete, nur dankend den Kaffee schlürfte und ihr dabei zusah, wie sie mein Zimmer putzte.

In den nächsten Wochen trafen wir uns fast jeden Abend mit den Jungen, gingen in die Stadt, wurden ab und zu von der Polizei nach Hause gebracht, meistens schafften wir es aber selber.

Die Erzieher ließen uns in Ruhe und wir waren froh darüber. Es gab nur einmal in der Woche die gemeinsame Besprechung, in der sie uns sagten, dass es so nicht weitergehen könne, aber darauf passierte nichts. Meinen persönlichen Betreuer bekam ich nie zu Gesicht. Ich glaube, sie hatten ein ziemlich einfaches Leben mit uns.

Es war an einem Donnerstag, als wir abends unsere wöchentliche Besprechung hatten, die Jungen waren schon in die Stadt gefahren, wir hatten damit gerechnet, dass wir etwa eine Stunde später nachkommen würden. Daraus wurde nichts.

Aus irgendeinem Grund waren unsere Erzieher stinksauer. Sie hatten eine Tafel aufgestellt, auf der sie zehn Regeln aufgeschrieben hatten.

»Wer sich nicht daran hält«, sagte der Oberheini von ihnen, »und das sage ich jetzt klipp und klar, anders begreift ihr das anscheinend nicht, wer drei Mal gegen diese Regeln verstößt, der fliegt hier raus!«

Ich hatte wie üblich mein Päckchen Zigaretten auf dem Tisch liegen. Als ich danach greifen wollte, nahm sie mir ein Erzieher weg.

Ich glaube, ich sah etwas verdattert aus.

»Ey, was soll das?«, brachte ich schließlich doch hervor.

»Was das soll? Das habt ihr doch gerade gehört, anscheinend begreift ihr nur diese Sprache, das soll das.«

»Das bedeutet Krieg«, flüsterte mir Danny zu. Ich nickte.

»Es gibt nur Klagen über euch. Ihr terrorisiert die Stadt. Die Bürger beschweren sich über euer Verhalten. Ihr geht nicht in die Schule, streunt nachts durch die Gegend, raucht und trinkt Alkohol, macht hier nichts, redet nicht mit uns … Soll ich die Liste fortführen?« Er sah mich an.

Ich wollte ihm erwidern, dass sie auch nicht mit uns reden würden und dass wir doch keine Probleme mit ihnen hätten, aber ich ließ es. Wahrscheinlich würden sie dann einfach noch mehr erzählen und ich wollte nur weg.

Endlich waren sie fertig, wir aber auch – mit den Nerven. Sie hatten insgesamt zwei Stunden auf uns eingeredet, die Uhr zeigte halb zehn. Wir trafen uns vor meinem Fenster, seltsamerweise stand auch Tanja da.

»Was will die Schleimerin denn hier?«, flüsterte Danny.

Unschlüssig schauten wir Tanja an.

»Lasst mich bitte mitkommen, ich habe keine Lust, immer

allein hier zu bleiben, ich verrate auch nichts.« Wir sahen Danny an, die zuckte die Schultern.

»Ach, ist doch egal, sie kann sich ja denken, was ihr blüht, wenn sie ein Sterbenswörtchen erzählt«, sagte ich.

Das akzeptierten die anderen.

Wir gingen in die Stadt zum Marktplatz, aber dort fanden wir die Jungen nicht. Auf den Rathaustreppenstufen saß ein Bekannter von uns, der aber zu besoffen war, um irgendwas zu checken. Wir setzten uns auf die Treppenstufen und ich klaute unserem Bekannten eine halb volle Weinflasche aus der Manteltasche. Es war ein widerlicher roter Fusel, aber das war gerade egal.

»Hier, trink, du zitterst ja am ganzen Körper, mach dir doch nicht so 'nen Kopf, dein Alex kommt schon wieder.« Ich gab Michaela die Flasche. Die nahm einen kräftigen Schluck und dann kreiste die Flasche in der Runde.

»Den Jungen wird schon nichts passiert sein, die sind sich wahrscheinlich nur ein Bier holen und kommen gleich.« Das hoffte ich zumindest.

Nach einer Stunde gab ich den Glauben daran auf. Ich war wütend und mir war schlecht vom billigen Wein. Michaela heulte rum und Danny versuchte sie zu beruhigen.

»Das hat doch keinen Sinn, lass uns die Jungen suchen gehen, vielleicht haben sie irgendwo einen Sponsor gefunden«, schlug ich vor.

»Aber wenn sie ausgerechnet dann wiederkommen, wenn wir hier weg sind?«, heulte Michaela rum.

»Du kannst ja sitzen bleiben, ich für meinen Teil will hier nicht erfrieren und geh los.« Langsam war ich echt genervt.

Die anderen stimmten mir zu und allein wollte Michaela nicht dableiben.

Wir liefen durch die Straßen und trafen einen der Skins, den wir vom Rathaus kannten.

»Hi, ich such euch schon seit Stunden, wolltet ihr nicht spätestens um halb neun am Rathaus sein?«

»Wir wurden noch aufgehalten, aber jetzt sag uns, was los ist!«

»Eure Jungen wollten heute den sicheren Bruch machen und sind natürlich prompt erwischt worden.«

»Scheiße!«

»Diese Idioten!«

»Das ist nicht wahr.« Wir brüllten durcheinander, sogar Tanja war außer sich.

»Woher weißt du das?«, fragte sie den Skin.

»Ich war auf dem Weg zum Rathaus, da sah ich, wie eure Jungs verhaftet wurden. Ich glaube, euren Freund Alex hat es ziemlich übel erwischt, jedenfalls war sein Gesicht blutverschmiert.«

Michaela heulte wie eine Wahnsinnige.

Ich rüttelte sie. »Jetzt hör auf zu heulen, das bringt uns auch nicht weiter.«

»Aber was sollen wir denn tun?«, fragte Tanja.

»Wir gehen zur Polizeiwache und fragen, wann die Jungs rauskommen.«

»Ich komm mit«, sagte der Skin.

Wir rannten los – und wie wir rannten. Ich hatte aus irgendeinem Grund das Gefühl, dass ich zu spät kommen würde, ich wusste nur nicht, zu was.

Am Rathausplatz hatten sich noch ein paar Gestalten zusammengefunden, auch der Betrunkene war aufgewacht und halbwegs nüchtern. Wir erzählten kurz, was los war, und sie kamen alle mit. Die Polizeiwache war zwei Straßen neben dem

Marktplatz und die meisten von uns kannten sie schon von innen.

Ich nicht, bis auf das gelegentliche Nachhausefahren hatte ich nichts mit der Polizei zu tun. Ich hasste sie nicht, ich liebte sie nicht, ich hatte einfach, auch wenn es unglaublich klingt, nie etwas mit ihnen zu tun gehabt.

Wir betraten die Polizeiwache und wurden von einem Pförtner empfangen.

»Seit wann kommt ihr denn freiwillig hierher?«, empfing er uns.

Ich erklärte ihm, was passiert war.

»Ja und was wollt ihr jetzt hier?«

»Wir wollen die Jungen abholen.«

Der Pförtner lachte verächtlich.

»Aber natürlich, wieso bin ich nicht direkt auf die Idee gekommen«, meinte er.

Es öffnete sich eine Tür und zwei Beamte kamen heraus.

»Was ist denn hier los?«

»Die wollen ihre Jungen abholen.«

»Ach, da hat sich aber eine tolle Gruppe zusammengefunden. Alles, was Rang und Namen in unserer Stadt hat«, meinte einer der Beamten.

Ich besah mir meine Truppe. Die meisten von uns sahen nicht so aus, als wären sie mit ihrem Badezimmer befreundet. Die Klamotten waren alt und abgewetzt und auch wir Mädchen sahen eher wie eine brasilianische Buscheinheit aus als wie Teenager von nebenan.

»Die Jungen werden von ihren Erziehern abgeholt, ihr könnt also wieder gehen, das heißt, ihr Mädchen müsst hier bleiben, ihr seid zu jung, um zu dieser Uhrzeit noch auf der Straße zu sein.«

Das hatte man nun davon. Die anderen Helden trotteten davon.

»Na, dann kommt mal herein. Seid ihr aus dem *Falkenheim*?«

Wir nickten.

»Vermisst euch denn da keiner?«

Wir zuckten mit den Schultern, die konnten sich mal neue Fragen ausdenken. Der Raum, in den wir hineingeführt wurden, war klein und stickig, es gab zwei Stühle, aber wir setzten uns alle auf die Erde.

»Jetzt bleibt erst mal hier. Wir rufen bei euch im Heim an.«

Sie verließen den Raum, kurze Zeit später kamen zwei andere Beamte rein und starrten uns an, als wären wir Schwerstkriminelle. Wir fühlten uns ziemlich armselig.

Ich fingerte aus meiner Jackentasche meine Zigaretten.

»Mal ganz schnell rüber mit dem Zeug, Fräulein, sonst gibt's hier Ärger.«

Ich sah den Polizisten an, er sah so aus, als würde er wirklich Ärger machen, also gab ich sie ihm lieber.

Nach einer halben Stunde wurde die Tür geöffnet und unsere Erzieher kamen rein.

»Das wird Konsequenzen für euch haben, wir sind eure dämlichen Spielchen leid.«

»Packen Sie die Kinder schleunigst in den Wagen«, sagte einer der Polizisten.

Wir gingen hinaus und trafen die Jungen, die bei ihren Erziehern standen. So funktionierte also Zusammenarbeit.

Wir deuteten den Jungen mit Zeichen an, dass wir uns später treffen würden. Alex war nicht dabei und Michaela sah blasser aus als eine weiße Wand. Wir stiegen in den kleinen Bus und fuhren los.

»Das hätten wir nicht von dir gedacht, Tanja, wir sind schwer enttäuscht von dir. Was ist denn in dich gefahren?«, sagte einer der Erzieher.

Tanja sagte nichts, aber Danny brüllte: »Lasst sie in Ruhe, habt ihr gehört!«

Sie hielten für den Rest der Fahrt wirklich die Klappe. Als wir ankamen, verschwanden alle direkt in ihren Zimmern. Ich setzte mich draußen vor mein Fenster und wartete.

Nach einer Stunde trudelten endlich die Jungen ein und nach und nach auch Michaela, Danny und Tanja.

»Ey, Tanja, du brauchst nicht hier zu bleiben. Wir werden morgen riesengroßen Ärger kriegen, aber wir können ihnen einfach sagen, wir hätten dich gezwungen mitzukommen. Die trauen uns doch alles zu.«

»Nein, das will ich nicht, ich will bei euch bleiben.«

»O.K., wie du meinst«, meinte Danny. »Jungs, jetzt erzählt mal, was war los?«

Sie erzählten, dass sie in der Stadt niemanden getroffen und dass sie kein Geld gehabt hätten.

»Das habt ihr doch nie«, sagte ich.

Dann wären sie auf die Idee gekommen, einen Bruch zu machen. Ursprünglich wollten sie die Tankstelle überfallen, aber sie hatten keine Pistole und wussten nicht, womit sie den Tankwart bedrohen sollten. Deswegen wollten sie in den Kiosk einbrechen. Sie hätten etwas dumm vor dem geschlossenen Kiosk gestanden, weil niemand von ihnen wusste, wie das mit dem Einbrechen eigentlich funktioniert. Dann hätten sie sich an der Tür zu schaffen gemacht. Es wäre eine Glastüre aus Panzerglas gewesen und irgendwann hätte Alex einen Gullydeckel gegen die Tür geschmissen und die Scheibe wäre gesprungen. Sie wären dann irgendwie reingekommen.

Danny fragte: »Warum seid ihr nicht direkt zur Polizeiwache gegangen und habt euch wegen so viel Blödheit selbst angezeigt?«

»Wir haben nicht nachgedacht.«

»Jungen denken nie nach«, sagte Tanja.

»Was ist mit Alex?«

»Ach, als die Polizei kam, versuchte der abzuhauen und ist in seiner Panik gegen die kaputte Glastüre gesprungen, der hat saumäßig geblutet. Auf der Wache haben sie uns gesagt, dass sie ihn ins Krankenhaus gebracht haben.«

Michaela war am Ende, sie heulte nur noch.

Ich war so wütend. Warum hatten die dämlichen Jungen mich nicht mitgenommen, dann ständen wir jetzt nicht so blöd hier. Wir verabschiedeten uns und verabredeten uns noch für den nächsten Tag.

Wir schliefen alle in Michaelas Zimmer. Danny meinte, das wäre besser. Ich wusste nicht, was ich tun sollte. Heulende Menschen machen mich fertig und verdammt hilflos.

3

Am nächsten Tag wurden wir geweckt, weil die Erzieher unbedingt wollten, dass wir zur Schule gingen, wir weigerten uns. Die Erzieher machten zwei Stunden einen Höllenlärm, sie standen in Michaelas Zimmer, beschimpften und drohten uns in unterschiedlicher Lautstärke, aber es half nichts. Das merkten sie dann endlich. Irgendwann verließen wir das Zimmer, bis auf Michaela, und gingen in die Küche. Wir hatten Hunger und

Durst. Aber es gab nichts. Der Kühlschrank war – genau wie die Schränke – leer. Mir fiel auf, dass ich hier noch nie etwas gegessen und bis auf die tägliche Tasse Kaffee der Putzfrau auch nie was getrunken hatte. Wir waren ja nie da, und wenn, dann schliefen wir.

»Lass uns ins Büro gehen und die Scheißtypen fragen, was das soll«, sagte Danny.

Wir klopften an und betraten das Büro, die Erzieher saßen alle zusammen.

»Ey, wir haben Hunger.«

»Das ist schön, dass ihr mal zu uns kommt, hat ja lange genug gedauert.«

»Hör auf zu labern«, sagte ich, »gib uns einfach was zu essen.«

»Ihr bekommt sofort etwas, wenn ihr euch an die Regeln haltet, zum Beispiel solltet ihr putzen, laut Plan ist Michaela dran.«

»Die ist krank.«

»Ihr haltet doch sonst immer so zusammen, dann übernimm du doch ihren Dienst.« Langsam verlor ich die Geduld, es ging hier doch nur um was zu essen.

»Wir geben euch alles zu essen, was ihr haben wollt, wenn ihr die Regeln beachtet.«

»O.K., ihr werdet schon sehen, was ihr davon habt«, drohte Danny.

»Ihr braucht uns nicht zu drohen, letztlich sitzen wir am längeren Hebel und das wisst ihr auch. Ihr habt Rechte und Pflichten genau wie wir. Wir kommen unseren Pflichten nach und darin steht nicht, dass wir uns von pubertierenden Mädchen auf der Nase herumtanzen lassen müssen.«

Wir verließen das Büro und trafen die Putzfrau. Sie drückte mir ein Päckchen Instantkaffee in die Hand und sagte, dass sie uns was zu essen in den Kühlschrank gelegt hätte.

»Es tut mir Leid«, sagte ich und drückte ihr die Hand. Ich hatte einen dicken Kloß im Hals.

»Ihr Mädchen könnt doch nichts dafür, jetzt geht mal und kümmert euch um das arme Ding da unten.«

Wir gingen erst in die Küche, in der zwei riesige belegte Baguettebrote lagen. Wir schnitten sie in vier Hälften, setzten noch etwas Wasser für den Kaffee auf und gingen in Michaelas Zimmer. Michaela trank den Kaffee, rührte das Brot aber nicht an.

Mir ging es schon viel besser, nachdem ich gegessen hatte.

»Wenn wir so weiterleben, sind wir mit fünfzehn tot«, sagte ich.

»So alt will ich gar nicht werden«, sagte Michaela.

»Jetzt hör auf«, sagte Danny, »Alex kommt schon wieder. Meinst du, ihm würde das Spaß machen, dich hier liegen zu sehen. Iss wenigstens was.«

Das tat sie zum Glück.

»Lass uns mal telefonieren gehen, wir klappern einfach alle Krankenhäuser ab, die es hier in der Nähe gibt.«

Vor unserem Heim gab es ein Münztelefon. Wir telefonierten alle Krankenhäuser ab und bekamen überall gesagt, dass man uns leider keine Informationen geben dürfe.

Michaela war noch fertiger als vorher. Wir gingen zum Jungenheim und fragten die Erzieher, wann Alex wiederkommen würde. Sie sagten, das würden wir schon sehen, ansonsten gaben sie uns keine Auskunft, weder in welchem Krankenhaus Alex lag noch wie es ihm ging.

»Ich bleibe hier, bis Alex wieder da ist«, sagte Michaela und setzte sich auf die Treppenstufen des Jungenheimes.

Wir setzten uns neben sie. Die andern Jungen ließen sich auch nicht blicken. Nachdem zirka zwei Stunden vergangen waren, in denen keine von uns was gesagt hatte, kam schließlich ein Erzieher aus dem Haus und sagte, dass wir nicht zu warten brauchten.

»Wieso nicht?«, fragte Danny.

»Weil das Heim hier aufgelöst wird, das heißt, weder Alex noch die andern Jungen kommen wieder hierher, versteht ihr?«

»Wo ist Alex?«, fragte Michaela.

»Das darf ich dir nicht sagen. Vergiss ihn, du bist noch so jung, du triffst noch viele Männer.«

Ich spuckte dem Typen ins Gesicht.

»Verpiss dich!«

Er wischte sich die Spucke vom Gesicht, zuckte hilflos mit den Achseln und ging. Ich glaube, so verlassen habe ich mich noch nie im Leben gefühlt. Freunde verschwanden spurlos und man hatte keine Chance, sie wiederzusehen. Wir gingen zurück zu unserem Heim.

»Kommt ihr bitte zur Besprechungsrunde!«

Ich schubste den Typen an der Tür zur Seite und wir gingen in unsere Zimmer. Ich legte mich aufs Bett und versuchte einen klaren Gedanken zu fassen. Irgendwann stürzten Danny und Tanja in mein Zimmer.

»Michaela ist weg!«

»Scheiße, Scheiße, Scheiße!« Ich sprang aus dem Bett und wir suchten sie im Haus. Natürlich wusste auch keiner dieser dämlichen Erzieher, wo sie war, das wäre ein Wunder gewesen, sie wussten nie, wo irgendwer war. Als sie unsere Gesichter sahen, machten sie sich allerdings Sorgen. Sie riefen die Polizei und machten eine Vermisstenmeldung.

»Wie lange ist sie weg?«, fragte ich.

»Ich weiß es nicht«, sagte Tanja, »ich bin mit ihr aufs Zimmer gegangen, wir haben eine Zigarette geraucht und irgendwann muss ich eingeschlafen sein.«

»Hat sie nichts gesagt?«

»Sie meinte, jetzt nachdem Alex weg wäre und ihre Eltern nicht kommen würden, um sie abzuholen, wäre alles sinnlos. Wisst ihr eigentlich, dass ihre Eltern sie hier abgegeben haben, mit dem Versprechen, sie nach zwei Wochen wieder abzuholen? Sie wollten nur mal ungestört in Urlaub fahren!«

»Warum haben sie ihre Tochter nicht direkt an einer Autobahnraststätte abgesetzt?« Manchmal verstand ich diese Welt wirklich nicht.

Wir hörten laute Stimmen und rannten zur Haustür, dort standen zwei Polizisten.

»… wir kamen leider zehn Minuten zu spät«, sagte einer von ihnen.

Danny schrie, als wenn sie gleich wahnsinnig werden würde. Tanja klebte ihr eine, wir zitterten alle am ganzen Körper.

»Um Gottes willen, was ist denn mit dem Mädchen?«

»Nichts, es ist schon O.K. Wir wollen wissen, was passiert ist. Ist Michaela tot?«

»Lasst uns mal reingehen.«

Wir gingen mit den Polizisten ins Büro und setzten uns auf das Sofa.

»Also, ihr wollt wissen, was passiert ist?«

Wir nickten.

»Eure Freundin ist tot, sie hat sich vor einen Zug geworfen!«

Es war lange ruhig. Ich zündete zwei Zigaretten an, gab Tanja und Danny eine und zündete dann mir eine an. Es sagte keiner was dagegen.

»Wisst ihr, warum *das* passiert ist?« Er nannte den Selbstmord *das*.

Wir schwiegen, es hätte keinen Sinn gehabt, etwas zu sagen. Sie hätten es nicht verstanden.

Nach einer weiteren Pause sagte der Polizist: »Wir müssen jetzt gehen. Sie passen auf die Mädchen bitte ganz besonders auf.«

Die Erzieher nickten, der Polizist drehte sich zu uns.

»Und wenn euch noch etwas einfällt, dann meldet euch bei mir!«

Er drückte jedem von uns eine Visitenkarte in die Hand und verschwand mit seinen Kollegen.

Wir gingen in Michaelas Zimmer, legten eine ihrer Lieblingskassetten auf, die wir immer grausam fanden, jetzt sangen wir mit und durchstöberten ihre Klamotten. Wir nahmen ein paar Sachen von ihr und gingen wieder raus.

»Hey, das dürft ihr nicht«, sagte ein Erzieher, der uns entgegenkam.

»Wieso nicht? Euch sind die Klamotten doch zu klein«, meinte Danny.

Wir gingen in mein Zimmer und setzten uns aufs Bett.

»Dann waren's nur noch drei«, sagte Tanja.

Michaela war dreizehn Jahre alt, als sie starb. Ihr letzter Wunsch wurde erfüllt: Sie wurde keine fünfzehn.

Die nächsten Tage verbrachten wir in meinem Zimmer, aßen so gut wie gar nichts, tranken viel Kaffee und verließen das Haus nur, um Zigaretten zu holen. Nach drei Tagen hatten wir kein Geld mehr. Wir gingen ins Büro und fragten nach unserem Taschengeld.

»Wir haben euch zu dem Thema schon was gesagt, erinnert ihr euch, was ihr für Pflichten habt, oder sollen wir euch das noch mal erklären?«

»Ist ja schon gut«, sagte ich.

Wir verließen das Büro und gingen in die Küche.

Die Küche und der Gruppenraum waren gar nicht dreckig, denn die Putzfrau putzte dort jeden Tag. Ich fühlte mich völlig zu Unrecht schikaniert.

»Warum gehen wir nicht zurück ins Büro und schlagen die drei zusammen«, schlug ich vor.

»Eigentlich brauchen wir doch nur die Kasse«, meinte Danny, »dafür müssen wir die Erzieher doch nicht zusammenschlagen.«

Damit hatte Danny natürlich wie immer Recht. Mit ihrer Klugheit ging sie mir manchmal auf den Keks. Ich bin jemand, der sich was vornimmt und es dann direkt macht, aber Danny dachte immer viel nach, wahrscheinlich lag es daran, dass sie viel las.

»Danny und ich könnten ins Büro gehen, uns mit denen unterhalten und gucken, ob irgendwo die Kasse steht«, schlug Tanja vor.

Sie gingen los und kamen nach einer Viertelstunde wieder.

»Alles klar, die Kasse steht mitten auf dem Tisch, vermutlich haben sie einen Heidenspaß, ihr Kleingeld zu zählen, außerdem steckt der Schlüssel an der Tür von innen, das heißt, wir gehen rein, schnappen uns die Kasse und schließen sie in ihrem Büro ein«, sagte Danny aufgeregt.

»Ich hab sie einfach nach den Regeln des Hauses gefragt, da waren sie in ihrem Element«, meinte Tanja, die gar keine Schleimerin war.

Wir lachten. »Also, auf was warten wir noch!«

Wir machten die Tür des Büros auf ohne zu klopfen, Danny schnappte sich die Kasse und ich zog den Schlüssel ab. Das Ganze dauerte nicht mal eine Minute, die Erzieher waren so überrascht, dass sie erstarrt in ihren Sesseln sitzen blieben. Ich schloss die Tür ab. Am Schlüsselbund waren einige Schlüssel.

»Komm, lass uns gucken, ob der Schlüssel zur Speisekammer dran ist!« Wir liefen in den Keller, doch keiner der Schlüssel passte. Da traten wir die Tür einfach ein.

Es gab wirklich alles, was das Herz begehrte: Süßigkeiten, Cornflakes, Cola, sogar Wein.

»Tanja, geh nach oben und guck, ob einer der Schlüssel in die Haustür passt. Wenn ja, dann schließ sie ab«, sagte ich.

»Ich trau mich nicht alleine.«

»Ich komm mit«.

Zwei Minuten später waren sie wieder unten.

»Alles klar«, sagte Danny.

Wir fingen an zu essen, nein, wir fraßen. Als wir eine halbe Stunde später nicht mehr konnten, fingen wir an den Wein zu trinken – nein, wir soffen ihn.

»Bevor wir hier verschwinden, sollten wir ihnen noch eine kleine Erinnerung dalassen«, sagte ich. Wir gingen in die Küche, warfen die Teller und Tassen an die Wand, dann schmissen wir einfach alles durch die Gegend, auch im Gruppenraum. Fernseher, Bilder, Teppiche, Stühle. Zum Schluss zertrümmerten wir die Fensterscheibe. Als wir nichts mehr fanden und ich das Ausmaß der Zerstörung sah, musste ich an meine geliebte arme Putzfrau denken, die das alles wieder sauber machen musste. Ich fing an zu heulen, ich war schon ziemlich blau.

»Scheiße, hör auf zu heulen«, sagte Danny, die auch heulte, »wir haben vergessen, dass die da drin ein Telefon haben, die können sich Hilfe holen.«

Wir rannten hoch an die Haustür, die komplett aus Glas war, dort standen die Erzieher vom Jungenheim. Wir gingen in das Nebenzimmer des Büros und guckten dort aus dem Fenster. Wir entdeckten eine Leitung, die vom Büro aus zu einem Strommast führte. Wir hielten sie für die Telefonleitung. Tanja holte aus ihrem Zimmer eine Zange, aber sosehr wir uns aus dem Fenster reckten, wir kamen nicht an die Leitung dran. Das war mit unserer unisolierten Zange auch ein Glück.

Auf einmal hörten wir Sirenen und wussten, dass es Zeit war abzuhauen. Wir schnappten uns schnell unsere Jacken, packten noch Süßigkeiten und Wein in unsere Taschen, Danny nahm das Geld aus der Kasse, wir rannten zurück ins Zimmer und sprangen dort aus dem Fenster. Es war nicht sehr hoch, zirka eineinhalb Meter. Dann liefen wir, so schnell wir konnten, zu unserer Waldlichtung.

Außer Atem kamen wir an und brauchten eine halbe Stunde, bis wir uns erholt hatten. Ich gab zwei Tüten Chips in die Runde. Wir saßen lange da, Tanja machte irgendwann ein kleines Feuer und ich packte mich in meine Jacke, legte meinen Kopf auf Dannys Knie und schlief bald ein.

Irgendwann weckte uns Tanja. »Ey, ihr Schlafmützen, wir sollten mal überlegen, was wir jetzt machen.«

Es war stockdunkel und das Feuer war heruntergebrannt.

»Ich glaube, ich gehe wieder zurück«, sagte Danny.

»Quatsch«, sagte Tanja, »wohin geht es denn in diese Richtung?« Sie zeigte in den Wald hinein.

»Wissen wir nicht.«

»Wenn ich nicht weiß, wo es hingeht, geh ich da nicht hin.«

Wir waren schon Helden.

»Ich geh wieder zurück«, sagte Danny, »und wenn ich alleine gehen muss. Das hat doch keinen Sinn hier. Und was wollen die uns denn schon groß tun?«

»Ich gebe niemals auf«, meinte ich, »ich trink mich hier einfach zu Tode.«

»Das sollte dir mit einer Flasche Wein ziemlich schwer fallen.«

Dann war sie weg.

Tanja versuchte das Feuer wieder in Gang zu bringen und ich machte die Flasche Wein auf. Zum Glück hatte uns Danny noch ihre Zigaretten dagelassen.

»Tja«, meinte Tanja, »das war's dann wohl mit uns.«

Wir schwiegen eine Weile, dann unterhielten wir uns über unsere Vergangenheit. Sie war ein echtes Findelkind, das fand ich total faszinierend. Ich hatte noch nie ein Findelkind kennen gelernt. Als sie das vor einem halben Jahr herausbekommen hatte, war sie von zu Hause abgehauen, um ihre echten Eltern zu finden, und war dann, auf Umwegen, in dieses Heim gekommen.

»Zumindest hast du es versucht«, sagte ich und Tanja nickte stolz. Ich starrte gedankenverloren in das kleine Feuer. »Wenn solche Leute wie wir nicht mehr weiterwissen, bringen wir uns lieber um als um Hilfe zu bitten!«

Wir dachten beide an Michaela und hatten einen Kloß im Hals.

Nach einer Weile sagte Tanja: »Ich glaube, ich gehe jetzt, willst du nicht mitkommen? Das ist doch sinnlos hier.«

Ich schüttelte den Kopf.

»Ach komm, was willst du denn allein hier?«

»Meine Ruhe haben.«

Sie beugte sich zu mir herunter und drückte mir einen Kuss auf die Stirn. »Bis später.«

Dann war sie weg. Ich sah sie nie wieder.

Ich legte etwas Holz auf das Feuer und nuckelte an der Weinflasche. Es gab ziemlich viele komische Geräusche und ich bekam es mit der Angst zu tun. Ich glaube, ich bin kein ängstlicher Typ, aber so ganz alleine im Wald, wer weiß, wer da so herumschleicht. Ich wollte mir gerade einen Holzknüppel holen, als ich ein unheimliches Knacksen hörte. Wie von einer Tarantel gestochen rannte ich davon. Irgendwann blieb ich stehen, ich brauchte einen Plan. Hatte ich vielleicht mein Fenster offen stehen gelassen? Wenn ich nur schnell genug war, konnte ich ein paar Sachen zusammenpacken und dann abhauen, vielleicht kamen Tanja und Danny ja mit.

Ich ging weiter, kurz vor dem Heim sah ich, dass zwei Polizeibusse vor der Tür standen. Jetzt spürte ich den Alkohol, ich war wütend über mich selber. Irgendwie musste ich um die Polizeibusse herumkommen, sonst kam ich nicht in mein Zimmer. Entweder rannte ich an ihnen vorbei oder ich schlich mich an. Ich entschied mich fürs Rennen.

»Hey du, wart mal!«, brüllte eine Stimme. Ich rannte weiter. Ich hörte jemanden hinter mir herlaufen. Dann wurde ich gepackt und fiel auf die Erde. Ich schloss die Augen, in meinem Kopf hämmerte es, ein dumpfes »Das war's, das war's«. Von irgendwo schlug eine Turmuhr zwölf. Ich merkte, dass sich jemand über mich beugte, und machte die Augen auf. Ein Polizist hatte das Gesicht über mich gebeugt. Er hatte strahlend blaue Augen. Ich war gerade vierzehn geworden und das erste Mal verliebt.

»Da haben wir ja unsere Heldin, na, dann wollen wir mal.«

Ich stand auf und fühlte mich benommen. Ich wusste nicht, ob es am Rotwein oder meinem Sturz lag. Ein zweiter Polizist kam herbei. Sie nahmen mich in die Mitte. Ich versuchte noch einen lahmen Fluchtversuch, der kläglich scheiterte. Sie waren einfach stärker als ich. Wir gingen zurück ins Heim.

»Kannst du uns erklären, was das sollte?«, fragte der Polizist mit den schönsten Augen der Welt und sah mich lange an. Ich glaube, ich wurde knallrot, sagte aber nichts.

»Können wir sie noch eine Nacht hier lassen, wir stecken ungern Kinder in unsere Zellen.«

»Nur wenn Sie einen Polizisten hier lassen, das ist kein Kind, das ist ein gemeingefährliches Monster«, sagte ein Erzieher.

Ich krallte mir einen Aschenbecher und warf ihn nach dem Erzieher, der gerade noch ausweichen konnte. Dann wollte ich ihn zusammenschlagen, aber der Polizist hielt mich fest. Ich beschimpfte ihn und sah, dass die Erzieher anfingen zu grinsen, weil ich so hilflos war. Das machte mich noch wütender und ich schrie sie noch mehr an. Irgendwann konnte ich nicht mehr.

»Hast du dich beruhigt?«, fragte der schönste Polizist der Welt und drückte mich sanft in einen Sessel. Er gab mir eine Zigarette und setzte sich so vor mich, dass ich keinen der Erzieher sehen konnte.

Sein Kollege kam zurück. »Ich habe mit der Dienststelle gesprochen, wir lassen jemanden zu Ihrem Schutz hier.«

Wenn ich mich nicht ganz schwer irrte, klang Verachtung in seiner Stimme mit.

»Herzlichen Glückwunsch zu deinem vierzehnten Geburtstag«, sagte der wunderschöne Mann vor meiner Nase. Er blieb der Einzige, der mir gratulierte. Wo verbrachten eigentlich andere Mädchen ihren vierzehnten Geburtstag?

»Ich will ins Bett«, sagte ich.

»Ist gut, dann geh.« Sie ließen mich alleine gehen.

Ich ging in mein Zimmer durch die Küche, die immer noch wie ein Trümmerfeld aussah. Als ich mich ins Bett legte, schlief ich sofort ein.

Die Uhr zeigte drei, als ich aufwachte. Ich hatte fünfzehn Stunden wie eine Tote geschlafen, dann erinnerte ich mich an die Ereignisse vom Vortag und wollte nie wieder aufstehen. Ich tat es dann aber doch.

Im Haus war es still. Ich ging in alle Zimmer, aber niemand war da. Das Büro war abgeschlossen, ich wusste nicht, was ich tun sollte. Die Küche war aufgeräumt und sogar das Fenster war schon wieder ersetzt worden.

Ich entdeckte den Instantkaffee, den uns die Putzfrau geschenkt hatte. Es hatte mir mal jemand erzählt, dass man sich mit Kaffee umbringen könne.

Ich kochte einen Topf mit heißem Wasser und schüttete das Pulver hinein. Dann setzte ich mich an den Tisch und fing an meinen Todestrunk zu trinken. Es schmeckte widerlich, ich schaute in den Kühlschrank und fand darin eine abgelaufene Milchpackung, damit ging es schon besser. Im Haus war immer noch Totenstille, ich hatte inzwischen sieben Tassen Kaffee getrunken, aber bis auf ein leichtes Zittern in den Händen und furchtbare Kopfschmerzen zeigten sich keine Todesanzeichen. Ich musste wirklich auf jeden Mist hereinfallen.

Gerade als ich mir überlegte mich wieder ins Bett zu legen, setzte sich ein wildfremder Mann neben mich an den Tisch, ich hatte ihn nicht kommen hören und war völlig verdattert.

Er sagte nichts und ich schlürfte an meinem mittlerweile kalten Kaffee. Er hatte einen Kugelschreiber in der Hand und klopfte damit auf der Tischplatte herum. Nachdem er das etwa zwanzig Minuten getan hatte, wurde es mir zu bunt.

»Entschuldigung, aber wollen Sie irgendwas?«

»Ich bin Dr. Prunk, ich bin hier, um dich mitzunehmen, du bist verrückt.«

»Entschuldigung, was bin ich?«

»Willst du dein Verhalten gestern als normal bezeichnen? Die Mädchen haben einstimmig ausgesagt, dass du sie gezwungen hast mitzumachen.«

In meinem Kopf rumorte es. Ich konnte keinen klaren Gedanken fassen. Wieso sagten die so etwas? Ich hatte doch niemanden gezwungen. Ich hatte das Gefühl, dass ich in Gefahr war.

»Ich, ich hab doch niemanden gezwungen.«

»Das sehen die Mädchen anscheinend anders und deine Erzieher sagen, dass du sie ständig bedroht hast. Warum sollten sie alle lügen?«

Wieso hatte die Welt sich nur gegen mich verschworen? Ich beschloss ihm kein Wort zu glauben.

»Wir versuchen nur, dir zu helfen, und deswegen kommst du jetzt mit.«

Ich sprang auf und wollte in mein Zimmer rennen, aber dort stand schon jemand. Und auf einmal standen überall ganz viele Leute und ich wusste nicht, woher sie kamen. Sie schleiften mich in einen Polizeiwagen und fuhren mit Blaulicht los. Das stellten sie zum Glück nach fünf Minuten wieder aus.

Ich schwor mir, in Zukunft jedem einzelnen Polizeiauto mit Sirenengeheul zuzuwinken. Vielleicht saß ja jemand wie ich dort drin. Wir fuhren etwa anderthalb Stunden, die ganze Zeit sprach niemand mit mir. Ich dachte an Michaela, die das nicht mehr erleben musste, an Tanja, die gar keine Schleimerin war, und an die kluge Danny, die bestimmt jetzt einen Ausweg gefunden hätte.

Ich ärgerte mich darüber, dass mir gestern Abend nichts eingefallen war, was ich dem schönen Polizisten mit den blauen Augen hätte sagen können.

Ich glaube, wenn ich mal heirate, muss der Mann viel erzählen, sonst wird das eine ganz schweigsame Geschichte. Dann dachte ich noch, wie schwachsinnig es doch ist, eingeklemmt auf dem Rücksitz eines Polizeiautos ans Heiraten zu denken. Welcher Mann würde eine nehmen, wenn er das wüsste; doch nur ein Verbrecher – und die mussten doch von Berufs wegen schon schweigsam sein.

4

Ich wurde in einen Raum geführt und ein Mann in weißem Kittel reichte mir die Hand. Die Polizeibeamten gingen.

»Das war ja reichlich Trubel bei dir in den letzten Tagen«, sagte er und sah mich an. Er fragte mich nach meinen Daten, aber ich gab keine Antwort. Ich hatte wahnsinnige Angst.

»Du bist hier im psychiatrischen Jugendheim, die Jugendlichen hier sind alle in deinem Alter und haben genau dieselben Schwierigkeiten wie du.«

»Ich habe keine Schwierigkeiten«, sagte ich.

»Und warum, meinst du, sitzt du hier?«

»Ich weiß nicht.«

»Die Menschen kommen nicht mit dir zurecht.«

»Dann sollen sie mich doch einfach in Ruhe lassen.«

»Das geht nicht und das weißt du. Die Erwachsenen würden sich sogar strafbar machen, wenn sie sich nicht um dich kümmern würden.«

»Dafür kann ich doch nichts.«

»Es geht hier nicht um Schuld, sondern darum, dass wir dir helfen wollen.«

»Ich will keine Hilfe.«

»Wir werden dich dazu bringen, dass du welche willst.«

Das hörte sich ziemlich bedrohlich an. Ich wurde in einen Raum geführt, wo viele Jungen und Mädchen saßen, und wurde vorgestellt. Ich setzte mich an irgendeinen Tisch und jemand bot mir Tee an.

»Soll ich kotzen oder was?«, fragte ich.

Ich schaute mich um. Es gab einige, die sahen ziemlich gefährlich aus, man musste sich also in Acht nehmen. Jemand klopfte mir auf die Schulter, ich drehte mich um und sah Alex. Er hatte einen blauen Trainingsanzug an. Ich freute mich wirklich ihn zu sehen und ich glaube, er freute sich auch. Er hatte eine ganz schöne Narbe über dem Auge, das ließ ihn gefährlich aussehen. Nachdem er sich neben mich gesetzt hatte, sagte er: »Willkommen in der Hölle.«

Dass Michaela tot war, wusste er zum Glück schon, ich hätte nicht gewusst, wie ich ihm das hätte sagen sollen.

Er erzählte mir noch was über die Regeln. Man durfte jeden Montag einen Ausgangsantrag stellen. Der Ausgang war gestaffelt. Erst eine halbe Stunde Hofgang mit Erzieher, dann eine halbe Stunde ohne. Irgendwann durfte man mit dem Erzieher eine halbe Stunde ganz nach draußen und dann irgendwann durfte man alleine raus. Versuchte man abzuhauen und wurde erwischt, fiel man wieder auf die erste Stufe zurück und musste einen grässlichen blauen Anzug tragen.

Es gab viele Leute, die immer wieder versuchten bei ihrem ersten Hofgang abzuhauen, bis sie endlich einsahen, dass man über die Mauer des Hofes nicht kam.

Ich lernte durch Alex schnell noch ein paar Leute kennen, wir unterhielten uns, durften fernsehen und wurden um zehn ins Bett geschickt. Ich lag in einem Zimmer mit fünf Mädchen. Die erste Nacht schlief ich überhaupt nicht, da eines der Mädchen im Schlaf redete.

In der ersten Zeit war es die Hölle, zwei Schlägermädchen hatten es auf mich abgesehen. Sie klebten einen Klebestreifen um mein Bett und sagten, wenn ich ihn übertreten würde, wäre ich tot. Sie klauten mir meine Klamotten, verpetzten mich bei den Erziehern für Sachen, die ich nicht gemacht hatte. Ohne Alex wäre ich wohl fix und fertig gewesen, aber Alex deichselte alles für mich, vor ihm hatten alle, sogar ein paar Erzieher, Respekt.

Man war zum Nichtstun verdammt, wir waren etwa zwanzig Jugendliche und die Hälfte von uns hatte den ganzen Tag nichts zu tun. Der andere Teil wurde in beknackte Beschäftigungstherapien geschickt, wo sie Papierkörbe aus Bast herstellten.

Nach vier Wochen konnte ich mir nichts Schöneres vorstellen als Papierkörbe zu basteln. Wir hatten ein Kartenspiel und spielten wie die Wahnsinnigen.

Die Erzieher guckten, dass alles ruhig blieb, und nahmen Anträge entgegen. Sie kümmerten sich um die Leute, die durchdrehten, und unterhielten sich ab und an mit uns. Ich hatte noch nicht einen einzigen Antrag gestellt und mir geschworen nie einen zu stellen.

Nach dreieinhalb Wochen wurde ich zum Arzt gerufen.

»Warum stellst du keine Anträge?«, fragte er mich.

»Ich kann nicht schreiben.«

»Erzähl keinen Unsinn, du hast ab jetzt jeden Tag eine Stunde Gartenausgang mit Begleitung, außerdem wirst du ab morgen arbeiten gehen.«

»Ich will aber keine Papierkörbe basteln.«

»Was willst du denn?«

Ich zuckte mit den Schultern.

»Wenn du nicht weißt, was du willst, kann ich nicht sehen, ob ich dir helfen kann.«

Das klang logisch.

»Willst du vielleicht in eine Gärtnerei?«

»Warum nicht.«

»O.K., ich versuche das zu regeln, wir treffen uns ab jetzt zweimal wöchentlich, ich hab dich bisher in Ruhe gelassen, damit du dich hier einleben kannst.« Damit war ich entlassen.

Ich ging zurück zu den anderen. Ich war genervt, man hatte keine Ruhe, es gab nur diesen einen Raum und in dem saßen immer Leute.

»Was wollte der von dir?«, fragte Alex.

»Lass mich in Ruhe, ja!«

»Oh nein, krieg jetzt bitte keinen Koller.«

Ich bekam einen. Ich schmiss eine Kanne Tee um und schrie, dass mich alle in Ruhe lassen sollten. Sofort kamen zwei Erzieher auf mich zugerannt und packten mich. Alex versuchte sie zurückzuhalten.

»Ey, lasst sie, sie ist ein ganz liebes Mädchen.«

Da waren sie offensichtlich anderer Meinung. Sie schleiften mich in einen gekachelten Raum ohne Fenster und verschlossen die Tür von außen. Der Raum war leer, bis auf eine Gummimatratze. Ich legte mich hin und war froh, dass ich meine Ruhe hatte. Nach drei Stunden holten sie mich wieder raus.

»Alles O.K.?«, fragte Alex mich.

»Ja, sorry wegen eben.«

»Kein Problem, das kann jedem hier passieren.«

Am nächsten Tag wurde ich nach dem Frühstück in die Gärtnerei gebracht. Ein älterer Mann kam auf mich zu und zeigte mir meine Arbeitsstelle. Ich sollte Unkraut zupfen. Das machte ich die nächsten Wochen auch. Ich machte es wirklich, weil ich mich sonst zu Tode gelangweilt hätte.

Außer mir arbeiteten nur noch ein paar behinderte Männer dort, mit denen man sich nicht unterhalten konnte. Einer von ihnen stopfte mich mit Kaffee und Schokolade zu. Da ich die anderen jetzt nicht mehr den ganzen Tag sah, war ich nicht mehr so genervt. Alex hatte mittlerweile seinen dritten Fluchtversuch unternommen, diesmal bei seinem Einkaufsgang, aber er war sofort geschnappt worden und fiel wieder auf die erste Ausgangsstufe zurück.

»Ich liebe halt meinen blauen Trainingsanzug«, meinte er zu mir.

Ich glaube, an seiner Stelle hätte ich mich umgebracht, aber das versuchten einige hier: Sie schluckten Spülmittel oder versuchten sich mit den stumpfen Frühstücksmessern die Pulsadern aufzuschneiden. Sehr begehrt waren Glasscherben, mit denen man sich die Haut aufritzen konnte. Einige Leute waren vom Gesicht bis zu den Füßen aufgeritzt.

Mir tat niemand mehr was, die beiden Mädchen, die mich anfangs geärgert hatten, waren entlassen worden. Ich stand unter Alex' Schutz und nach meiner ersten Schlägerei mit einem zwei Jahre älteren Jungen hatten die anderen vor mir Respekt. Ich hatte mich mit ihm geprügelt, weil er sich mit mir verloben wollte. Ich wollte aber nicht. Er hieß Tobi, hatte viele Pickel im Gesicht und stotterte. Er ließ mich nicht in Ruhe und irgendwann schlug ich zu. Er konnte sich gut wehren, aber ich war so wütend, dass ich stärker war als er. Nach der Prügelei wurden wir die besten Freunde.

Verlobungen waren ziemlich in, jeder verlobte sich mit jedem, das ging meistens eine Woche gut. Alex und ich machten dieses Spiel nicht mit. Alex trauerte um Michaela und ich war zu romantisch für so etwas.

Ich versuchte von der Arbeit aus abzuhauen, aber sie bekamen mich sofort. Ich hatte noch nicht einmal das Gelände verlassen. Das Gelände war so groß, dass man sich darin verlaufen konnte. Es gab ein eigenes Einkaufszentrum und sogar eine Kirche. Ich erklärte meinen Fluchtversuch als Verlaufen im Gelände und sie taten so, als wenn sie mir glauben würden. Alex lachte sich tot, als ich ihm das erzählte.

»Das nächste Mal kommst du mit mir.«

»Klar doch.«

Ich zupfte immer noch Unkraut in der Gärtnerei, es gab immer noch nur ein Kartenspiel und der Fernseher lief von morgens bis abends. Ich wollte nur hier raus, aber alleine traute ich mich nicht und Alex bekam ohne Aufsicht keinen Ausgang. Ich fragte in meiner Not Tobi, aber der sagte, dass das alles noch viel schlimmer machen würde.

Ich fragte mich, wie ein vernünftiger Mensch wie Tobi in so eine missliche Lage geraten konnte. Was machte er hier, er tat keiner Fliege was zuleide. Bis auf die Schlägerei mit mir war er nicht einmal ausfallend geworden. Im Gegenteil, er war nett und hilfsbereit. Also, warum war er hier mit uns eingesperrt? Er hatte zwar viele Pickel und stotterte, aber ich hatte noch nirgendwo gehört, dass das ein Verbrechen ist. Konnte mir einer erklären, was der hier machte? Was machten wir überhaupt alle hier, hatten wir jemanden umgebracht oder Banken in die Luft gesprengt, warum sperrten sie uns wie die Schwerstverbrecher ein? Alex meinte, ich solle nicht darüber nachdenken, das würde mich nur wahnsinnig machen.

Eines Tages kam ich von der Gärtnerei zurück und Danny saß im Gruppenraum. Ich freute mich wahnsinnig. Sie erzählte, dass an dem Tag, an dem ich das Heim verlassen musste, Tanja und sie zum Pizzaessen eingeladen worden wären. Die Erzieher hätten erzählt, dass ich zurückgekommen und ziemlich krank gewesen wäre. Ich bräuchte meine Ruhe, deswegen könnte ich nicht mitkommen. Ihr kam das schon etwas komisch vor, aber sie hatte Hunger und dachte, sie würde mir einfach ein Stück mitbringen.

Das Pizzaessen dauerte Stunden und irgendwann merkten die beiden, dass etwas nicht stimmte. Die Erzieher waren so freundlich wie nie und sie durften bestellen, was und so viel sie wollten.

Nach Stunden waren sie endlich zurückgefahren und hätten gesehen, dass ich nicht mehr da war. Sie wurden zu einem Gespräch gerufen und ihnen wurde erklärt, dass ich eine Gefahr für die Allgemeinheit wäre. Das Heim wäre in Auflösung, sie würden auf andere Heime verteilt, natürlich getrennt. Sie sollten bitte Verständnis dafür haben, solange sie sich benehmen würden, würde man ihnen gerne helfen, sollten sie aber meinen irgendeinen Unsinn machen zu müssen, würde das Konsequenzen haben.

Michaelas Eltern hatten sich beschwert, die Erzieher wären ihrer Aufsichtspflicht nicht nachgekommen. Die Erzieher hatten versucht sich zu rechtfertigen und gemeint, das wäre doch totaler Schwachsinn, man könnte ja nicht vierundzwanzig Stunden hinter seinen Zöglingen herrennen.

Tanja wollte nach Hause zu ihren Eltern und schlug Danny vor mitzukommen. Sie packten ihre wichtigsten Sachen zusammen, zertrümmerten noch mal die Küche, dann gingen sie los. Sie hatten natürlich keinen Cent Geld in der Tasche, deswegen trampten sie. Weit nach Mitternacht kamen sie bei Tanjas Eltern an, die freuten sich trotzdem.

Danny durfte bleiben und mit der Zeit gewöhnte sie sich richtig an das Familienleben.

Die Eltern von Tanja hassten Heime und liebten Danny. Sie stellten tausend Anträge, dass Danny bei ihnen bleiben durfte, aber das Jugendamt spielte nicht mit und deswegen saß Danny jetzt neben mir. Unser altes Heim hatte sich für sie nichts Besseres vorstellen können.

Mir imponierte am meisten, dass ich eine Gefahr für die Gesellschaft war, ich wusste zwar nicht, was ich genau dafür getan hatte, aber ich war stolz darauf.

Ich nahm mir einen Becher und klopfte damit auf den Tisch.

»Ich bin eine Gefahr für die Gesellschaft«, brüllte ich.

Danny machte sofort mit, dann Alex und schließlich hämmerten fünfzehn Leute auf den Tischen herum und brüllten. Ein Erzieher schrie nach Ruhe und Alex schmiss ihm eine Tasse an den Kopf.

Das war das Startsignal. Wir randalierten. So viel gab es ja nicht zu zerstören, aber sie brauchten vierzig Erwachsene, um uns zu bändigen. Sie stürzten sich erst auf Alex und dann auf Danny, von mir nahmen sie erst mal keine Notiz. Es gab Gebrüll und Gehaue, aber nach einer halben Stunde war der Spuk vorbei. Ich hatte Angst vor den Konsequenzen, und das zu Recht.

Die Konsequenzen waren hart, wir wurden mit Medikamenten voll gepumpt und konnten nicht mehr geradeaus gucken. Ich schlief den ganzen Tag und wurde nur zum Essen geweckt. Wir standen auf und schoben uns irgendwas zum Frühstück in den Mund und schluckten danach Medikamente. Das wiederholte sich mittags und abends. Zwischendurch schliefen wir. Um halb sieben gingen wir ins Bett. Das ging drei Wochen so, dann dachten sie, sie hätten uns wieder im Griff.

Die Medikamente wurden abgesetzt und wir bekamen nach und nach wieder Ausgang, überall wurden wir als Helden gefeiert und mussten die Story von unserem Aufstand erzählen. Natürlich waren wir in unserem Aufstand immer die Sieger gewesen, meistens verloren wir die Schlacht nur durch Verrat. Wir erzählten es so oft, dass wir selber daran glaubten.

Tatsächlich hatten sich zwei Jungen nicht beteiligt, aber sie hatten nichts verraten, was denn auch? Wir steigerten uns so in die Verrätergeschichte, dass die beiden es mit der Angst zu tun bekamen und um ihre Verlegung baten. Sie wurde bewilligt.

Eines Tages hauten wir zu viert ab. Danny, Alex, Tobi – wir hatten ihn doch überreden können – und ich. Alex sagte, wir sollten versuchen, bis zu unserem achtzehnten Lebensjahr in den Untergrund zu gehen und unseren Lebensunterhalt mit Überfällen zu verdienen. Ich wollte genau wissen, wo dieser Untergrund war. Alex meinte, Untergrund wäre, wenn man ein ganz normales Leben führen würde und niemand wüsste, wer man in Wirklichkeit wäre.

Das stellte ich mir toll vor. Wir würden in einem Einfamilienhaus unverdächtig leben. Dann sah ich uns an und wusste, dass das so nicht gelingen würde.

Die drei hatten alle alleine eine halbe Stunde Ausgang draußen und legten ihn so, dass sie zusammen waren. Trotz aller Schikanen hatte die Heimleitung anscheinend nicht immer den vollen Überblick. Sie holten mich aus der Gärtnerei ab. Wir gingen über den Friedhof, stiegen dann über die Mauer und waren in Freiheit.

»Wir können jetzt etwa zwanzig Minuten laufen, dann müssen wir uns bis zur Dunkelheit verstecken«, sagte Alex.

»Und dann klauen wir uns ein Auto«, sagte Tobi.

»Kannst du das denn?«, fragte ich ihn.

Er nickte; ich war sehr stolz auf ihn. Wir liefen etwa eine Viertelstunde die Straße entlang, dann versteckten wir uns in einem Maisfeld und warteten Stunden. Unterhalten haben wir uns kaum, wir rauchten viel und schliefen ein wenig. Alex sagte, dass wir warten sollten, bis es stockfinster ist, um kein Risiko einzugehen. Ich hörte auf ihn. Auf Alex musste man einfach hören, er war groß und stark und hatte viel Ahnung.

Endlich gingen wir los und fanden nach ein paar Metern ein Auto am Straßenrand, das Tobi knacken konnte. Es ging sehr schnell, wir stiegen ein und fuhren los – direkt in einen Straßengraben. Tobi hatte uns verschwiegen, dass er zwar Autos knacken, aber nicht fahren konnte. Danny konnte fahren, das Problem war nur, dass sie echt noch verdammt jung aussah, so würden wir nicht weit kommen. Alex lieh Danny sein Käppi und drohte ihr: »Wehe, du verlierst es.«

Tobi knackte noch ein Auto, ich war zappelig und hatte Angst, dass wir zu lahm waren.

»Tobi, beeil dich«, sagte ich.

»Es geht nicht schneller«, erwiderte Tobi.

»Du musst echt mal ein wenig lockerer werden. Wenn du Tobi bedrängst, wird er nervös und schafft es nicht, das Auto zu knacken«, sagte die furchtbar schlaue Danny, »und damit schadest du uns allen.«

Sie hatte ja Recht, aber ich war auf der Flucht und da durfte ich wohl nervös sein. Wir stiegen in das Auto und Danny fuhr los. Als wir nach einer Stunde immer noch nicht angehalten worden waren, wurde ich ruhiger. Tobi hatte einen Kumpel in einer kleinen Stadt etwa hundert Kilometer entfernt, der würde uns bestimmt ein paar Tage aufnehmen.

Da Danny sich nicht auf die Autobahn traute und wir uns öfter verfuhren, kamen wir erst um ein Uhr nachts an. Zum Glück war Tobis Kumpel noch wach. Er hieß Gregor und war sehr nett. Die Wohnung hatte zwei Zimmer, wir durften eins haben.

»Aber nicht länger als zwei Wochen, sonst fällt das auf und ich kriege einen Mordsärger.«

Wir versprachen es ihm. Gregor musste schlafen, weil er am nächsten Tag zur Arbeit musste, er machte eine Ausbildung zum Automechaniker. Wir setzten uns in die Küche und tranken Gregors Wein. Wir waren alle sehr schnell betrunken und Danny ermahnte uns, dass wir leise sein sollten, sonst würde Gregor aufwachen. Schließlich hatten wir keine Zigaretten mehr. Ich hatte eigentlich aufgehört zu rauchen, weil es im Heim nur Tabak gab, und ich hasste Zigaretten ohne Filter.

»Ich geh noch Zigaretten holen.«

»Beeil dich aber«, sagte Danny.

Ich sprang die Treppenstufen runter und machte mich auf den Weg. Nach einer halben Stunde hatte ich einen Automaten gefunden, dafür hatte ich mich verlaufen. So trottelig, wie ich war, hatte ich natürlich keine Adresse und keine Telefonnummer aufgeschrieben. Neben mir rollte ein Polizeiwagen, ich verkrümelte mich mehr in meine riesengroße Jacke, aber es half nichts, ich hatte keinen Grund, auf der Straße zu sein. In meiner Panik zündete ich mir eine Zigarette an. Später hätte ich mich für so viel Blödheit schlagen können. Natürlich konnten

sie durch das Licht vom Feuerzeug mein Babyface sehen und sich denken, dass ich noch keine achtzehn war. Sie hielten an.
»Guten Morgen, den Ausweis bitte«, sagte der eine.
»Ich habe keinen.«
»Und was machst du hier nachts um halb drei auf der Straße?«
»Zigaretten für meinen Vater holen.«
»Ach ja, und wie heißt dein Vater und wo wohnt er?«
Ich schwieg drei Sekunden zu lange und senkte meinen Blick auf den Boden, als ich wieder hochguckte, sah ich, dass es sinnlos war. Sie nahmen mich mit und nach einer halben Stunde auf dem Revier hatten sie rausbekommen, wer ich war.
»Du bleibst diese Nacht bei uns, wir bringen dich morgen früh zurück ins Heim.«
Sie steckten mich in eine Zelle und nahmen mir alles weg, was ich hatte. Ich haute mich in eine Ecke und wartete darauf, dass die Nacht verging. Die Tür wurde nochmals aufgesperrt und sie schubsten einen betrunkenen Mann hinein, mich sahen sie nicht, da ich an der Wand lehnte. Ehe ich was sagen konnte, war die Tür schon wieder zu. Erst sah mich der Betrunkene gar nicht, er schimpfte auf die Polizei und auf die Benzinpreise. Irgendwann entdeckte er mich und war ziemlich erstaunt.
»Was hast du denn verbrochen, sperren sie jetzt schon Kinder ein?«
Ich erzählte ihm, was passiert war. Er versprach, mir zu helfen, sobald er wieder draußen war. Das fand ich sehr nett, aber ich glaubte ihm kein Wort. Er legte sich auf ein Bett, wir hatten drei Betten in der Zelle, und schnarchte so laut, dass ich glaubte, die Wände würden wackeln.
Trotzdem musste ich kurz eingenickt sein, denn sie weckten mich. Der Betrunkene war nicht mehr da.

»Hat er dir was getan?«, fragten sie mich.
Ich schüttelte den Kopf.
»Wir hatten ganz vergessen, dass du noch in der Zelle warst, weil du nicht im Plan gestanden hast. Warum hast du nicht auf die Klingel gedrückt? Wir hätten ihn woanders hingebracht.«
»Er hat doch nichts gemacht.«
»Du hast ein Vertrauen ...«, sagte ein Polizist.
Wir stiegen in das Auto und fuhren zurück in mein Heim. Zwischendurch hielten sie noch an einer Imbissstube und kauften mir Pommes und einen Kakao. Ich fand das sehr nett und bedankte mich, darüber lachten sie.

Wir waren viel schneller da als auf dem Hinweg. Ich hoffte, dass Danny, Alex und Tobi die Wohnung verlassen hatten und irgendwo anders hingegangen waren. Sie würden bestimmt unsere ganze Vergangenheit durchforsten und dabei auf Gregor kommen. So machten sie es zumindest im Fernsehen bei den Verbrechern. Dann fiel mir ein, dass wir gar keine Verbrecher waren, also würden sie es wahrscheinlich nicht so machen. Da dachte ich an die zwei aufgebrochenen Autos und war nicht mehr sicher, ob wir nicht doch Verbrecher waren.

»Ab wann ist man in diesem Land ein Verbrecher?«, fragte ich die Polizisten.
»Sobald man eine Straftat begangen hat.«
Also waren wir Verbrecher.

Bei meiner Rückkehr war ich ein Held. Ich war schließlich eine ganze Nacht weg gewesen, die meisten schafften es nur ein paar Stunden, wenn überhaupt. Sie vergaßen mir einen blauen Trainingsanzug zu verpassen, darüber war ich ganz froh, denn die sahen grauenhaft aus. Unsere Schleimer vergaßen zum Glück auch mich zu verpetzen.

Nach einer Woche brachten sie Alex zurück, zwei Tage später Danny, Tobi schaffte es dreieinhalb Wochen, dann war auch er wieder da. Sie waren, nachdem sie mich erwischt hatten, am nächsten Tag zu Gregors Cousin gegangen, das war auch besser, denn abends stand bei Gregor die Polizei vor der Tür.

Danny erwischten sie beim Klauen, Alex schmiss im betrunkenen Zustand eine Fensterscheibe ein und Tobi wollte endlich fahren lernen und raste mit dem Auto gegen einen Baum. Er konnte froh sein, dass ihm nichts passiert war.

Danny hatte eine Pistole mit ins Heim schmuggeln können und bedrohte die Erzieher. Sie war aber zu nervös und das Ganze dauerte nur drei Minuten, dann hatten sie ihr die Pistole entrissen. Wir sahen sie zwei Tage nicht, aber als sie wieder unter uns war, war sie die unbestrittene Heldin.

Ich hatte mittlerweile – trotz meines Schwures – einen Antrag gestellt. Ich wollte in die Schule gehen. Nachdem ich fünf Monate Unkraut gezupft hatte, bekam ich Panik, dass ich das bis zu meinem Lebensende machen müsste. Sie schleppten mich zu allerlei Tests und ich bekam zwei Wochen Einzelunterricht, dann wurde mein Antrag genehmigt. Nach knapp einem halben Jahr befand ich mich wieder in der Normalität.

Die Leute in meiner Klasse waren ganz nett. Sie unterhielten sich zwar meist über Dinge, von denen ich keine Ahnung hatte, aber sie redeten mit mir. Sie wussten, wo ich herkam, aber das war ihnen egal.

Der Unterricht war ziemlich einfach, und obwohl ich seit Jahren nicht mehr regelmäßig in die Schule gegangen war und davor nur halbherzig, gehörte ich schon nach wenigen Wochen zu den Besten in unserer Klasse. Das nahm mir aber keiner übel.

Bald kamen auch andere Leute aus unserem Heim in die Schule. Danny, Alex und Tobi durften zwar nicht in meine Klasse, weil wir angeblich so einen schlechten Einfluss aufeinander hatten, aber es war trotzdem lustig, dass sie da waren. Man konnte ja zusammen den Unterricht schwänzen. Danny und Tobi verliebten sich in jemanden aus ihrer Klasse und auch die anderen aus unserem Heim hatten ziemlich schnell eine feste Freundin.

Schon bald hatten wir deshalb im Heim einen regen Zulauf von asozialen Müttern mit ihren ach so wohl geratenen Zöglingen, die besorgt um das Wohl ihrer Kinder waren. Die Frauen waren meist übergeschminkte, blondierte Asis, in viel zu kurzen Kleidern mit schrillen Stimmen, die meinten, wenn ihre Kinder mit solchen Asis wie uns zusammen wären, dann wäre die Zukunft im Knast oder mit Aids schon vorprogrammiert. Man muss wirklich sagen, dass die Erzieher versuchten uns zu verteidigen, aber es half nichts. Fortan mussten sich die Liebespaare heimlich treffen.

Danny machte schon nach einigen Wochen wieder Schluss mit ihrem Freund, er war ihr einfach zu dumm, aber Tobi war sehr verliebt. Als seine Freundin schwanger wurde, schickten ihre Eltern sie erst zur Abtreibung nach Amsterdam und dann ins Internat. Sosehr Tobi bettelte und wir ihm versuchten zu helfen, wir bekamen die Adresse des Internates nicht raus. Es brach Tobi das Herz. Als seine Freundin sich nach drei Wochen immer noch nicht meldete, haute er ab. Er hatte uns eingeweiht, wir rieten ihm zwar ab, aber es hatte keinen Zweck. Tobi wollte abhauen, um seine Freundin zu finden, ich fand das sehr romantisch.

Sein Fehlen fiel erst beim Abendessen auf. Er hatte mit uns das Heim verlassen, war aber nicht mit uns in die Schule gegangen. Die Schule hatte dem Heim nicht gemeldet, dass er fehlte. Nach der Schule hatten wir bis zum Abendessen Ausgang, da wir unsere Hausaufgaben in der Schule machten und dort zu Mittag aßen. Als er um achtzehn Uhr nicht zum Abendessen erschien, gab es für die Heimleitung noch nicht sofort Grund zur Beunruhigung, denn wir verspäteten uns alle mal. Erst um halb sieben war klar, dass er nicht mehr kommen würde. Die Suchmeldung wurde losgeschickt. Tobi hatte zehneinhalb Stunden Vorsprung.

Bei der Befragung konnten wir nichts sagen, auch wenn wir gewollt hätten. Wir hätten natürlich nie gewollt. Tobis Freundin konnte überall stecken, also konnte er auch überall suchen.

Nach anderthalb Wochen wurde uns beim Abendessen erklärt, dass Tobi tot war. Er war mit einem geklauten Auto auf der Autobahn gegen eine Leitplanke geknallt. Mit hundertvierzig Stundenkilometern hatte er keine Chance. Er war noch keine sechzehn, als er starb.

5

Wir wurden gefragt, ob wir zur Beerdigung gehen wollten. Alex und ich meldeten uns, Danny sagte, das wäre nichts für ihre Nerven, und zu dem Rest hatte Tobi nicht den größten Kontakt gehabt.

Ein Erzieher bot uns an, uns zur Beerdigung zu fahren, er hatte sich mit Tobi gut verstanden. Wenn es so etwas gab im Heim. Das »Verstehen« zwischen den Erziehern und uns, das waren keine Freundschaften, aber zumindest ein Respektieren.

Alex rief Gregor an, den Kumpel von Tobi, bei dem wir bei unserer gemeinsamen Flucht untergekommen waren, und berichtete, was passiert war. Er versprach zu kommen.

Am nächsten Tag fuhren wir in ein kleines Kaff auf den Friedhof. Vier Menschen. Ich sollte Beerdigungen mit weniger Menschen mitbekommen. Der Priester las aus der Bibel vor und Alex ein selbst gemachtes Gedicht. Ich war sehr erstaunt, denn ich wusste nicht, dass Alex Gedichte schrieb.

Ich glaube, Alex machte das fix und fertig, ihn erinnerte es an Michaela. Er war ein harter Junge, hatte einiges in seinem Leben gesehen, aber schließlich war er gerade erst sechzehn geworden. Nach der Beerdigung fuhren wir noch gemeinsam zu McDonald's. Gregor war schon wieder gefahren und ich saß mit Alex und dem Erzieher an einem Tisch. Alex hielt die Klappe und ich natürlich auch. Ich hatte noch nie mit einem von den Erziehern mehr als drei Worte geredet.

Als wir zurückfuhren und aus dem Auto stiegen, hielt mich der Erzieher zurück.

»Tust du mir einen Gefallen?«, fragte er mich.

»Ungern«, sagte ich.

»Pass auf Alex auf, ich glaube, es nimmt ihn verdammt mit.«

»Das muss mir nicht so ein verdammter Heuchler wie du sagen, das ist für mich Ehrensache.«

Vielleicht tat ich ihm Unrecht, aber das taten sie uns immer.

Alex redete nicht.

Die ersten Tage nahm ihm das keiner übel, aber dann fingen sie an ihn zum Reden zu zwingen. Er bekam kein Essen, wenn er nicht sprach – dann aß er halt nichts. Er durfte nicht raus – dann ging er nicht raus. Sie lobten ihn – er reagierte nicht. Nach drei Wochen gaben sie auf. Er ging weiter in die Schule und saß völlig einsam auf dem Schulhof herum, mit seinem Schweigen isolierte er sich völlig. Er hatte eine unsichtbare Mauer um sich gebaut. Ich versuchte nicht zu resignieren und ihm die Treue zu halten, aber es war schwer. Manchmal vergaß ich ihn völlig, weil er nie was sagte. Beim Essen setzte ich mich immer zu ihm, aber da es sonst niemand machte, war es für mich total frustrierend. Danny kümmerte sich nicht um Alex, außer in den ersten Tagen, dann verliebte sie sich und mit ihr war nichts mehr anzufangen. Sie sah gut aus und war der Schwarm aller Jungen, aber Alex war unser Kumpel und ich hatte das Gefühl, dass sie uns im Stich ließ.

Außer mir kümmerte sich nur noch der Erzieher, der mit uns zur Beerdigung gefahren war, um Alex. Sein Name war Jörg. Jörg nahm Alex mit ins Kino, zum Autorennen oder ins Schwimmbad. Die anderen ärgerten Alex deswegen, und da er sich nicht wehrte, musste ich mich immer für ihn prügeln. Er sah sich das Ganze nicht mal an, sondern saß auf der Erde, das Käppi ins Gesicht gezogen, und brütete vor sich hin.

Einmal schlug ich mich mit drei Jungen gleichzeitig, weil sie am Nachbartisch über Alex herzogen. Das brachte mir ein blaues Auge und eine gebrochene Nase ein.

Ich fand auch komisch, dass Alex sich von Jörg überallhin mitschleifen ließ, aber ich war froh, dass sich außer mir noch jemand um ihn kümmerte, und wenn es nur so ein Dreckserzieher war. Wenn es nicht so absurd klingen würde, hätte man meinen können, sie wären Freunde.

Alex redete bis zu meinem Geburtstag nicht, das waren knapp fünf Monate. Es war an einem Sonntag und Alex schenkte mir nach dem Mittagessen eine Rose.

»Tut mir Leid«, sagte er.

»Kein Problem«, sagte ich, »das kann jedem passieren.«

Damit waren die letzten Monate vergessen, bis auf die Tatsache, dass sich Alex und dieser Jörg wirklich anfreundeten.

Jörg wurde versetzt, wir wussten nicht, ob es an der Freundschaft mit Alex lag, aber wir vermuteten es. Er kam Alex trotzdem oft besuchen.

Alex hatte von uns allen den härtesten Film hinter sich. Er hatte, als er vier war, mit angesehen, wie sein Vater erst seine Mutter und dann sich erschoss. Danach war er zu seinem alkoholsüchtigen Onkel gekommen, der ihn täglich mindestens einmal verprügelte. Mit zehn haute er von dort ab und lebte zwei Jahre bei einer Nutte in einem Bordell. Er war das Kind aller Nutten, aber er wurde oft von Zuhältern missbraucht und geschlagen. Nach zwei Jahren schloss die Polizei das Bordell und brachte Alex ins Heim. Hinter einer kurzen Geschichte steht manchmal eine große Tragödie. Er hatte niemanden auf der Welt, bekam nie Besuch und nie was geschenkt.

Zu Weihnachten hatten wir zu dritt herumgesessen, Alex, ich und noch ein Junge. Niemand hatte gewusst, wohin mit uns, deswegen waren wir dageblieben. Die Erzieher stellten uns Plätzchen hin und wir durften fernsehen, so lange wir wollten. Danny war zu ihrer schwerhörigen Oma gefahren.

»Ich will schon lieber bei euch bleiben«, sagte sie zu Alex und mir, »aber das kann ich ihr nicht antun.«

»Ist schon gut«, sagte Alex, »du brauchst dich nicht zu rechtfertigen.«

Silvester war es noch schlimmer. Jörg hatte Alex abgeholt und der eine Junge, der Weihnachten mit uns zusammen war, war abgehauen und so saß ich mutterseelenallein im Gruppenraum. Es waren zwar noch zwei Erzieher da, aber ich wusste nicht, wo. Wahrscheinlich tranken sie Sekt zusammen.

Ich legte mich auf das Fernsehsofa und schloss die Augen, ich hätte gern laut Musik gehört, aber wir hatten keine Anlage und den Fernseher konnte man nur bis zu einer gewissen Lautstärke einstellen. Jemand tippte mir auf die Schulter.

»Hey, willst du Silvester verpennen?« Alex stand vor mir. »Es tut mir Leid, aber ich habe nicht darüber nachgedacht, dass du ja ganz alleine hier bist. Als es mir einfiel, habe ich zu Jörg gesagt, dass ich entweder mit dir zusammen feiern werde oder gar nicht.«

»Wo ist denn Jörg?«

»Er verhandelt mit den Erziehern, ob du mitkommen darfst. Sie sitzen im Büro, komm, lass uns hingehen. Wenn sie dich nicht mitkommen lassen, sollen sie dir das ins Gesicht sagen, dass sie dich Silvester allein verschimmeln lassen wollen.«

Wir gingen ins Büro. Wir mussten den Erziehern hoch und heilig versprechen, dass wir niemandem etwas davon sagen würden und dass ich am nächsten Morgen bis zehn Uhr wieder da wäre. Wir versprachen es, es war halb zwölf. Wir gingen in das nächste Kaff und setzten uns auf die Treppenstufen vom Rathaus. Ich sah es Alex an, er erinnerte sich.

Jörg hatte zwei Sektflaschen mitgebracht, wir prosteten uns zu und sahen uns ein Minifeuerwerk an. Als die Sektflaschen leer waren, waren wir schon betrunken. Alex versuchte Jörg davon zu überzeugen, dass wir in eine Kneipe gehen sollten. Jörg wollte nicht, er meinte, so etwas würde sich in solchen Nestern herumsprechen und dann wüsste es morgen Mittag auch das Heim.

Wir bekamen Jörg dazu überredet, in das übernächste Kaff zu gehen, das war fünf Kilometer entfernt. Dort fanden wir eine Kneipe und setzten uns hinein. Da Alex und ich ausnahmsweise ordentlich angezogen waren – ich hatte sogar einen Rock an –, sah uns keiner komisch an. Wir tranken sehr viel Sekt und wurden rührselig. Erst erzählte Alex seine Lebensgeschichte und dann Jörg.

Jörg war erst fünfundzwanzig und früher selbst im Heim gewesen. Das konnte ich nicht verstehen, wie konnte jemand, der einen Teil seines Lebens im Heim verbracht hatte, dorthin zurückkehren?

»Das war purer Idealismus, ich hatte gedacht, ich könnte was verändern, aber ich bin nur gegen Mauern gelaufen. Als sie erfuhren, dass ich selber im Heim war, trauten sie mir nicht mehr über den Weg.«

Ich konnte es immer noch nicht begreifen, aus mir würde bestimmt alles, aber Erzieher – nein danke.

Ich wurde zum Tanzen aufgefordert. Wir feierten, tanzten und tanzten, bis es fast wieder hell war, dann liefen wir den Weg zurück. Als wir an unserem Heim ankamen, war ich schon fast wieder nüchtern. Jörg hatte den Schlüssel mit, die Dienst habenden Erzieher waren natürlich gegangen, als keiner mehr im Heim war. Wir verabschiedeten uns. Alex sah noch fern, ich ging sofort schlafen.

Am nächsten Tag kam Danny zurück.

»Hey, du Schlafmütze, ich bin wieder da. Mann, bin ich froh, dich zu sehen, eine Woche nur Verwandte, die einen mit Plätzchen und Geld zustopfen, um ihr schlechtes Gewissen zu beruhigen. Ich habe ihnen Grausamkeiten erzählt: dass wir hier nur zweimal am Tag Essen bekommen würden und jeden Morgen Haferschleim, das hat sie sehr beunruhigt und sie haben mir noch mehr Geld gegeben. Die Einzige, die O. K. ist, ist meine schwerhörige Oma. Die tut nämlich nur so, in Wahrheit ist sie gar nicht schwerhörig. Sie hat es mir verraten, sie sagt, es wäre der beste Schutz gegen unsere geschwätzige Verwandtschaft.« Danny redete und redete und ich sagte gar nichts.

Irgendwann bemerkte das auch Danny.

»Oh, sorry, ich hoffe, ich habe dich nicht mit meinem Gelaber genervt. War es bei euch sehr schlimm? Ich habe einfach nicht nachgedacht, als ich dir von meinen furchtbaren Verwandten erzählt habe.«

»Sei froh, dass du welche hast.«

»Mein Gott, ich habe mich doch entschuldigt. Als ob du perfekt wärst!«

»Ich bin nicht perfekt, aber du hast nicht für fünf Cent nachgedacht. Lass wenigstens Alex damit in Ruhe. Ich bin froh, dass es ihm gut geht.«

»Du behandelst den Typen wie ein rohes Ei, du kannst ihn nicht von allem fern halten.«

»Das tu ich überhaupt nicht, aber er ist mein bester Freund und für meine Freunde tu ich eben alles – im Gegensatz zu dir.«

»Jetzt mach mal halblang, ihr seid doch noch immer meine Freunde.«

»Davon merke ich viel, ich kann mich nicht mal mehr daran erinnern, dass du dich um Alex gekümmert hast. Das letzte Mal mit uns zu tun hattest du, als Tobi noch lebte, das ist ein halbes Jahr her.«

»Du kommst ja nie mit.«

»Was soll ich denn in so miesen Läden, Cola nippen und Billard spielen? Ach nein, wir Mädchen dürfen ja nur zugucken – nein danke.«

»So kriegst du nie einen Typen ab.«

»Ich will doch gar keinen.«

»Aber später vielleicht, und dann kriegst du keinen mehr ab.«

»Dann heirate ich halt den Alex.«
»Oh, das ist ja 'ne Überraschung«, sagte Alex.
Er stand am Türrahmen, ich hatte ihn nicht kommen hören, und grinste.
»Wie lange stehst du da schon?«, fragte ich ihn.
»Lange genug«, sagte er.
»Du bist echt ein Asi«, sagte ich zu ihm und stürmte aus der Tür.
Mit ihm und Danny redete ich eine Woche lang nicht.

Dann meldete sich Jörg nicht mehr, Alex rief bei ihm an, aber unter der Nummer gab es keinen Anschluss mehr. Wir gingen zu Jörgs Arbeitsstelle, dort wurde uns gesagt, dass Jörg gekündigt hatte. Wo er jetzt war, wussten sie nicht, und wenn, dann hätten sie uns das auch nicht gesagt.

Ich hatte richtig Angst um Alex, ich wusste nicht, wie ich ihm helfen sollte.

Mit meiner Angst ging ich zu Danny.

»Der hat doch auf Alex gestanden, deswegen musste er erst hier weg, und als er dann immer noch nicht die Finger von Alex lassen wollte, musste er ganz weg.«

»Quatsch, was erzählst du denn da für einen Mist?«

»Das hat doch ein Blinder mit Krückstock gesehn, du bist halt nicht die Einzige, die auf Alex steht.«

»Ach, du bist echt blöd. Wenn's wirklich so gewesen ist, muss Jörg doch nicht spurlos verschwinden, es darf einem doch niemand verbieten sich in jemanden zu verlieben.«

»Das nicht, aber wenn ein Erzieher das zeigt, dann macht er sich strafbar.«

»Ich hab einfach Angst, dass Alex wieder anfängt zu schweigen.«

Er schwieg nicht. Anfangs versuchte er sich zusammenzureißen. Es klappte nicht. Dann drehte er durch und sie brachten ihn weg. Wir sahen ihn zwei Monate nicht, als er wiederkam, erkannte ich ihn erst nicht wieder, er hatte zugenommen und sah ordentlich und gepflegt aus, aber irgendwas in ihm war kaputt.

6

Einen Monat später erhielt ich ein ziemlich passables Zeugnis und wurde in ein anderes Heim verlegt. Das Heim war ein Bauernhof und abgelegen von allem. Es wurde von Hippies mit seltsamen Idealen geführt. Beim Begrüßungsgespräch sagten sie mir, dass sie niemanden rausschmeißen würden. Ich grinste.

»Das werden wir ja sehen«, sagte ich.

»Wir sind auf deiner Seite.«

Ich lachte verächtlich. »Ich kann mir nichts Schöneres vorstellen.«

Wir saßen in der Küche und es gab lauwarme Ziegenmilch und Tee, so richtig nach meinem Geschmack. Ich war das einzige Mädchen, außer mir waren noch vier Jungen da. Sie sagten während der Begrüßung kein Wort. Ich musste an Alex und Danny denken und wünschte, sie wären hier.

Alex hatte beim Abschied an der Tür gestanden. Als ich mich umguckte, während wir schon fuhren, hätte ich schwören können in meinem Leben keinen einsameren Menschen gesehen zu haben.

Die vier Jungen hatten sich in den Kopf gesetzt mich wieder rauszuekeln. Sie wollten keine Weiber, wie sie sagten. Sie hatten gedacht, ich würde losheulen, aber da hatten sie sich verrechnet. Sie brachen meine Zimmertür auf, beschmierten die Wände mit blöden Sprüchen, schnitten Löcher in meine Turnschuhe und beschimpften mich. Ich prügelte mich mindestens einmal am Tag mit einem von ihnen.

Als sie wieder mal eine Kassette von mir kaputtgemacht hatten, fragte ich die Asitypen: »Könnt ihr mich nicht einfach in Ruhe lassen?«

»Nö, erst wenn du abgehauen bist.«

»Ihr müsst euch ja zu Tode gelangweilt haben ohne mich«, sagte ich zu ihnen und schmiss meine Zimmertür zu.

Am nächsten Tag hatten wir Besprechung. Wenn es ein Leben nach dem Heim gibt, werde ich nie wieder eine Besprechung haben. Die Hippies hatten mitbekommen, dass die Jungen nicht sonderlich scharf auf mich waren.

»Jetzt hört doch mal auf, sie zu ärgern, sie hat euch ja gar nichts getan. Das ist wirklich unfair.«

Ich kam mir vor wie ein zehnjähriges Schulmädchen mit Sommersprossen auf der Nase.

»Hab ich euch um Hilfe gebeten?«, fragte ich.

»Nein, aber du schaffst es nicht alleine, du bist jetzt schon seit drei Wochen hier und die Jungen hören nicht auf, dich zu ärgern.«

»Könnt ihr das nicht den Hühnern im Stall vorgackern und uns hier nicht mit so einem Müll belästigen?«, sagte ich.

Die Jungen lachten.

»Ihr werdet euch zusammenraufen, sonst wird das für euch Jungen Konsequenzen haben.«

Das fehlte noch, dass meinetwegen jemand bestraft wurde.

»Könnt ihr euch nicht um euren eigenen Kram kümmern«, sagte ich und stand auf. Ich knallte die Küchentür zu und ging auf mein Zimmer.

Ich wollte Musik hören, aber die Asis hatten mir auch mein Radio kaputtgemacht. Ich sah auf die Wand und las so intelligente Sprüche wie *Weiber sind zum Ficken da*. Ganz toll. Ich hatte keinen Bock mehr. Ich schleimte mich bei niemandem ein, weder bei den Jungen noch bei den Erziehern. Wenn die Jungen unter sich bleiben wollten, O. K., aber ein Leben als Ziegenmilch trinkende Schleimerin wollte ich mir nicht vorstellen.

Ich schnappte mir meinen Rucksack, an dem die Jungen die Riemen abgerissen hatten, und suchte ein paar Klamotten von mir zusammen. Nach einigen Minuten stellte ich fest, dass sie mir fast alle meine Sachen zerrissen hatten, ich hatte nicht ein einziges Kleidungsstück, was noch tragbar war. Und das, was ich anhatte, war wirklich nicht viel, eine Hose und ein T-Shirt. Die Hose war löchrig und das T-Shirt stank. Ich schnappte mir noch einen löchrigen Pullover, steckte mir mein letztes Geld ein und wollte gehen. Es klopfte an der Tür.

Es waren die Jungen.

»Was wollt ihr, was auf die Fresse?«, sagte ich.

»Nein, wir wollten uns entschuldigen.«

»Hört bloß auf, ich glaub euch kein Wort.«

»Doch, wirklich, außerdem hast du eben die Klappe gehalten bei den Erziehern.«

»Ja, und deswegen seid ihr trotzdem scheiße, ihr habt mir meine ganzen Klamotten kaputtgemacht, ich hab nichts mehr und ich hab keine Kohle, mir neue zu kaufen.«

»Dann schmeißen wir halt zusammen, wir haben zwar auch kein Geld, aber wir haben ein paar Klamotten.«

Sie gingen in ihre Zimmer und kamen kurze Zeit später wieder.

Ich zog die Klamotten sofort an, die Hose war mir zehn Nummern zu groß, aber es war eine coole Armeehose, und den Kapuzenpulli konnte ich als Minirock tragen. Ich besah mich im Spiegel und fand, dass ich gut aussah. Ich lief die nächsten Monate so herum. Ein Junge drückte mir ein Cowboyposter in die Hand. Ich sah ihn verständnislos an.

»Für den Spruch an der Wand«, meinte er.

Er hatte strohblondes Haar, große Augen und eine Narbe unterm rechten Auge. Ich schloss ihn sofort in mein Herz. Er hieß Thomas, aber alle Welt nannte ihn Tommy. Er war fünfzehn.

»Wohin wolltest du gehen?«, fragte Tommy mich.

»Ich wollte ein Bier trinken gehen, ich hab einen Kilometer von hier eine Kneipe gesehen.«

»Ich glaub, das kannst du vergessen, wir sind in dieser Gegend nicht besonders beliebt.«

»Das hab ich schon gemerkt, als ich gestern an der Straße stand. Da kam ein Bauer mit seinem Fahrrad vorbei und fragte mich ernsthaft, wann der Stacheldrahtzaun jetzt endlich gebaut würde. Aber ich geh trotzdem mal gucken.«

»Na ja, wir können ja mitkommen und im Supermarkt Bier holen«, meinte Tommy.

»Mädchen dürfen doch gar kein Bier trinken«, meinte einer der Jungen.

»Kümmere dich nicht um den, der bleibt nur bis morgen, dann zieht er wieder zurück zu seiner Mami.«

Der Junge sah Tommy wütend an und ich dachte, gleich gibt es eine Schlägerei, doch er verschwand in sein Zimmer.

Wir gingen zu viert los.

»Weißt du, wir haben gedacht, du wärst so 'ne Zicke, die immer petzt. Deswegen wollten wir dich nicht dahaben«, meinte ein Junge, der Frank hieß.

»Eigentlich ist mir das alles peinlich«, sagte der andere Junge. Der hieß Marcel und war der Stärkste von allen, ich musste es ja wissen, ich hatte mich ja schon mit allen geprügelt.

»Jetzt hört auf, wir vergessen es einfach«, sagte ich.

Wir gingen die Straße entlang und nach einer Stunde waren wir endlich da. Tommy kaufte Bier und Zigaretten im Supermarkt. Wir setzten uns in der einzigen Geschäftsstraße vor die Sparkasse, die nur vormittags geöffnet hatte.

»Das ist ja sterbenslangweilig«, meinte ich, »was habt ihr denn die ganze Zeit gemacht?«

»Weiß nicht«, meinte Frank, »aber hier waren wir erst einmal.«

Die Jungen pfiffen ein paar Mädchen hinterher und ich ein paar Jungen. Das fanden die gar nicht komisch.

»Wo haben sie euch denn rausgelassen?«

»Das geht dich gar nichts an«, brüllte Tommy zurück.

»Ihr seid wirklich die letzten Asis!«

»Das sind wir auch«, brüllte Frank.

»Wollt ihr was auf die Schnauze haben?«, schrie einer von ihnen.

»Komm doch her, wenn du dich traust!«

»Wir haben jetzt keine Zeit, aber wir sind um sieben wieder da und dann werden wir euch vermöbeln, wenn ihr Feiglinge dann überhaupt noch da seid!«

»Warnt eure Mamis schon mal vor, ihr Flaschen!«

Ich glaubte nicht, dass sie kommen würden. Solche Typen waren nur groß darin, Reden zu schwingen. Ich irrte mich.

Sie kamen um sieben und waren zu zwölft.

»Mist«, meinte Tommy, »wenn du abhauen willst«, sagte er zu mir, »dann geh ruhig. Wir sind nicht sauer.«

»Sag mal, tickst du nicht mehr sauber?«, fragte ich ihn.

»Ist ja gut, war ja nur ein Angebot.«

Sie kreisten uns ein. Wir lehnten gegen die Schaufensterscheibe und hatten keine Chance. Ich zog mein Messer, die Jungen bewaffneten sich mit leeren Bierflaschen.

»Guck mal, die Asis können sich nur mit Waffen wehren!«

»Und weil ihr so mutig seid, kommt ihr mit zwölf Mann?«

»Ihr hättet ja auch noch ein paar von euch herholen können, aber anscheinend seid ihr die einzigen Asis in der Stadt.«

»Ich glaube, da irrst du dich«, sagte Frank.

Es kam tatsächlich ein Trupp Leute auf uns zu, da es aber schon ziemlich dunkel war, konnten wir nicht erkennen, zu welcher Seite sie gehörten.

Die anderen Jungen drehten sich kurz um und das war ihr Fehler. Wir schlugen sofort auf sie ein.

Sie waren zu verdattert, um sich zu wehren. Zum Glück war die andere Truppe auf unserer Seite. Sie waren zu sechst, wenn ich richtig zählte, und konnten gut zuhauen.

Die anderen wehrten sich verzweifelt, aber wir waren stärker und brutaler. Ich hasste sie einfach dafür, dass sie so waren, wie sie waren. Sie schlenderten durch die Stadt und beleidigten uns ohne sich nur einen einzigen Gedanken zu machen. Sie brauchten sich um nichts Gedanken zu machen. Sie hatten alles, was sie wollten, und dafür hasste ich sie.

Sie gaben irgendwann auf.

Wir schüttelten dem Trupp, der uns geholfen hatte, die Hände, bedankten uns und stellten uns vor. Aus irgendeiner Ecke kamen drei Mädchen hervor.

»Da hat sich ja ein Mädchen mitgeprügelt. Und uns erzählt ihr, das wäre eine Schlägerei ausschließlich unter Jungen.«

»So toll sind Schlägereien nicht«, sagte Tommy.

Da konnte ich ihm nur zustimmen.

»Woher seid ihr?«, fragte Frank sie.

»Aus dem Internat hier«, sagte einer der Jungen.

»Wir sind reiche Kinder. Unsere Eltern haben uns aus lauter Verzweiflung und Scham ins Internat gegeben. Und ihr?«

Wir sagten ihnen, dass wir aus dem Heim kamen.

»Ach, dann sind wir ja fast in der gleichen Situation!«, sagte einer der Jungen.

»Das glaube ich nicht«, sagte Tommy. »Wir sind so unterschiedlich wie Tag und Nacht.«

»Wieso?«

»Es ist ein riesengroßer Unterschied, ob ich Scheiße baue oder Schulprobleme habe und deswegen von meinen reichen Eltern ins Internat gesteckt werde, die mir auch sonst mit ihrer Kohle den Rücken freihalten können, oder ob ich einfach im Heim aufwache ohne irgendetwas dergleichen getan zu haben. Ihr seid reiche Bonzenkinder. Damit will ich nicht sagen, dass wir Unschuldslämmer sind!«

»Aber deswegen können wir doch trotzdem miteinander was zu tun haben. Kommt, lasst euch von uns zu einem Bier einladen.«

»Das können wir gern machen, nur glaube ich nicht, dass wir in irgendeine Kneipe reinkommen.«

»Aber wir kommen in die Kneipe rein.«

»So viel zu dem Thema Unterschiedlichkeit«, meinte Marcel.

Wir waren schon ziemlich unterschiedlich, wenn ich nur die Klamotten der Mädchen betrachtete. Die waren bestimmt hundert Euro wert und meine, die sahen aus, als kämen sie von der Heilsarmee. Außerdem benahmen sich die Mädchen total bescheuert. Sie kicherten die ganze Zeit und ich wusste nicht, warum.

Wir wurden tatsächlich in eine Kneipe hineingelassen, der Wirt runzelte zwar die Stirn, als er uns sah, und fragte die anderen, die er anscheinend kannte, wo sie uns denn aufgetrieben hätten. Sie sagten, dass sie für uns bezahlen würden, und damit war die Sache O.K. Ich wollte das nicht. Ich vertrank einfach unser restliches gemeinsames Geld.

In der Kneipe war's furchtbar langweilig. Die Mädchen fanden Frank und Marcel ganz toll und denen gefiel das. Tommy hatte sich mit einem der Jungen in ein Gespräch vertieft. Ich saß allein auf der Lautsprecherbox, schüttete Bier in mich rein und langweilte mich. Langsam kam ich richtig schlecht drauf. Ich vermisste Alex und Danny, mit denen wäre das hier richtig lustig gewesen.

Eine dieser Tussen kam auf mich zu.

»Hey, hör mal, Frank hat gesagt, dass du keine Klamotten hast. Du kannst von mir welche kriegen. Ich geh alle drei Monate mit meiner Mutter shoppen, wo sie mich komplett neu einkleidet. Die anderen Sachen brauch ich nicht.«

Ich sah sie an und fühlte mich elend, am liebsten hätte ich ihr eine geknallt.

Stattdessen stand ich auf und rannte weg.

Ich lief und lief und lief. Irgendwann konnte ich nicht mehr und setzte mich auf die Erde. Tommy setzte sich neben mich.

»Du kannst aber verdammt schnell rennen.«

»Und du leise ...« Ich hatte nicht gehört, dass er mir hintergerannt war. »Ich geh da nicht mehr hin zurück. Was bilden die sich ein? Nur weil die Kohle haben, sind die doch nichts Besseres als wir«, sagte ich.

»Sie denken einfach nicht nach«, meinte Tommy. »Das müssen sie auch nicht, sie können machen, was sie wollen, weil sie ihre reichen Eltern haben.«

»Ich möchte echt mal wissen, warum die uns geholfen haben.«

»Aus Spaß, aus Langeweile. Mich hat es gewundert, aber niemand von ihnen hat uns gefragt, um was es eigentlich ging.«

»Ich wünschte, Alex hätte das mitbekommen.«

»Wer ist das denn?«

Ich erzählte ihm von Alex und von Danny, aber am meisten von Alex, weil ich mir solche Sorgen um ihn machte.

»Und da, wo die sind, gibt es kein Telefon?«, fragte Tommy.

»Doch, natürlich«, sagte ich.

»Und warum rufst du nicht an?«

Das war wirklich eine interessante Frage. Ich zündete mir eine Zigarette an.

»Das ist nicht dein Ernst, oder? Du wirst mit vier Jungen fertig, hältst dich wacker bei einer Schlägerei und kommst nicht auf die Idee, zum Telefon zu greifen, um dich nach deinem besten Freund zu erkundigen?«

»Brüll doch nicht so rum.«

Ich wusste, er hatte Recht, aber ich hatte manchmal das Gefühl, dass alles so kompliziert war, dass ich gar nicht auf einfache Gedanken kommen konnte.

Frank und Marcel kamen mit den Bonzenkindern zu uns.

»Hey, was ist denn los?«, fragte mich die Tussi, die mir ihre abgetragenen Klamotten angeboten hatte. »Ich wollte dich nicht beleidigen.«

Tommy hatte Recht, sie dachten einfach nicht nach. Ich

guckte sie von oben bis unten an. Das Gesicht war so dick geschminkt, dass man es mit einem Spachtel abkratzen konnte, die Haare waren mit so viel Haarspray besprüht, dass man einen Tischtennisball dagegen werfen könnte und er wieder abprallen würde. Es hatte keinen Sinn, ihr etwas zu erklären. »Es lag nicht an dir, ich bin heute nicht so gut drauf.«

»Kann ich dir helfen?«, fragte sie mich. »Hast du Liebeskummer oder in der Schule Stress?«

Ich hatte noch nie Liebeskummer und in der Schule war ich seit Wochen nicht mehr. Was würde sie wohl sagen, wenn ich ihr sagte, dass ich mir Sorgen darüber machte, ob sich mein bester Freund gerade aufhängt, oder dass ich lauwarme Ziegenmilch hasste und die dazugehörigen Hippies sowieso, aber mich trotzdem mit ihnen herumschlagen musste?

»Ich glaube, ich komme auf dein Angebot mit den Klamotten noch mal zurück.«

Sie freute sich und ging zu Marcel hinüber. Aha, die waren anscheinend ein Paar. Wir beratschlagten, wie wir nach Hause kommen sollten.

»Wir holen euch einfach ein Taxi. Wir können das zahlen«, meinte einer von dem Bonzentrupp.

Er rief einen Jungen, der etwas abseits stand, zu uns. Er kam herüber, die Hände in den Hosentaschen vergraben und den Blick gesenkt. Als er vor uns stand, hob er den Kopf und sah mich an. Ich wäre fast in Ohmacht gefallen. Dieser Blick aus seinen blaugrünen Augen hatte so etwas Verlorenes, aber auch Edles, dass es mir die Sprache verschlug.

»Hast du noch Geld für ein Taxi?«, wurde der edle Ritter gefragt.

»Klar, kein Problem«, sagte dieser.

Da fand ich meine Sprache wieder.

»Es ist *eben wohl* ein Problem«, schrie ich, »und bevor ich nur einen Cent von dir annehme, verrecke ich lieber.«

»Ist ja schon gut«, meinte Tommy. »Wir gehen zu Fuß.«

Die anderen verabschiedeten sich noch, ich lief schon mal vor.

»Hey, warte doch mal«, rief Marcel, ich drehte mich um und wartete.

Zum Glück hatte er die Tussi dagelassen.

Wir liefen zurück, Frank schimpfte die ganze Zeit auf mich und meinen verdammten Stolz. Ihm persönlich wäre es scheißegal, mit wessen Geld er nach Hause fuhr.

»Es hat dich keiner davon abgehalten, ein Taxi zu holen«, meinte Tommy, damit hatte er Recht und Frank hielt die Klappe.

7

Am nächsten Tag rief ich in meinem Exheim an und fragte nach Alex. Der war nicht zu sprechen, dafür aber Danny.

»Schön, dass du dich endlich auch mal meldest nach fast einem Monat«, sagte sie. »Ich dachte, wir wären deine besten Freunde.«

Ich entschuldigte mich und fragte nach Alex.

»Der Blödmann hat noch am selben Tag, an dem du entlassen wurdest, eine Spielhalle überfallen. Seitdem sitzt er in Untersuchungshaft.«

»Scheiße!«

»Das kannst du wohl laut sagen und ich sitze hier mutterseelenallein unter Idioten herum.«

»Dann komm doch einfach zu mir.«
»Und dann?«
»Ach, weiß ich nicht. Für das Nachdenken bist du zuständig. Kommst du?«
»O. K.«
Ich gab ihr die Adresse und tatsächlich, am Abend war sie da. Ich stellte sie den Erziehern vor und sagte, dass sie am nächsten Tag wieder fahren würde. Es war kein Problem. Wir versteckten sie eine Woche, dann rochen die Erzieher den Braten.
»Sag mal«, fragte mich einer von ihnen. »Ist deine Freundin noch da?«
»Nein, die ist doch gefahren.«
»Dann kannst du uns ja in dein Zimmer lassen.«
»Wieso?«
»Wir wollen uns davon überzeugen, dass deine Freundin wirklich weg ist.«
Sie gingen in mein Zimmer, obwohl ich versuchte sie davon abzuhalten. Wo waren denn diese dämlichen Jungen, wenn man die mal brauchte. Natürlich schafften es die Erzieher, in mein Zimmer zu kommen. Ich war zwar stark, aber gegen drei Erwachsene hatte ich keine Schnitte. Danny saß auf dem Bett und las ein Buch, sie schaute auf.
»Hi, wir kennen uns ja schon, ich heiße immer noch Danny.«
Die Erzieher grinsten und ich war sauer. Danny schaffte es einfach, jeden um den kleinen Finger zu wickeln. Da saß sie auf meinem Bett, lächelte, sagte »hi« und brauchte nichts mehr zu befürchten. Das war Danny live.
Als die Jungen auftauchten und die neue Situation vorfanden, freuten sie sich. Die Erzieher hatten Danny gefragt, ob sie blei-

ben wollte, und sie hatte nur genickt. Nach ein paar Telefonaten war alles klar. Unsere alte Heimleitung hatte eh ein neues Heim für Danny gesucht und sie waren froh, dass ihnen die Arbeit abgenommen wurde. Danny verstand sich wunderbar mit den Erziehern, außerdem fühlte sie sich wohl auf dem Land. Sie fütterte die Schweine, molk die Ziegen und redete mit den Hühnern, kurzum, sie hatte einfach einen Knall. Die Jungen waren natürlich begeistert von ihr, aber das war ich ja schon gewöhnt.

Ich machte mir Sorgen um Alex und wollte zu ihm.

»Und was willst du dann da?«, fragte mich Danny. »Mit einem Maschinengewehr ins Gefängnis gehen und Alex befreien?«

»Zum Beispiel.«

»Das bringt doch nichts, sie werden dich verhaften und du kommst noch nicht einmal zu Alex ins Gefängnis, sondern ins Frauengefängnis.«

»Heißt das, du kommst nicht mit? Ich dachte, Alex wäre auch ein Freund von dir, und du hilfst ihm nicht?«

»So helfe ich ihm ganz bestimmt nicht.«

»Was schlägst du denn vor?«

»Wir könnten zu den Erziehern gehen.«

»Seit wann fragen wir denn solche Typen um Hilfe?«

»Willst du Alex helfen?«

»Natürlich, und deshalb gehe ich zu ihm hin, also kommst du jetzt mit?«

»Nein.«

»Weißt du was, du bist eine ekelige Schleimerin.«

»Ach, du bist doch nur sauer, weil es mal nicht nach deinem Kopf geht.«

Ich ging zu Tommy. Er fand meine Idee zwar auch schwachsinnig, aber er wollte trotzdem mitkommen. Wir liehen uns von Danny Geld. Abends machten wir uns auf den Weg. Es war bitterkalt, und nachdem wir ein paar Kilometer gegangen waren, schimpfte ich auf ihn.

»Wieso sind wir nicht tagsüber gefahren? Wir hätten mit dem Bus zum Bahnhof fahren und dann in den Zug steigen können.«

»Das hatte ich dir vorgeschlagen, aber du meintest, so wäre es unauffälliger.«

Ich konnte mich an den Vorschlag nicht erinnern, aber es konnte wohl wahr sein. Ich war den ganzen Tag so sauer auf Danny, und wenn ich wütend bin, kann ich nicht zuhören.

Endlich wurden wir beim Trampen mitgenommen. Vorn saßen zwei Typen.

»Hi, wo wollt ihr denn hin?«

Ich sagte ihm den Ort.

»Das sind ja fast zweihundert Kilometer. Zum Glück haben wir gerade einen vollen Tank Benzin geklaut!«

Prima Aussichten.

»Das Auto habt ihr wahrscheinlich auch geklaut?«

»Ja klar, meinst du, so einen Schlitten könnten wir uns leisten? Wollt ihr was trinken?«

Tommy nickte, wir hielten an einer Tankstelle und kauften Bier. Der Fahrer trank erst einen Flachmann und dann noch zwei Flaschen Bier. Unsere Erfolgschancen anzukommen vergrößerten sich nicht gerade. Aber wir kamen an.

»So, und wohin wollt ihr?«

Tommy zuckte mit den Schultern.

»Ich will mir eine Knarre besorgen«, sagte ich.

»Dann nimm so lang diese hier«, sagte der schon ziemlich blaue Fahrer, griff in seine Tasche und gab mir eine Pistole. Sie fühlte sich gut an. Er erklärte mir noch ein paar Details.

»So, und jetzt gehen wir noch einen trinken.«

»Wir haben kein Geld.«

»Ach, das ist nicht so wichtig, wir haben Geld und die Nacht ist noch jung, nicht verzagen, Charlie fragen.«

Charlie hieß er also.

Wir gingen mit ihnen in eine Bar. Charlie drückte uns hundert Euro in die Hand und sagte: »Viel Spaß.«

Die Kneipe war eine Spelunke, deswegen wurden wir wahrscheinlich nicht rausgeschmissen. Charlie und sein Kumpan baggerten sofort irgendwelche Weiber an, hoffentlich sahen sie die nicht bei Tageslicht.

Ich schmiss Geld in den Automaten und trank Bier. Tommy sagte zwar nichts, aber ich glaube, er war genervt, weil er mitgekommen war. Mir ging es richtig gut, ich kam mir vor wie in einem Western, der letzte gute Held, der für die Gerechtigkeit kämpfte. Ich erzählte das Tommy und der musste grinsen: »Mein Gott, so viel Scheiße erlebt und immer noch ein Träumer.«

Charlie kam auf uns zu: »Hier habt ihr die Schlüssel, ihr könnt im Wagen pennen. Wir ziehen noch mit den Weibern ab. Ich will mal wieder in einem Bett schlafen und duschen können. Außerdem habe ich da was Nettes an der Hand!«

Das Nette war ein schwabbeliges Etwas, dem die Vorderzähne fehlten, na ja, jeder nach seinem Geschmack.

»Wie sollen wir euch den Schlüssel wieder zurückgeben?«

»Vergesst es, wir klauen uns morgen einfach einen neuen. Schmeißt ihn weg oder fahrt noch 'ne Runde.«

Ich musste an Tobi denken und an sein Ende an der Leitplanke. Charlie haute ab und wir verzogen uns auch recht schnell. Im Kofferraum gab es Decken und wir machten es uns so bequem wie möglich und schliefen ein.

8

Ich wachte auf und starrte in die Gesichter kleiner, lärmender Schulkinder. Ich sah auf die Uhr, sie zeigte Viertel nach sieben. Tommy schlief tief und fest, ich streckte den Kindern die Zunge raus, darüber lachten sie. Erst als ich ihnen mit der Faust drohte, hauten sie ab. An Schlaf war jetzt nicht mehr zu denken. Ich stieg aus dem Wagen und kaufte zwei Kaffee. Dann setzte ich mich wieder in den Wagen, trank meinen Kaffee und beobachtete Tommy. Er sah so verwegen aus. Wunderschön. Wenn er irgendwo anders aufgewachsen wäre, würde er bestimmt eine Karriere als Schauspieler machen. Eigentlich passte er gar nicht zu uns, er war sehr clever und zog sich anständig an. Tommy hatte eine Mutter, die er abgöttisch liebte, er schrieb ihr einmal die Woche und telefonierte oft mit ihr. Als ich mich einmal darüber lustig machte, hätte sich Tommy fast vergessen. Seine Mutter war geschieden und hatte drei Jungen, die machten, was sie wollten. Tommy hatte geklaut wie ein Rabe und war nicht zur Schule gegangen. Irgendwann war das Jugendamt eingeschritten und hatte ihr die Kinder weggenommen. Tommy hatte sich das nie verziehen.

Langsam wachte er auf, ich drückte ihm einen Kaffee in die Hand. »Sollen wir los?«, fragte ich.

Er zuckte mit den Schultern.

»Wenn du keine Lust hast, dann bleib hier. Ich kann das verstehen, du kennst Alex noch nicht mal.«

»Ich hab es dir versprochen!«

Wir stiegen aus dem Auto und fragten uns durch bis zum Gefängnis. Zwei Polizeiautos standen davor.

»Lass uns umkehren«, flüsterte ich, aber es war zu spät, sie kamen zu viert auf uns zu. Die Knarre und die Autoschlüssel waren in meiner Tasche, ich wusste nicht, was ich tun sollte.

»Eure Ausweise?«

»Wir haben keine.«

»Es liegt eine Vermisstenmeldung vor, kann es sein, dass die für euch gilt?«

Wie sprach der denn?

»Das könnte sein«, meinte Tommy.

»Dann kommt mal mit.«

Sie brachten uns aufs Revier, ich hatte keine Chance, mich von der Knarre zu trennen. Auf dem Revier wurden wir durchsucht, natürlich fanden sie sowohl die Autoschlüssel als auch die Knarre. Ich wurde in ein Vernehmungszimmer gebracht. Hinter dem Schreibtisch saß ein Beamter und tippte auf einer lauten Schreibmaschine.

Ich gab auf. Ich sah meine Zukunft im Knast, gequält von brutalen Schlägerbräuten und Bananenbrei essend. Nach einer halben Stunde kamen zwei Beamte rein.

»Bist du fertig?«

»Jaja, nicht mal in Ruhe schreiben kann man hier.«

Der Beamte hinter der Schreibmaschine verschwand.

Sie packten den Schlüssel und die Knarre auf den Tisch. Der eine Beamte lehnte sich gegen die Wand und der andere setzte sich vor mir auf den Schreibtisch. Der auf dem Schreibtisch beugte sich zu mir runter. »Das sieht gar nicht gut aus. Ein geklautes Auto, unerlaubter Waffenbesitz. Du hattest doch nicht etwa wirklich vor, deinen Freund Alex aus dem Knast zu befreien? Wir sind angerufen worden und uns wurde gesagt, dass du und dein Kumpel so etwas in der Art vorhaben. Stimmt das?«

Ich sagte nichts, außerdem bekam ich es langsam mit der Angst zu tun.

»Von wem hast du die Knarre?«

Ich blieb immer noch stumm und holte mir aus meiner Jackentasche eine Zigarette. Ich zündete sie mir an. Der Typ von der Wand kam auf mich zu und knallte mir eine, das tat verdammt weh. Ich meine, wir hatten öfters Schlägereien, aber so einen Schlag habe ich noch nie abbekommen. Ich kämpfte echt mit den Tränen.

»Mein Kollege ist etwas genervt, aber wir schlagen uns die ganze Zeit mit solchen Typen wie dir herum, da verliert man schon mal die Nerven!«

Der Typ an der Wand zündete sich eine Zigarette an, meine lag auf der Erde, ich traute mich nicht sie aufzuheben.

»Also«, meinte der an der Wand: »Geklautes Auto, unerlaubter Waffenbesitz, willst du dich jetzt dazu äußern?«

Stille.

»Pass auf, wir haben nicht den ganzen Tag Zeit, uns mit dir herumzuschlagen. Wir haben unten im Keller eine hübsche kleine Einzelzelle, in der kannst du dir zwei Wochen lang überlegen, ob du uns irgendwas zu sagen hast. O. K.?«

Ich sah den Beamten vor mir und mir wurde schlecht. Mein Gesicht tat weh und ich konnte mich nicht konzentrieren und nicht überlegen, was ich sagen sollte.

»Den Autoschlüssel habe ich gefunden.« Ich starrte auf meine Fingernägel.

»Ach, interessant, und wo?«, fragte der auf dem Schreibtisch.

Ich war so nervös, dass mir nichts einfiel. Als ich hochschaute, wusste ich, dass ich keine Chance hatte. Der von der Wand klebte mir noch eine.

»O. K., wir sind getrampt und uns haben zwei Typen mitgenommen, dann haben sie uns netterweise den Autoschlüssel gegeben, damit wir in dem Auto schlafen konnten.«

»Das wissen wir, ihr hättet rein zeitlich das Auto gar nicht klauen können, es ist nämlich gestern Mittag geklaut worden und wir haben ein Video von der Tankstelle mit diesem Wagen. Und die Typen, die darauf sind, haben mit euch keinerlei Gemeinsamkeiten.«

Ich fühlte mich völlig gelinkt, warum setzten sie mich hier hin und fragten mich lauter Zeug, das sie eh schon wussten.

»Weißt du, wie die beiden Typen heißen?«

Ich schüttelte den Kopf.

»Macht nichts, wir aber. Du kannst jetzt gehen.«

Ich verließ völlig benommen das Zimmer. Tommy saß auf einer Bank im Flur und wartete auf mich. Ein Beamter kam auf uns zu. »Ich bringe euch zum Bahnhof.«

Wir stiegen in ein Zivilfahrzeug. Als wir am Bahnhof ankamen, brachte er uns zum Gleis und drückte uns die Fahrkarten in die Hand. Er sagte, wo und wann wir umsteigen sollten, und dann verschwand er. Wir stiegen in den Zug. Ich fragte mich die ganze Zeit, warum die Polizisten mich nicht nach der Knarre gefragt hatten.

»Vielleicht war das gar keine echte«, meinte Tommy.

Das konnte gut sein, ich lehnte mich gegen Tommys Schultern und träumte vor mich hin. Er sagte nichts, sondern streichelte mir über den Kopf.

Ich musste eingeschlafen sein, denn er schüttelte mich.

»Komm, wir müssen umsteigen.«

Wir stiegen in einen Bummelzug, der an jeder Telefonzelle hielt. Endlich waren wir da. Ein Erzieher holte uns ab. Als wir ankamen, fing ich einen Streit mit Danny an.

»Warum hast du uns verraten?«

»Ich hab mir halt Sorgen gemacht. Weißt du, was passiert wäre, wenn du tatsächlich mit einer Pistole ins Gefängnis gegangen wärest? Sie hätten dich erschossen.«

»Dann hätte ich dich wenigstens nicht mehr sehen müssen.«

»Die Erzieher wollen uns helfen Alex aus dem Knast zu holen.«

»Das glaubst du ja wohl selber nicht!«

»Doch, das glaub ich. Wieso sollten sie lügen?«

»Weil solche Typen immer lügen!«

»Oh, ja, die Welt ist schlecht und alle sind gegen dich! So einfach ist die Welt nicht. Du und dein verdammter Hass, das bringt mich echt irgendwann um!«

»Ach, halt die Schnauze, du Verräterin, Schleimerin!«

Ich ging in mein Zimmer. Dort blieb ich die nächsten zwei Wochen.

Ich hörte dumpfe Musik und hasste die Welt. Danny wollte sich mit mir vertragen, aber ich schmiss sie aus meinem Zimmer. Die Jungen versuchten mich zu überreden mit in die Stadt zu kommen, aber ich hatte keinen Bock.

Es war gegen Mittag, ich hatte meinen Kopf in das Kissen gedrückt und träumte Heldengeschichten, in denen ich immer der Sieger war und reich und berühmt wurde. Jemand setzte sich auf mein Bett. Bestimmt diese blöde Danny, dachte ich nur.

»Mir ist zu Ohren gekommen, dass hier seit zwei Wochen ein junges Fräulein liegt und vor Selbstmitleid zerfließt.«

Ich sprang auf, es war tatsächlich Alex. Er stand auf, packte mich und wirbelte mich durch die Luft.

»Ich würde sagen, fünf Kilo abgenommen. Komm, lass uns was essen gehen.«

Wir gingen in die Küche, dort hatten sich alle versammelt. Ich war glücklich und auf niemanden mehr sauer. Es gab Spaghetti mit einer leckeren Soße.

»Und jetzt iss«, meinte Alex, »ich hab hier nicht umsonst zwei Stunden herumgewerkelt, um dir dein Lieblingsessen zu kochen.«

Das ließ ich mir nicht zweimal sagen, es schmeckte köstlich. Als die anderen längst fertig waren, aß ich immer noch weiter. Alex schaute mich an und grinste.

»In dir stecken ja ungeahnte Fähigkeiten«, sagte ich.

»Zwei Pfund weniger in deinem Mund und ich hätte tatsächlich was verstanden.«

Die anderen lachten, egal. Hauptsache, Alex war wieder da. Danny hatte wie immer Recht gehabt. Den Erziehern war es gelungen, Alex aus dem Knast rauszuholen.

Er lebte sich gut ein. Alex und Tommy wurden gute Freunde. Wir gingen weiter öfter in die Stadt und trafen uns auch mit den Bonzenkindern. Alex verstand sich super mit ihnen. Ich war total verdattert und wütend.

»Was willst du denn mit denen?«, fragte ich ihn.

»Reden. Wieso nicht, die sind doch nett?«

»Was sind die? Das sind miese kleine Bonzenkinder, die vom Leben keine Ahnung haben.«

»Hast du denn Ahnung?«, sagte er und grinste dabei.

»Mehr als die.« Ich ging zurück ins Heim.

Dann verkrachte ich mich mit Danny. Sie fütterte gerade die Hühner und ich pumpte sie um Kohle an.

»Geh doch zu den Erziehern, dir steht doch Geld zu.«

»Dann sollen die es mir geben.«

»Die warten darauf, dass du sie fragst.«

»Sie können warten, bis sie schwarz werden.«

»Ich kann dir kein Geld geben, ich hab selber kaum noch welches. Geh hin, dann kannst du direkt fragen, ob sie dir Geld für neue Klamotten geben können.«

»Ich will gar keine neuen Klamotten.«

»Nicht? Guck mal, wie du rumläufst. Hätte ich dir nicht noch eine Hose von mir geliehen, würdest du seit Monaten mit der viel zu großen Armeehose und mit dem schlabberigen Kapuzenpulli rumlaufen. Sehr sexy!«

»Mir gefällt's.«

»So kriegst du nie einen Typen ab.«

»Ich will doch gar keinen Typen.«

»Viel Spaß in der Einsamkeit.«

»Wieso, ich hab doch euch.«

»Meinst du, wenn Alex mal heiratet, kann er zu seiner Frau sagen: So, jetzt sind wir verheiratet, aber ich hänge trotzdem immer noch jeden Tag mit meiner kleinen Freundin herum. Meinst du, das wird die Frau sich bieten lassen?«

»Ach, du bist doch total bescheuert«, sagte ich und ging.

9

Ich ging doch zu den Erziehern, aber nicht um nach Geld zu fragen.

»Ich möchte gerne in die Schule«, sagte ich.

»Was willst du denn da?«, fragten sie mich.

»Was lernen.«

»Ach, da lernst du doch nix, außerdem wirst du da der absolute Außenseiter sein. Das tut dir nicht gut.«

»Ich will aber!«

»O. K., wir werden für dich anrufen, du musst aber selber sehen, wie du hinkommst.«

In mir machte es *Klick* und ich drehte durch.

»Euch interessiert überhaupt nichts, die Schweine sind euch mehr wert als wir alle zusammen. Ich hasse euch und eure dämliche Ziegenmilch und ich werde in die Schule gehen«, schrie ich sie an. »Und dann werde ich Anwältin und euch alle verklagen.«

Sie sagten überhaupt nichts und sahen mich nur an.

»Da könnt ihr gucken, was? Die anderen habt ihr vielleicht um den Finger wickeln können, aber mich nicht. Ich falle auf euch nicht herein, niemals.« Ich schmiss ein paar Blumenvasen von der Fensterbank. Sie sagten immer noch nichts.

»Jetzt habt ihr Angst, was? Merkt euch das für die Zukunft, mich kriegt ihr nicht rum!«

»Das find ich sehr bewundernswert«, sagte einer von ihnen.

Ich hatte das Gefühl, dass sie sich über mich lustig machten, und da mir nichts einfiel, was ich hätte sagen können, ging ich.

Zwei Stunden später klopfte es an meiner Zimmertür. Es war ein Erzieher.

»Du kannst morgen früh in die Schule gehen, der Bus fährt um fünf vor sieben los und hält genau vor der Schule. Der Direktor erwartet dich dort.«

»Verpiss dich!«

Am nächsten Morgen stand ich um halb sieben auf und rannte zum Bus. Der Bus war voller lärmender Schulkinder. Sie schienen mich interessant zu finden, hoffentlich sah ich nicht genauso furchtbar aus, wie ich mich fühlte. Wer solche Uhrzeiten zum Aufstehen erfunden hat, der sollte mir lieber nicht über den Weg laufen.

»Wo hast du denn die Hose her? Von Aldi?« Sie lachten alle. »Der Pullover ist ja der letzte Schrei, 99 Cent vom Wühltisch.«

»Nee, bei der Caritas geklaut«, brüllte ich zurück.

»Und beim Friseur warst du das letzte Mal wohl vor zehn Jahren?«

»Was ist denn das?«, fragte ich.

Sie redeten weiter, aber ich reagierte nicht mehr. Irgendwie schien ich mit meinem Aussehen auf keine große Fangemeinde zu stoßen. Als wir ankamen, ging ich zum Sekretariat.

»Hi, ich bin die Neue.«

»Bist du die aus dem Heim?«

»Sieht man das nicht?«

»Setz dich mal hin, der Direktor kommt gleich.«

Ich wurde von einem großen, grauhaarigen, älteren Mann erwartet. Direktoren sehen immer gleich aus. Er begrüßte mich und ich zeigte ihm mein letztes Zeugnis. Er war erstaunt.

»Nicht schlecht«, meinte er, »wie hast du das denn hinbekommen?«

»Ich habe den Lehrern einfach vor der Zeugnisausgabe aufgelauert und sie verprügelt.«

Er sah mich an. »Ich hoffe, das ist ein schlechter Scherz?«

»Was wäre die Welt ohne Hoffnung«, sagte ich und grinste.

»Egal, ich werde mich mit deiner alten Schule in Verbindung setzen. Deine wievielte Schule ist das hier?«

»Ich habe nicht mitgezählt.«

»Siehst du, ich weiß nicht, ob ich dich nehmen soll. Ich habe hier keine Schwierigkeiten und ich möchte, dass es so bleibt.«

»Sie müssen mich aber nehmen, in diesem Land gibt es eine gesetzliche Schulpflicht.«

»Für solche Leute wie dich gilt sie aber nicht, man wird freigestellt und erhält Einzelunterricht.«

Ich überlegte, ob das stimmen könnte, mit Paragrafen kannte ich mich nicht aus. Warum behandelte er mich so asozial, er kannte mich doch gar nicht.

Ich fragte ihn.

»Dich persönlich kenne ich nicht, aber solche Pappenheimer wie dich. Die kommen hierher, richten Chaos an und ich kann dann die Scherben aufsammeln. Sag mal bitte, gibt's bei euch im Heim nichts Ordentliches zum Anziehen?«

Ich sagte ja, meine Fangemeinde war nicht riesig.

»Ich find die Klamotten cool«, sagte ich.

»Ich werde dir eine Chance geben. Höre ich eine Beschwerde, bist du weg, hast du verstanden?«

Ich nickte und kam mir vor wie ein Schwerverbrecher, der seine Henkersmahlzeit erhält. Er führte mich in eine Klasse. Ich weiß nicht, wie oft ich schon vor einer neuen Klasse gestanden habe. Man bekommt Routine und sieht sofort, wer der Klassenstreber, der Loser und der Schleimer ist. Man erkennt die Schläger und die Hinterlistigen.

Ich wurde neben den Klassen-Loser gesetzt.

Klassen-Loser sehen meistens so aus, als hätten sie in der vierten Klasse noch ins Bett genässt. Viele von ihnen sind nicht sonderlich intelligent, so dass sie noch nicht mal zum Abschreiben zu gebrauchen sind. Sie haben meistens Pickel, sind Brillenträger und etwas übergewichtig. Die Mütter sind große hysterische Perückenträgerinnen, die niemanden zu Wort kommen lassen. Ich war echt froh, dass ich schon fast alles war, nur noch kein Klassen-Loser. Mir tat es Leid, dass ich neben ihn gesetzt wurde. Seine Sympathien in der Klasse steigerte das nicht sonderlich.

»Ey, Andreas hat 'ne neue Freundin.«

»Wie hast du das denn geschafft?«

»Herzlichen Glückwunsch zu deiner Eroberung.«

»Mach dir nichts draus«, flüsterte ich ihm zu.

»Nein, ich ertrag diese Typen schon seit zwei Jahren.«

Natürlich hatte er einen Sprachfehler, er lispelte. Seine Klamotten waren vor zwanzig Jahren mal der Hit gewesen und einen Seitenscheitel trugen heutzutage nur noch ergraute Komiker. Aber in puncto Klamotten sollte ich mich vielleicht zurückhalten. Wir saßen in der ersten Reihe. Jetzt beschmissen sie uns mit Papierkugeln und spuckten durch Plastikrohre Erbsen auf uns.

»Du musst ruhig bleiben, das geht vorbei«, meinte Andreas. Der hatte gut reden, ich durfte mir hier eh nichts leisten. Aber ich wusste nicht, wie lange ich das aushalten würde. Die Klassenlehrerin kam herein und sie hörten endlich auf. Dafür ging es in der Pause weiter. Andreas war mit mir runtergegangen und die anderen umzingelten uns auf dem Pausenhof.

Wir waren schon ein schönes Pärchen, das asoziale Heimkind und der Klassen-Loser aus der ersten Reihe.

»Hey, du brauchst nicht hier rumzuhängen mit mir«, sagte ich ihm.

»Hast du was dagegen?«

»Mir doch egal.«

Wir setzten uns auf eine Treppenstufe und ich zündete mir eine Zigarette an, natürlich kam sofort die Pausenaufsicht vorbei und verbot mir das. Ich hatte, wie so oft, einfach nicht nachgedacht. »Scheiße«, meinte ich.

»Was ist denn?«

Ich erzählte Andreas, was der Direktor gesagt hatte. Seine Antwort ging in dem Pausenklingeln unter. Vor der Tür stellte jemand Andreas ein Bein und in der Klasse wurden seine Schulsachen durch die Gegend gepfeffert. Ich setzte mich auf mein Pult und sah mir das Ganze an. Dann sprang ich auf und schubste einen Jungen, der zwei Köpfe größer war.

»Lass das«, sagte ich zu ihm. Der war völlig verdattert. Die Klasse war mucksmäuschenstill.

»Wenn du dich mit jemandem anlegen willst, dann leg dich mit mir an. Wir können uns gerne prügeln.«

»Ich schlage mich nicht mit Weibern«, sagte er.

»Ich schlage mich aber mit Jungen.«

»Könntet ihr eure wirklich interessante Diskussion auf später verschieben?«

Wir alle hatten den Lehrer nicht kommen gehört. In der zweiten Pause rief ich Alex an und sagte, dass ich Stress hätte und die Befürchtung, nach der Schule zu Brei gehauen zu werden. Er war nicht erstaunt und versprach zu kommen. Nach der Schule verließ ich zusammen mit Andreas das Schulgelände. Vor der Schule war ein ganzer Trupp zusammengekommen, aber keine Spur von Alex. Das bedeutete mein Todesurteil. Ich sah Andreas an, er hatte Angst.

»Gibt es hier keinen anderen Ausgang?«, fragte ich todesmutig.

Er schüttelte den Kopf. Als wir aus dem Schultor kamen, sangen sie ein Hochzeitslied. Es hörte sich gar nicht so schlecht an. Sie umzingelten uns und der Riese, dem ich gedroht hatte, kam auf mich zu.

»Na, immer noch 'ne große Klappe?«

Er sollte mich einfach zusammenschlagen, ohne große Worte, aber das taten solche Typen vor Publikum nicht. Ich hatte nichts dabei, kein Messer, keine Flasche, ich hatte nur meine Fäuste. Er kam näher und ich spuckte ihm ins Gesicht. Er schubste mich und ich fiel hin. Die Menge grölte, aber ich sprang sofort wieder auf. Jemand drängte sich in das Gewühl, es war Alex.

»Was ist denn hier los?« Er stellte sich vor den Jungen. »Verprügeln wir jetzt schon kleine Mädchen?«

»Sie wollte es nicht anders.«

»Wenn du dich mit jemandem prügeln willst, dann prügle dich mit mir.«

Darauf hatte der Junge anscheinend keinen Bock, das konnte ich verstehen. Alex konnte ziemlich gefährlich aussehen, wenn er wütend war – und das war er gerade –, man konnte richtig Angst vor ihm haben.

»Was ist denn hier los, warum geht ihr nicht nach Hause?« Natürlich war zu meinem Pech der Direktor dazugekommen.

»Ich werde hier bedroht, das Mädchen da«, er zeigte auf mich, »bestellt ihren Kumpanen hierher, um mich verprügeln zu lassen.«

»Du kommst jetzt mal mit«, sagte der Direktor zu mir, »und ihr geht nach Hause.«

Ich trottete hinter dem Direktor her, Andreas kam mit.

»Hab ich dich mit hierher bestellt?«, fragte der Direktor Andreas.

»Vor Gericht darf man sich auch einen Anwalt mitnehmen.«

»Kannst du dir nicht anständige Freunde suchen?«

»Sie ist anständig.«

Ich war sehr stolz auf ihn.

»So anständig, dass sie fast eine Prügelei in der Klasse anfängt und draußen einem Jungen, der noch nie auffällig war, einen Schläger auf den Hals schickt?«

»Sie hat mich verteidigt, in der Klasse. Die haben mein Schulzeug durch die Gegend geworfen und vor der Schule sollte sie verprügelt werden, da kam der Junge und hat ihr geholfen.«

»Und was war mit der Zigarette?«

»Ich habe nicht nachgedacht«, sagte ich.

»Dann gewöhne dir das schleunigst an.«

Wir waren entlassen und ich war noch mal davongekommen. Alex wartete vor der Schule auf uns. Ich stellte die beiden vor. Der Unterschied zwischen ihnen hätte nicht größer sein können.

»Warum ziehst du eigentlich so unmögliche Klamotten an?«, fragte ich Andreas.

»Weil ich bei meiner Oma wohne und die nur eine Minirente hat.« Jeder hatte seine Probleme, die Welt war nirgendwo in Ordnung. Wir gingen in die Stadt und ich klaute Andreas eine Hose. Er war sehr beeindruckt. Alex hatte keinen Bock mehr und fuhr zurück.

»Sollen wir zu mir gehen?«, fragte Andreas. »Wir können was kochen, meine Oma ist nicht da, die arbeitet dreimal die Woche bei so einer reichen Familie und schmeißt denen den Haushalt.«

»Klar, warum nicht.« Wir aßen Tiefkühlpizza und Andreas erzählte mir von der Schule. Als ich ihm sagte, dass ich zurücktrampen würde, wollte er mir Geld für ein Taxi geben. Ich lehnte ab.

Die nächsten Wochen rief er jeden Tag um halb sieben im Heim an und bat die Erzieher mich zu wecken. Ich schaffte es nicht immer zum Bus. Es war aber auch gemein: Wenn man den einzigen Bus verpasst hatte, gab es keine Chance mehr, weil der nächste und letzte Bus erst mittags wieder fuhr. Ich trampte öfter in die Schule. Seit meinem ersten Horrorschultag ließen die anderen uns in Ruhe. Sie hatten Angst vor meiner Gang. Ich wusste gar nicht, dass ich eine hatte.

In der dritten Woche kam ein Mädchen auf mich zu. »Hi, ich heiße Eva«, sagte sie.

»Und wer will das wissen?«, fragte ich.

»Ich wollte nur sagen, dass mir das mit deinem ersten Tag Leid tut.«

»Ach, und deswegen hast du uns auch verteidigt?«

»Nein, ich war zu feige.«

Ich konnte das verstehen, zu Außenseitern zu halten war nicht ganz einfach.

»O. K., ist verziehen.«

Wir freundeten uns an, sehr zur Besorgnis unserer Lehrer. Sie redeten ihr ins Gewissen, doch ihr war das egal. Dann riefen sie bei uns im Heim an, dort interessierte es aber niemanden.

»Meine Mutter will dich kennen lernen. Der Direktor hat gestern bei ihr angerufen und sie gefragt, ob sie wüsste, mit wem ihre Tochter neuerdings befreundet wäre. Sie sollten sich mal mehr um mich kümmern, sagte er. Du sollst heute nach der Schule mit zum Essen kommen!«

»Leichenbeschauung«, sagte ich, »nein, da hab ich keinen Bock drauf.«

»Ach, komm bitte, sie ist echt nett.«

»Sie wird mich die ganze Zeit anstarren, komische Fragen stellen und gucken, ob ich mit Messer und Gabel essen kann.«

»Nein, das wird sie nicht tun, versprochen.«

Sie tat es wirklich nicht. Eva hatte einen kleinen Bruder, der meine Klamotten total cool fand. Das fand ich lustig. Die Mutter ließ uns in Ruhe, wahrscheinlich merkte sie, dass ich nervös war. Ich hatte einmal ein furchtbares Erlebnis bei einem Mädchen zu Hause gehabt. Als die Eltern hörten, dass ich aus dem Heim kam, gaben sie mir viel zu essen, schenkten mir Klamotten und gaben mir Geld. Als sie sagten, ich könne bei ihnen baden, bin ich gegangen. Ich glaube, sie stellten sich unter Heimkindern Zwieback essende Kinder in Müllsäcken vor, die einmal im Monat Badetag hatten.

Eine Woche später flog ich von der Schule. Ich hatte mich mit einem Jungen geprügelt, der Andreas beleidigt hatte. Sie schickten mich auf eine Sonderschule für Erziehungsschwierige. Das ist so eine Schule, in der viele Asoziale sitzen und in der achten Klasse noch das Einmaleins lernen. Ich ging eine Woche hin, dann sagten sie mir, dass ich auf die Schule nicht passen würde. Ich fragte mich echt, warum, ich konnte das Einmaleins und erziehungsschwierig war ich doch auch. Sie versprachen mir, sich für mich nach einer geeigneteren Schule umzuschauen. Ich fand die Woche sehr spaßig, vorne turnte ein Lehrer herum, um den sich keiner kümmerte, und hinten spielten die Leute Karten. Fast alle Jungen sahen so aus wie Andreas und die Mädchen hatten Pferdezöpfe und dicke Brillen, unter denen sie hervorschielten. Ich war die Einzige, die dem Lehrer zuhörte, nicht weil es mich wirklich interessierte, es langweilte mich zu Tode, aber ich hatte Mitleid mit ihm. Er musste irgendwas verbrochen haben, um hier zu landen.

Meine Schulkarriere war damit vorerst beendet, ich passte einfach nirgendwohin. Sie boten mir noch Einzelunterricht an, das lehnte ich dankend ab. Mir konnte keiner was vorwerfen, ich hatte es wirklich versucht.

10

Ich beschloss Verbrecher zu werden, nur allein macht das keinen Spaß. Ich überlegte, wer von meinen Freunden Lust dazu haben könnte, aber bis auf Frank und Marcel blieb keiner übrig. Alex kam gerade aus dem Knast, der hatte wahrscheinlich erst mal die Schnauze voll, Danny war zu vernünftig für so was, außerdem hatte sie bestimmt Angst, sich dabei ihre neuen langen Fingernägel zu brechen, und Tommy würde ohne Alex und Danny auch nicht mitmachen. Ich fragte Marcel und Frank, und sie hatten beide Lust. Wir beschlossen erst einmal einen Zigarettenautomaten zu knacken. Auf dem Weg in die Stadt gab es einen abgelegenen Parkplatz mit einer Grillhütte und einem kleinen Toilettenhaus, an dem außen ein Zigarettenautomat hing. Wir gingen spätabends los und veranstalteten zwei Stunden einen Mordslärm, bis wir den Kasten geknackt hatten, er war leer. In unserem Eifer hatten wir das *Defekt*-Schild über dem Münzeinwurf übersehen.

Unser Einbruch in eine Gartenlaube, bei der wir ein Fenster einschlugen, obwohl die Tür nicht abgeschlossen war, erwies sich auch als Flop. Bis auf einen alten Schwarz-Weiß-Fernseher und ein zerschlissenes Bettsofa fanden wir nichts in der Laube. Ich wollte wenigstens den Fernseher mitnehmen, aber Marcel sagte, dass es gegen die Verbrecherehre gehen würde, Leute zu beklauen, die noch ärmer waren als man selber. Für einen Augenblick schämte ich mich wirklich.

Jetzt hatte ich die Schnauze voll, aber Frank überredete mich noch zu einem letzten Versuch, der bestimmt klappen würde.

Marcel war auch mit von der Partie. Unser Ziel war ein Kiosk an einem abgelegenen See. Marcel hatte in zwei Minuten die Tür auf. Vor uns stand eine riesige Bulldogge. Wir rannten weg.

»Hey, bleibt stehen«, sagte Marcel, »sie ist bestimmt festgebunden, lasst uns zurückgehen und nachsehen!«

Ich sah mich schon als leckere Beilage zu einer Spaghettisoße, aber die Bulldogge war wirklich an einer Leine angebunden.

»Wir könnten durchs Fenster einsteigen, so weit reicht die Leine nicht«, sagte Frank.

»Und wenn sie anfängt zu bellen?«

»Das hört doch hier keiner!«

»Ich bleib hier draußen und halte Wache«, sagte ich.

Das hielt ich genau drei Minuten aus. Lieber mit zwei Freunden in einem kleinen Kiosk mit einer Furcht erregenden Dogge stehen als mutterseelenallein draußen in der Kälte. Ich stieg zu den Jungen und half ihnen die Sachen in unseren Rucksäcken zu verstauen. Die Dogge bellte die ganze Zeit, ich war verrückt vor Angst. Endlich hatten auch die Jungen genug. Wir stiegen durch das Fenster wieder raus und rannten weg.

Am nächsten Tag teilten wir unsere Beute. Wir hatten nur Alkohol und Zigaretten mitgenommen. Wir fingen an uns zu betrinken und hörten nicht mehr auf. Ich stand mittags auf und ging zu Frank ins Zimmer, meistens war Marcel schon da und wir tranken ein paar Flaschen Wein, manchmal auch Schnaps. Nach einer Woche hatten wir unseren gesamten Alkoholvorrat ausgetrunken und ich war das erste Mal wieder nüchtern. Marcel schlug vor, nochmals zum Kiosk zu gehen. Ich wollte nicht.

»Wenn du nicht mitkommst, teilen wir nicht mit dir. Außerdem gucken wir erst mal, wenn es zu riskant ist, hauen wir ab.«

Das überzeugte mich. Es war kein Risiko, es gab noch nicht mal mehr die Bulldogge, wahrscheinlich war sie nach unserem letzten Besuch an Herzversagen gestorben. Wir packten alles ein und verschwanden.

Wir betranken uns wieder eine Woche. Irgendwann kamen zwei Erzieher in unsere Zimmer und sagten, dass das nicht so weitergehen könne. Ich war zu betrunken, um irgendetwas zu verstehen. Ich warf eine Flasche Wein nach ihnen und Marcel schrie mich an, weil sie voll war. Die Erzieher hatte ich zwar nicht getroffen, aber sie verzogen sich trotzdem.

»Feiglinge, elende Hippies«, brüllte ich ihnen hinterher.

Eines Morgens weckte mich Alex und sagte, er wolle mit mir reden. Er riss ein Fenster auf und sah sich mein Zimmer an. Es sah ziemlich schlimm aus, ausgetretene Zigarettenkippen lagen neben umgeworfenen Weinflaschen.

»Kannst du mal damit aufhören, nachts gegen meine Tür zu hämmern und mich, wenn ich aufwache, zu beschimpfen. Meine Freundin findet das auch nicht lustig.«

»Ich aber.« Ich hatte ganz vergessen, dass Alex ja eine Freundin hatte, er hatte Marcels Freundin geerbt.

»Du bist zum Kotzen, wenn du besoffen bist, weißt du das? Und zurzeit bist du nur betrunken. Wenn du irgendein Problem hast, dann sag's doch.«

Ich kramte in meiner Hosentasche und schmiss ihm zwanzig Cent hin. »Quatsch eine Parkuhr zu, aber mich nicht.«

»Wenn du keine Freundin von mir wärst, würde ich dir jetzt echt eine hauen.«

»Wenn du dich mit mir prügeln willst, dann mach's, ansonsten hau ab.« Er ging, kurze Zeit später kam Danny.

»Ey, was ist los mit dir? Du redest überhaupt nicht mehr mit uns, haben wir dir irgendwas getan?«

»Hab ich an meiner Zimmertür ein Besucherschild aufgehängt? Hau einfach ab, ich hab keinen Bock auf dich.«

»Ey, wir machen uns Sorgen um dich.«

»Ich kann nichts dafür, dass euer Leben sonst so langweilig ist, aber es gibt andere Menschen, um die man sich Sorgen machen muss. Könnt ihr mich mit eurer Sozialarbeiterscheiße in Ruhe lassen? Ich hab keine Probleme.«

»Das ist keine Sozialarbeiterscheiße, das ist Freundschaft, aber davon hast du ja keine Ahnung.«

»Und tschüss.«

Sie ging. Ich stieg aus dem Bett und trat direkt in eine Weinflasche. Der Tag versprach heiter zu werden. Ich ging zu Frank und Marcel, sie weigerten sich mir Alkohol zu geben. Alex und Tommy hatten ihnen Schläge angedroht. Ich war wütend.

»Aber es ist mein Anteil.«

Das mussten sie zugeben, wir tranken wieder zusammen. Nachmittags trommelten Tommy und Alex gegen die Tür. Wir hatten sie verrammelt. Sie klopften eine halbe Stunde, dann traten sie die Tür ein. Ich war noch nicht betrunken, aber mein Reaktionsvermögen war nicht mehr ganz in Ordnung. Die Jungen prügelten sich. Ich versuchte Marcel und Frank zu helfen.

»Hört auf, ihr verdammten Idioten!«

Das nutzte natürlich gar nichts. Ich rannte in die Küche, dort saß Danny mit den Erziehern.

»Danny, du musst mitkommen, die Jungen prügeln sich zu Tode.«

»Da siehst du, was du angerichtet hast.«

»Wieso ich? Hab ich zu irgendeinem gesagt, dass er sich für mich prügeln soll?«

»Nee, aber du weißt, dass Alex an dir hängt«, sagte einer der Erzieher.

»Hab ich nach eurer Meinung gefragt«, schrie ich und schmiss ihren Küchentisch um.

Ein Erzieher sprang auf mich zu, in dem Moment kamen die Jungen herein. Sie sahen, dass der Erzieher mich packte, und versuchten mich von ihm loszureißen. Jetzt mischten sich auch die anderen Erzieher ein und bis auf Danny prügelten sich alle.

Danny brüllte die ganze Zeit: »Hört auf, es war nicht so, wie ihr denkt!«

Als ob irgendjemand denken würde. Als die Erzieher sahen, dass sie nichts gegen uns ausrichten konnten, hauten sie ab.

»Ja, dann können wir auf unseren Sieg ja mal zusammen einen trinken«, sagte Alex.

Etwa eine Stunde später wurde das Heim von der Polizei gestürmt. Wir leisteten erbitterten Widerstand, sogar Danny. Wir beschmissen sie mit allem, was wir hatten, aus dem ersten Stock. Irgendwann schafften sie es trotzdem, zu uns hochzukommen.

Nachdem wir uns noch ein wenig mit ihnen geprügelt hatten, war unser Zwergenaufstand vernichtend geschlagen. Sie nahmen die Jungen mit. Danny und ich protestierten.

»Alle oder keiner«, meinte Danny.

»Das ist alles meine Schuld«, sagte ich.

»Das ist prima«, sagte der eine Polizist, »das kannst du alles morgen auf dem Revier zu Protokoll geben.«

»Halt jetzt die Klappe«, meinte Alex.

Gerade als die Jungen in den Polizeibus stiegen, kam Andreas auf seinem Mofa an. Die Polizeibeamten wollten sich direkt auf ihn stürzen. Wir brüllten, dass er nichts mit uns zu tun hatte. Als Andreas seinen Helm abnahm und sie seinen Seitenscheitel sahen, glaubten sie uns. Dann fuhren sie mit den Jungen weg.

»Ich wollte mal gucken, wie es dir geht«, meinte Andreas.
»Dafür hast du dir einen tollen Zeitpunkt ausgesucht«, sagte ich. Wir standen in der zertrümmerten Küche.
»Ihr geht es ganz gut«, meinte Danny. »Aber ihretwegen sitzen die Jungen im Knast.«
Andreas half uns beim Aufräumen. Danny war ziemlich wütend. »Das ist alles deine Schuld«, sagte sie zu mir.
»Ach, hört auf«, meinte Andreas, »das bringt doch nichts. Lasst uns lieber überlegen, was wir tun sollen.«
Wir setzten uns in die notdürftig aufgeräumte Küche an den Tisch. Später kamen vier Erzieher herein, sie sahen ziemlich lädiert aus. Wahrscheinlich war das die erste Schlägerei ihres Lebens gewesen, aber dafür hatten sie sich ganz gut gehalten.
»So geht das nicht mehr weiter«, sagte einer von ihnen. »Das ist alles ...«
Ich hatte keine Lust auf ihr Gejammer und ging ins Besprechungszimmer, dort stand ein Fernseher. Sollten sich doch Danny und Andreas ihr Gelaber anhören.

»Sollen wir sie wecken?«
»Nee, lieber nicht. Wer weiß, nachher schlägt sie uns zusammen.«
Ich machte die Augen auf. Ich war im Besprechungszimmer aufgewacht. Die Jungen und Danny saßen um mich herum.
»Hi, wie spät haben wir's?«
»Halb elf.«
»Warum habt ihr mich nicht geweckt?«, fragte ich Danny.
»Du hast so friedlich geschlafen, dass wir gedacht haben, so schnell sehen wir das nicht wieder.«
»Ha, ha!«

»Nein! Quatsch, als ich um acht aufgestanden bin, waren die Jungen schon da.«

»Genau, und jetzt warten wir seit zweieinhalb Stunden darauf, dass Ihre Hoheit sich erhebt und wir frühstücken können«, sagte Tommy.

In der Küche war der Tisch überladen voll mit Essen. Andreas saß schon da. Oder immer noch? Wir frühstückten. So ein Frühstück hatte ich schon seit Jahren nicht mehr gesehen. Verschiedene Brötchen, Lachs, Eier, frischer Kaffee und heißer Kakao.

»Das haben uns die Erzieher spendiert, nachdem sie uns aus dem Knast geholt haben«, sagte Alex.

»Diese Schleimer«, sagte ich. »Wollen die uns bestechen, oder was?«

»Genau, sie sollten uns bei Wasser und Brot in miesen kleinen Kellerlöchern unter Ratten verrecken lassen. Guten Appetit«, meinte Tommy.

Wir aßen mit großem Appetit.

»Die Erzieher wollen uns alle um zwölf Uhr zu einer Besprechung hier haben. Sie wollen darüber reden, wie das weitergehen soll«, sagte Alex.

»Wie was weitergehen soll?«, fragte ich.

»Sie meinten, so ginge das nicht mehr weiter, dass wir hier nur herumhängen und nichts tun. Sie haben keinen Bock mehr auf eure Saufgelage und auf die Polizei erst recht nicht. Wir sollen uns was überlegen.«

»Ich red nicht mit denen«, sagte Frank und Marcel stimmte ihm zu.

»Das fängt ja gut an«, sagte Danny.

»So etwas wie gestern kann ich mir nicht mehr erlauben. Das nächste Mal bin ich im Knast – und nicht nur für ein paar Wochen.«

Ich hatte ganz vergessen, dass Alex schon mal im Knast war.

»Ach, da landen wir früher oder später doch eh alle«, meinte Marcel.

»Eher früher«, sagte Tommy.

»Oder gleich auf dem Friedhof«, sagte Frank, »ohne große Umwege.«

»Nachdem wir jetzt über unsere rosige Zukunft gesprochen haben, können wir mal überlegen, was wir denen erzählen«, sagte Danny.

»Gar nichts«, sagte ich.

»Wir müssen, ich hab's ihnen versprochen«, sagte Alex.

»Ja und«, sagte ich und stand auf, »das ist ja dein Pech. Ich habe ihnen nichts versprochen. Und wenn du mit ihnen reden willst, dann tu es, ich mache es nicht. Ich bekomme jetzt schon das Grauen, wenn ich an lauwarme Ziegenmilch denke.«

»Wir haben alle eine Woche Zeit, um uns zu überlegen, was wir hier wollen, arbeiten oder Schule oder so«, erzählte Alex.

»Ey, was sind das denn für Spinner. Mich haben sie gefragt, was ich da eigentlich will, in der Schule.«

»Ich glaube, die haben Ärger von draußen bekommen«, sagte Danny.

»Wie, von draußen?«, fragte ich.

»Na ja, ich meine, die haben doch auch irgendwelche Chefs. Ich weiß nicht, wie man die bei Erziehern nennt, aber wenn die Chefs zu viele Beschwerden kriegen, dann bekommen Erzieher Ärger.«

Ich konnte mir das nicht vorstellen.

»Auf jeden Fall, wenn wir uns nichts überlegen, können wir direkt gehen!«

»Aha, und wohin?«, fragten Marcel und Frank.

»Ich weiß nicht«, sagte Danny.

»Aber sie haben doch am Anfang gesagt, dass sie niemanden rausschmeißen würden«, sagte ich.

»Wir haben es anscheinend geschafft, sie vom Gegenteil zu überzeugen«, sagte Tommy.

»Ach, auf ein Heim mehr oder weniger kommt es jetzt auch nicht mehr an«, sagte Frank.

»Ich habe keinen Bock drauf, ständig das Heim zu wechseln«, sagte Danny.

»Ja, dann müssen wir uns wohl trennen«, sagte ich.

»Ach, das ist doch Mist«, sagte Andreas, »was ist denn, wenn ihr wirklich alle was macht?«

»Also, mich nimmt keine Schule mehr und Alex ist auf Bewährung, das kannst du knicken. Vielleicht bekäme Danny noch eine Lehrstelle als Friseurin und Tommy als Verkäufer, ich weiß nur nicht, ob sie damit glücklich würden. Und ihr zwei«, meinte ich zu Frank und Marcel, »könnt ihr überhaupt lesen und schreiben?«

Sie schüttelten den Kopf. »Nee, nicht so richtig.«

»Aber lesen und schreiben kann man doch lernen und Tommy kann doch Automechaniker werden«, sagte Andreas.

»Alle wollen Automechaniker werden und die Betriebe nehmen natürlich ausgerechnet den süßen Tommy aus dem Vorzeigeheim der Nation. Und lesen und schreiben dauert doch Jahre, bis man das kann.« Ich guckte in die Runde, ich wusste, dass das ein wenig gemein klang, denn es hörte sich so an, als wären Marcel und Frank komplette Idioten.

»Außerdem krieg ich meine Bewährung nicht weg«, sagte Alex.

»Ja, dann bleiben Tommy und Danny hier und wir können schon mal unsere Koffer packen«, sagte Frank.

»Das will ich nicht«, sagte Danny.

»Ja, aber eine andere Lösung gibt es nicht«, sagte ich. »Ihr werdet ja nicht lange allein bleiben. Bestimmt kommen bald neue Leute, hübsche Barbiepüppchen zum Beispiel.«

»Och, dann will ich aber auch hier bleiben«, sagte Frank.

»Wir können ja einfach noch mal überlegen und dann weitergucken«, sagte Alex.

Wir blieben zusammen sitzen. Ich hatte so ein komisches Gefühl, als wenn irgendwas wirklich Schlimmes passieren würde, und wir konnten nichts dagegen machen.

Ich komme mir manchmal vor wie in einer Zirkusarena: Ich schaue mir mein Leben die ganze Zeit von der Zuschauertribüne an und ich sehe ständig Sachen, die furchtbar sind, aber ich kann nichts machen. Der Unterschied ist nur, dass das Spiel mein Leben ist und nicht aufhört.

Spät am Abend zog ich mit Frank und Marcel noch mal los. Der Kiosk war frisch aufgefüllt und wir bedienten uns. Auf einmal hörten wir Schritte am Fenster, wir rannten weg und ich sprang in meiner Panik in den See.

Nachdem ich zehn Minuten im See herumgeschwommen war und traurig feststellte, dass das wohl das schnelle Ende einer kurzen und glanzlosen Verbrecherkarriere war, rief Marcel: »Du kannst rauskommen.«

Draußen warteten Danny, Alex, Andreas und Tommy. Sie wollten sich nicht mehr einkriegen vor Lachen.

»Ha, ha, ich muss ja sehr komisch aussehen.« Ich zog mir meinen Kapuzenpulli aus.

»Das kann man wohl laut sagen«, sagte Danny, »da haben wir euch ja einen ordentlichen Schrecken eingejagt.«

»Wir sind euch einfach hinterhergegangen, in der Lautstärke, in der ihr euch unterhalten habt, war das ja kein Problem. Wieso habt ihr uns das vorenthalten?«, fragte Alex uns.

»Jeder Mensch braucht seine Geheimnisse.«

»Ey, Scheiße, da vorne kommt ein Auto, lasst uns verschwinden.«

»Aber nicht ohne unsere Rucksäcke«, sagte Frank.

Wir rannten, was das Zeug hielt. Ich schlotterte am ganzen Leib. Als wir am Heim ankamen, ging ich erst mal unter die warme Dusche und lieh mir von Danny Klamotten. Die Jungen hatten draußen auf dem Kartoffelfeld ein Feuer angemacht und wir setzten uns zu ihnen. Dann tranken wir Wein und rauchten teure Zigaretten.

»Ich bleib auf jeden Fall bei euch«, sagte Tommy. »Was nützt mir eine tolle Stelle, wenn ich keine Freunde habe und mutterseelenallein in der Pampa sitze?«

»Du hättest doch mich«, sagte Danny.

»Vielen Dank, mit dir möchte ich nicht mutterseelenallein in der Pampa sitzen.«

»Du bist heute wieder sehr charmant, Tommy«, sagte Danny. »Aber mir geht es genauso, ich möchte weder Friseurin werden noch hier alleine zurückbleiben.«

»Man kriegt auch neue Freunde«, sagte Alex.

»Das könnte sein, aber ich will keine neuen Freunde.«

»Sag mal, Andreas, musst du nicht nach Hause?« Mir fiel es auf, dass er immer noch bei uns war.

»Da ist niemand mehr, meine Oma ist vor drei Tagen gestorben.«

»Och, dann kannst du ja direkt bei uns bleiben«, sagte ich.

»Das habe ich mir auch schon überlegt.«

Als der Morgen graute, gingen wir ins Bett. Alex sagte, wir sollten die Sachen lieber auf dem Kartoffelacker verstecken, wer weiß, wer im Wagen gesessen und uns vielleicht gesehen hätte.

»Aber dann wären die doch schon längst hier«, sagte Frank.

»Quatsch, wenn die wissen, wer das war, dann haben die doch alle Zeit der Welt. Also denkt dran, wenn sie euch fragen sollten, wir haben die ganze Zeit in meinem Zimmer gesessen und über unsere Zukunft geredet!«

Als ich am nächsten Morgen aufwachte, stand ein Polizist neben meinem Bett. Ich schloss die Augen noch mal, öffnete sie dann kurz, aber er stand immer noch da und schaute auf mich herab.

»Guten Morgen«, sagte der Polizist.

»Hi, schönes Wetter heute.«

»Wir müssen dein Zimmer durchsuchen, ihr seid gestern bei einem Einbruch gesehen worden.«

»Nur zu. Darf ich mich vorher anziehen?«

»Ja, ich komme in drei Minuten wieder rein.«

Ich sprang in meine Klamotten und setzte mich aufs Bett. Dann kamen zwei Polizisten rein und suchten mein Zimmer ab. Das ging ziemlich schnell, ich hatte ja nichts.

»O.K., wir müssen dich bitten mit auf die Wache zum Verhör zu kommen.«

Im Heim war es totenstill, wir stiegen in ein Polizeiauto und fuhren zur Wache. Der Beamte hinter der Schreibmaschine nahm meine Personalien auf.

»O.K., Namen haben wir. Alter?«

»Fünfzehn.«

»Eltern?«

»Unbekannt.«

»Geburtsort?«

»Unbekannt.«

»Na, prima.« Er telefonierte kurz und ein älterer Beamter mit grau meliertem Haar kam herein. Er nahm sich einen Stuhl und setzte sich schräg gegenüber von mir hin. Allerdings so nah, dass ich seine Zahnpastafirma erraten konnte.

»Ihr seid gestern Nacht gesehen worden, wie ihr in einen Kiosk eingebrochen seid, in den übrigens schon zwei Mal eingebrochen wurde!«

»Das muss ein Missverständnis sein, wir waren gestern alle im Heim.«

»Ach nee, und wo da?«

»In Alex' Zimmer.«

»Und ich nehme an, ihr habt euch über eure Zukunft unterhalten?«

»Genauso ist es.«

»Und bis wie viel Uhr?«

Mist – »Ach, ich weiß nicht, ich hab nicht auf die Uhr geguckt.«

Ich musste das Protokoll unterschreiben, dann durfte ich gehen. Ich war ziemlich perplex, ich hatte mich auf stundenlange Verhöre eingerichtet.

Draußen warteten die anderen, Alex war zum Glück auch dabei. Wir hatten es tatsächlich geschafft und hatten alle dasselbe ausgesagt.

»Die sind so dämlich«, sagte Andreas. »Die haben noch nicht mal gerafft, dass ich gar nicht bei euch wohne.«

»Na, dann bist du jetzt ein offizielles Mitglied bei den Asis. Herzlichen Glückwunsch!«

Am Nachmittag kam Frank zu mir. »Ich hab auf der Wache einen Kumpel von mir getroffen.«

Ich wusste gar nicht, dass Frank außer uns jemanden kannte.

»Der hat mir einen ganz sicheren Tipp gegeben.«

»Und wieso macht er das nicht selber?«

»Ach, der muss jetzt erst mal ein wenig Urlaub hinter schwedischen Gardinen machen. Also, machst du mit? Marcel ist mit dabei, aber sonst niemand. Wir gehen auch nicht in der Nacht, sondern heute Abend, dann fällt das nicht so auf. Ich hab's schon abgecheckt, die anderen wollen Video gucken.«

»O. K., um was geht's denn?«

»Ach, da ist so ein Doktor für zwei Wochen verreist, der hat die Praxis hier in unserer Nachbarschaft, aber das Haus steht abseits und hat keine Alarmanlage. Mein Kumpel meint, wir sollten die ganzen Pillen nehmen und an Drogenabhängige verkaufen.«

»Aber ich kenne gar keine Drogenabhängigen, die uns Pillen abkaufen würden.«

»Ach, wir kümmern uns da hinterher drum, erst mal müssen wir den Einbruch machen, also, machst du mit?«

»Ja, schon, aber wieso fragen wir Tommy und Alex nicht, ob sie mitkommen wollen?«

»Weil die so vernünftig sind und wahrscheinlich, wenn sie überhaupt mitmachen würden, erst einmal stundenlang darüber diskutieren würden. Also, kein Wort zu den beiden und auch nicht zu Danny und Andreas.«

»Ja, O. K., versprochen!«

Wir gingen um sieben los, den anderen erzählten wir, dass wir mal in der Stadt gucken wollten, ob wir ein paar Bonzenkinder treffen, die uns zu einem Bier einladen.

»Viel Spaß«, meinte Danny. Tommy guckte etwas misstrauisch, sagte aber nix.

Als wir an der Adresse ankamen, die Frank bekommen hatte, war es schon dunkel. Das Haus stand wirklich abseits und im Erdgeschoss war eine Arztpraxis. Die Rollläden waren runtergelassen. Marcel schob einen nach oben.

»Gib mir mal deine Bomberjacke«, flüsterte er. Er nahm einen Hammer aus seinem Rucksack und haute die Fensterscheibe ein. Da die Bomberjacke dazwischen war, war es nicht so laut. Er war wirklich clever. Wir warteten fünf Minuten, dann schob Marcel seinen Arm durch das Fenster und entriegelte es.

»Sollen wir nicht das Licht anmachen, damit wir mehr sehen?«, fragte ich.

»Bist du behämmert, das sieht ja jeder von außen«, meinte Frank.

Für meine Verbrecherlaufbahn musste ich anscheinend noch einiges lernen. Wir gingen ins Arbeitszimmer und machten den Arzneischrank auf.

»Viel ist das ja nicht«, sagte Marcel. »Aber es wird wohl fürs Erste reichen.«

»Gehen wir jetzt wieder zurück?«, fragte ich.

»Natürlich nicht«, sagte Marcel. »Jetzt müssen wir erst einmal einen Plan machen.«

Wir kamen an einer Nachttankstelle vorbei und Frank kaufte drei Flaschen Wein. Dann gingen wir wieder aus dem Kaff weg und setzten uns an den Feldrand.

»Wir müssen sehen, dass wir in die nächstgrößere Stadt kommen, um dort die ganzen Sachen loszuwerden«, sagte Marcel. »Man sollte nicht allzu lange mit dem geklauten Zeug rumlaufen.«

Frank öffnete eine Flasche Wein.

»Dann lasst uns die Nacht hier verbringen und morgen trampen wir los.«

Damit waren Frank und ich einverstanden. Wir tranken die Flasche Wein und Marcel erzählte uns die Einbrecherstorys seines Lebens. Ich hoffte, dass die Hälfte davon nicht wahr war. Als wir die Flasche Wein leer hatten, meinte Frank, dass wir doch ein paar der Pillen ausprobieren sollten, damit wir wüssten, was wir verkaufen. Das machten wir. Als wir jeder fünf Pillen geschluckt hatten, sagte Marcel: »Ich merke überhaupt nichts. Hoffentlich haben wir keine Scheiße geklaut.«

Daraufhin schluckten wir alle möglichen Pillen und spülten sie mit dem Wein runter.

»Lies uns doch mal vor, was auf der Packung steht«, sagte Frank, aber ich war dazu nicht mehr in der Lage. Also schluckten wir einfach noch mehr Pillen. Irgendwann wurde mir schwarz vor Augen und ich klappte weg.

11

Als ich aufwachte, lag ich in einem Bett und eine blonde Frau in weißem Kittel kontrollierte die Schläuche um mich herum.

»Hallo«, sagte sie. »Wie geht's dir?«

Ich fragte mich, ob Engel einen im Himmel nur mit *Hallo* begrüßen würden, dann schlief ich wieder ein.

Als ich das nächste Mal aufwachte, war ich allein. Ich versuchte mich zu bewegen, aber ich war an Geräte angeschlossen. Ich riss mir die Schläuche raus und bewegte mich zum Fenster. Draußen fuhren Autos – das war eindeutig nicht der Himmel –, mir war schwindelig, aber bevor ich hinfiel, wurde ich von einem Pfleger aufgefangen. Am nächsten Tag ging es mir ein wenig besser. Ich bekam etwas zu essen. Gegen Nachmittag kam endlich ein Arzt herein.

»Wie geht es dir?«, fragte er.
»Es ist schon O. K.«, sagte ich. »Wo sind meine Freunde?«
»Das erzähl ich dir, wenn es dir etwas besser geht!«
»Mir geht es sofort besser, wenn Sie mir sagen, wo sie sind.«
Ich richtete mich auf, aber mir wurde sofort schwarz vor Augen. Also legte ich mich wieder hin. Ich blieb eine Woche im Bett, dann ging es langsam wieder aufwärts. In der zweiten Woche kam der Doktor, außerhalb der Visite, noch mal.
»Geht es dir besser?«
Ich nickte.
»Das war nicht gerade eine tolle Leistung und es wäre beinahe schief gegangen mit dir.«
»Was ist mit Marcel und Frank?«, fragte ich.
»Marcel kämpft noch«, sagte er und machte eine Pause.
Ich sah ihn an. »Und Frank?«
»Wir waren zu spät. Auf dem Feldweg fahren so selten Autos.«
Er ließ mich allein. Frank hatte den direkten Weg auf den Friedhof genommen, wie beim Monopoly, nur nach unseren Spielregeln: Gehen Sie den direkten Weg. Gehen Sie nicht über das Gefängnis.
Am nächsten Tag besuchten mich Andreas und Alex.
»Wir wollten dich abholen. Wir fahren zur Beerdigung von Frank.« Sie hatten mir ein paar Klamotten mitgebracht. Der Friedhof war nicht weit vom Krankenhaus entfernt.
Eines der Bonzenkinder war gekommen und Tommy. Der Pfarrer las aus der Bibel und Alex ein selbst gemachtes Gedicht. So kann man auch in jungen Jahren mit Traditionen anfangen.
»Kommst du mit zu uns?«, fragte Tommy mich.
»Ja, aber ich möchte vorher noch bei Marcel vorbeischauen.«

Wir gingen zurück ins Krankenhaus und erkundigten uns an der Pforte, in welchem Zimmer er lag. »In Zimmer 314, aber er darf keinen Besuch empfangen.«

»Alles klar, danke«, sagte Alex.

Wir fuhren mit dem Aufzug in den dritten Stock und gingen ohne anzuklopfen ins Zimmer. Es war abgedunkelt. Langsam gewöhnten sich unsere Augen an die Dunkelheit. Marcel lag eingebettet in einen riesigen Kissenberg. Wir standen vor ihm.

»Was macht ihr denn hier? Raus, aber schnell!«

Eine Krankenschwester stand hinter uns. Ich ging schnell zum Bett und drückte Marcel einen Kuss auf die Stirn.

»Wer hat euch denn das erlaubt?«, fragte sie uns auf dem Flur.

»Niemand«, sagte Tommy. »Aber er ist ein Freund von uns.«

Und ob er das war! Vielleicht dachte er nicht so viel nach und konnte nicht schreiben oder lesen, aber er war der mutigste Mensch, den ich kannte – außer Alex natürlich.

Marcel überlebte. Er war noch zwei Monate im Krankenhaus und kam dann in eine Rehaklinik. Dort adoptierte ihn ein Ärzteehepaar. Wir haben nie wieder was von ihm gehört.

12

Mir ging es immer noch nicht so ganz gut, also verbrachte ich die nächste Woche im Bett. Die Erzieher ließen mich in Ruhe, dafür verwöhnten mich die anderen.

Eines Nachmittags klopfte es an meiner Tür. Ein Beamter kam herein.

»Lassen Sie sie in Ruhe, sie ist krank!«, sagte Alex.

»Ist doch schon O.K., mein Junge«, sagte er, »sobald es ihr zu viel wird, geh ich.«

»Wir stehen vor der Tür. Wenn was ist, schrei«, sagte Tommy.

»Seit wann klopft ihr denn an«, fragte ich den Polizisten und legte meine Zeitung weg. Es war eine Mädchenzeitung und ich hatte gerade die Seite gelesen, in der die Mädchen Fragen zu ihren Problemen stellen konnten. Die Probleme waren höchst interessant: Ich finde einen Jungen in meiner Klasse total süß. Was soll ich tun? Ich bin zu schüchtern, um ihn anzusprechen. Oder: Meine Mutter erlaubt mir nicht, abends wegzugehen. Die Antworten waren superdämlich. Ich wusste jetzt, was ich werden wollte. Ich wollte später Antworten geben. Etwa: Beleidige den Jungen einfach. Dann kommt es wenigstens zu einer Schlägerei. Davon haben dann alle was. Oder: Hau einfach öfters von zu Hause ab, dann kommst du ins Heim und kannst so oft rausgehen, wie du willst.

Der Polizist grinste, als er die Zeitung sah. »Hat wohl nicht so viel mit deinem Leben zu tun?«

»Nee, aber ich find es trotzdem lustig.«

»Du hast ja tolle Freunde, passt ihr immer so aufeinander auf?«

»Wir versuchen es.«

»Aber vor zwei Wochen ist euch das nicht so ganz gelungen?«

Ich sagte nichts.

»Wenn du nicht darüber reden willst, dann komm ich später noch mal.«

»Ich kann schon darüber reden, aber ich kann nur richtige Fragen beantworten.«

»O. K., als ihr von hier weggegangen seid, habt ihr euch da abgemeldet?«

»Wir haben den anderen Bescheid gesagt.«

»Die Erzieher, die hier sind, sind die immer da?«

»Ja.«

»Und trotzdem habt ihr euch nur bei euren Kumpels abgemeldet und kein Erzieher hat gefragt, wo ihr hingeht?«

»Wir dürfen bis 21.00 Uhr raus und sind um sieben gegangen.« Das war knapp. Ich war stolz auf mich, denn ehrlich gesagt hatten wir noch nie jemanden gefragt, wie lange wir rausdurften.

»Was machst du eigentlich, gehst du noch zur Schule?«

»Von der letzten bin ich runtergeflogen und jetzt finden die irgendwie keine neue für mich.«

»Wie lange dauert das schon?«

»Och, ich weiß nicht genau.«

»Und die anderen?«

»Sie meinen die, die noch übrig sind? Die machen nix. Aber an dem Tag, kurz bevor das passiert ist, ist uns gesagt worden, dass wir uns überlegen sollen, was wir machen wollen. Entweder Schule oder arbeiten. Wir hätten eine Woche Zeit.«

»Und weißt du, was du machen willst?«

»Ich habe mir da keine Gedanken drüber gemacht. Uns wurde gesagt, wenn wir uns nicht drauf einlassen, könnten wir gehen.«

»Und wohin?«

»Ach, es gibt doch noch genug Heime.«

»Sag mal, wer von euch ist auf die Idee gekommen, bei diesem Arzt einzubrechen?«

»Wir alle.«

»Ach, und woher hattet ihr die Adresse?«

»Wir sind spazieren gegangen und haben sie zufällig entdeckt.«

»Und dann seid ihr rein, habt die Tabletten geklaut und habt eine Kasse mit zweitausend Euro stehen lassen?«

Pause.

»War es eure Absicht, die Tabletten zu schlucken?«

»Nein, wir wollten sie verkaufen, aber vorher wollten wir die probieren!«

»An wen wolltet ihr sie verkaufen?«

»Ich weiß es nicht. Wir wussten es alle nicht, wir wollten gucken.«

»Bei dem *Probieren* ist ein Kumpel von dir gestorben und einer ringt noch um sein Leben!«

»Das weiß ich selber.« Langsam hatte ich genug, ich wusste überhaupt nicht, was dieser Typ mit seinen komischen Fragen von mir wollte.

»Kanntest du Frank und Marcel?«

Jetzt sprach er auch schon von Marcel in der Vergangenheit.

»Natürlich, es sind meine Freunde!«

»Weißt du, wo sie herkamen und warum sie hier waren?«

Ich schüttelte den Kopf.

»Aber es waren deine Freunde. Freunden erzählt man eigentlich so etwas! Meinst du, die anderen wissen irgendwas?«

»Ich glaube es nicht.«

»Weißt du, das Problem ist nämlich, dass Franks Heimakte verschwunden ist und wir nichts von ihm wissen. Auch wenn er Eltern gehabt hätte, hätten wir sie nicht informieren können. Auf dem Jugendamt fühlt sich keiner zuständig und keiner kennt den Fall. Das heißt, dass ihr unsere einzige Hoffnung seid, irgendwas herauszubekommen. Hat er nie über irgendwen geredet?«

Ich dachte wirklich angestrengt nach. »Nein.«

»Ich frage jetzt noch die anderen, wenn dir irgendetwas einfällt, dann ruf mich an.« Er reichte mir eine Visitenkarte. »Ach so, noch etwas. Du wirst dich wahrscheinlich wundern, warum ich mit dir nicht über den Einbruch geredet habe. Der Doktor hat ausdrücklich auf eine Anzeige verzichtet.« Er stand auf. »Ich wünsche dir alles Gute und versprich mir, dass du mich anrufst, falls dir was einfällt!« Ich versprach es ihm. Er hatte die Türklinke schon in der Hand, als er sich noch mal umdrehte. »Was willst du eigentlich mal werden?«, fragte er.

»Ich glaube, aus mir wird nichts«, sagte ich. Dann war er weg.

Mir tat es Leid um Frank, wieso hatte er mir nie was von sich erzählt? Aber als ich weiter nachdachte, fiel mir ein, dass wir selten über uns sprachen. Was wir voneinander wussten, wussten wir rein zufällig. Vielleicht hatte Frank ja Marcel in der Nacht was über sich erzählt. Sie waren ja anscheinend länger bei Bewusstsein gewesen als ich. Ich stieg aus dem Bett, zog mir meine Schuhe an und erwischte den Beamten gerade noch an seinem Auto.

»Mir ist was eingefallen«, sagte ich und erzählte ihm von Marcel.

»Danke«, sagte er, »das ist ein guter Tipp.«

Ich ging zurück ins Haus. Als ich in die Küche kam, saßen die Erzieher und die anderen dort. Es gab anscheinend eine Besprechung.

»Du kannst direkt hier bleiben«, sagte einer der Erzieher.

»Ich will aber nicht.«

»Du musst aber, ansonsten kannst du direkt in dein Zimmer gehen und deine Sachen packen.«

Ich wollte schon in mein Zimmer gehen, als mich Alex am Ärmel festhielt. Stimmt, wir hatten ja gesagt, dass wir zusammenbleiben wollten.

»Ich weiß, dass euch der Tod von Frank mitnimmt, uns übrigens auch. Aber jetzt sind zwei Wochen um und wir wollen mit euch reden.«

»Ihr kanntet Frank doch gar nicht«, sagte ich.

»Natürlich kannten wir ihn, er hat hier gewohnt!«

»Ja, und trotzdem kanntet ihr ihn nicht, auch wenn er hier gewohnt hat. Mit euch hatte er nie was zu tun!«, schrie ich sie an.

»Wir wollen jetzt hier nicht mit dir diskutieren.«

»Ich will aber.«

»Was du willst, steht auf einem ganz anderen Blatt und zählt jetzt nicht. Im Augenblick zählt nur, was wir wollen, und wir wollen wissen, was ihr euch jetzt vorgenommen habt. Übrigens wüssten wir gerne, wer du bist und was du hier schon seit fast drei Wochen machst.« Sie schauten Andreas fragend an.

»Er wohnt hier«, sagte Tommy, »er hätte eh ins Heim gemusst, also ist er zu uns gekommen.«

»Ach, und dann habt ihr entschieden, dass er bleiben kann. Sind wir jetzt schon so weit, dass ihr über Neuzugänge bestimmt?«

»Das wäre doch mal eine Maßnahme«, sagte ich.

»Damit wir es klar feststellen, du hast hier nichts zu suchen«, sagte einer der Erzieher zu Andreas. »Und von euch wollen wir jetzt wissen, was ihr euch überlegt habt.«

»Wir wollen zusammenbleiben«, sagte Danny.

»Und wie stellt ihr euch das vor, unter den Bedingungen, die wir euch gestellt haben?«

»Das wissen wir nicht.«

»Wie? Ihr habt euch doch Gedanken gemacht.«

»Ja, aber wir sind auf keine Lösung gekommen. Das Problem ist, dass Alex keine Stelle hier kriegt, er ist auf Bewährung draußen, und sie«, sagte Danny und zeigte auf mich, »findet keine Schule.«

»Alex kann zur Schule gehen. Keine Schule fragt danach, ob jemand auf Bewährung ist, und von ihr wollen wir uns trennen, sie bringt zu viel Unruhe in die Gruppe.«

»Also, uns macht sie nicht unruhig«, sagte Tommy.

»Wir haben doch gesagt, alle oder keiner«, sagte Danny.

»Warum kann es denn nicht einfach so weitergehen wie bisher? Warum regt ihr euch plötzlich so auf? Wann habt ihr denn Stress mit uns gehabt, wir haben euch doch immer in Ruhe gelassen«, fragte ich.

»Na ja, außer dass wir Alex aus dem Knast geholt haben, durchgeknallte Lehrer beruhigen mussten, Polizisten davon überzeugen mussten, dass ihr keine kriminelle Verbrecherbande seid. So geht es eben nicht weiter. Wir müssen alle drei Monate über jeden Einzelnen von euch einen Bericht schreiben, in dem wir im Idealfall Fortschritte aufzeichnen können. Aber über wen von euch können wir überhaupt etwas schreiben? Sollen wir über dich schreiben« – er sah mich an – »betrank sich drei Wochen lang schon am frühen Nachmittag, brach in eine Arztpraxis ein und lag die letzten zwei Wochen wegen Tablettenüberdosis im Krankenhaus?«

»Aber das ist nicht unser Problem, es ist euer Job. Dann erfindet doch einfach irgendwas«, sagte Alex.

»Ich glaube, ihr wollt einfach nicht verstehen. Wir haben Verantwortung für euch und werden zur Verantwortung gezogen. Wisst ihr, was wir für einen Ärger wegen Frank hatten?«

»Frank ist tot«, sagte ich und wurde langsam wütend.

»Ja, eben, und deswegen hatten wir den Ärger. Wir hatten die Verantwortung für einen fünfzehnjährigen Jungen und der bringt sich einfach um!«

»Er wollte sich nicht umbringen, das war ein Versehen.«

»Tolles Versehen«, sagte der Erzieher.

Ich steckte eine Zigarette an und zitterte vor Wut. Alex legte den Arm um mich, ich glaube, er wusste, dass ich kurz davor war, einem von den Blödmännern an die Kehle zu springen.

Eine Zeit lang war es ruhig.

»Also gut, wir geben jedem von euch noch einmal eine Chance. Wenn ihr es schafft, euch innerhalb der nächsten zwei Wochen an die Regeln zu halten, und jeder sich überlegt, was er für seine Zukunft will, dann wollen wir noch mal gucken. Wir treffen uns in zwei Wochen wieder hier. Entweder es hat sich dann erledigt oder ihr könnt bleiben. Dann möchten wir, dass ihr eure Verpflichtungen in einem Vertrag unterschreibt. Noch etwas, nicht dass ihr denkt, wir hören euch nicht zu, wir haben uns eure *Alle-oder-keiner*-Devise überlegt und finden sie O. K. Also, entweder ihr vier ...«

»Fünf«, meinten wir.

»... bleibt hier oder ihr vier geht. Wobei es nicht an einer Person scheitern sollte.« Als der Erzieher das sagte, schaute er mich dabei an. »Also, wenn drei von euch hier bleiben wollen und das durch ihr Verhalten zeigen, ist das auch O. K. Zwei oder nur einer, das reicht uns nicht. Habt ihr noch weitere Fragen?«

»Wohin kommen wir dann?«, fragte Tommy.

»Ein *Wir* gibt es in dem Bezug eh nicht, wenn es hier nicht mit euch klappt, dann werden unsere Berichte auf jeden Fall so aussehen, dass ihr alle in verschiedene Heime kommt.«

»Da gebt ihr euch ja richtig Mühe«, sagte Danny.

»Wir sind eins der offensten und tolerantesten Heime, die es gibt, wer hier nicht zurechtkommt, zeigt, dass er mit Offenheit und Toleranz nicht umgehen kann. Wie gesagt, ihr habt zwei Wochen Zeit.«

Mit diesem Satz saßen wir wieder allein in der Küche.

»Das war's dann wohl«, sagte Tommy.

»Wie?«, meinte Alex.

»Mein Gott, du bist doch nicht doof. Wenn die was finden wollen, dann finden die auch einen Grund, uns hier rauszuschmeißen«, sagte Danny.

»Stimmt«, sagte Alex. »Aber was machen wir jetzt?«

»Wir haben zwei Wochen Zeit. Am Ende können wir uns doch immer noch was überlegen«, sagte ich.

»Dadurch lösen wir das Problem auch nicht, indem wir nicht darüber reden«, sagte die vernünftige Danny.

»Du redest wie einer von denen«, bemerkte Alex.

»Wir müssen uns aber was überlegen«, meinte Danny.

»Die Sache ist doch die«, erklärte uns Tommy, »wenn uns was einfällt, können wir zwar bleiben, aber dann werden sie uns auf der Nase rumtanzen und wegen jeder Kleinigkeit drohen uns rauszuschmeißen. Wenn uns nichts einfällt, werden wir getrennt. Das ist doch alles scheiße. Was anderes fällt mir dazu nicht ein.« Das war für Tommy eine lange Rede gewesen.

»Mir aber«, sagte Alex.

»Was denn?«, fragte ich.

»Wir werden nicht auf ihre Forderungen eingehen und trotzdem zusammenbleiben.«

»Mach es nicht so spannend«, sagte Danny.

»Wir gehen einfach zusammen weg«, sagte Alex.

»Aber wohin denn, meinst du abhauen? Toll, die finden uns

irgendwann und dann kommt vielleicht alles noch schlimmer«, zweifelte Danny.

»Dann müssen wir halt irgendwohin, wo sie uns nicht finden, in ein anderes Land zum Beispiel«, sagte Alex.

»Oh ja, irgendwohin, wo es einen Strand und viel Sonne gibt«, schwärmte Danny.

»Einfach in ein fremdes Land fahren, wo uns keiner kennt und keiner sucht«, sagte Tommy.

»Ich war in meinem ganzen Leben noch nicht an einem Strand, geschweige denn in einem anderen Land, ihr?«, fragte ich.

Es stellte sich heraus, dass noch niemand von uns in einem fremden Land gewesen war, bis auf Andreas, der mit seiner Oma mal eine Kaffeefahrt gemacht hatte, wo sie die ganze Zeit Sachen kaufen sollten, die keiner gebrauchen konnte. Sie waren tatsächlich eine halbe Stunde am Strand gewesen.

Morgens früh um halb fünf waren sie losgefahren und abends um zehn wiedergekommen. Sie hatten die ganze Zeit im Bus verbracht. Nein, ein richtiger Urlaub war das nicht.

»Aber wie sollen wir denn so viel Geld zusammenkriegen? Und wie sollen wir da hinkommen? Mit dem Auto oder mit dem Zug?«

Ich war sehr erstaunt, dass Andreas so weit dachte.

»Ach, wir klauen uns einfach Geld zusammen«, sagte ich. »Oder wir fahren sofort los und klauen einfach unterwegs oder jobben ein bisschen, als Eisverkäufer zum Beispiel.«

»Einfach klauen, so einfach ist das nicht«, meinte Tommy.

»Es sind schon Leute dabei ums Leben gekommen«, meinte Alex. »Aber was bleibt uns anderes übrig, ich gucke mich heute mal mit Tommy um, ob wir nicht irgendetwas finden, was nach Geld aussieht.«

»Und was sollen wir machen?«, fragte ich.
»Du kannst mit Andreas über eure Zukunft als Eisverkäufer sprechen.«
»Sehr witzig«, sagte ich.
»Witzig siehst du aber nicht aus«, sagte Alex.
»Wieso das denn nicht?«
»Guck mal in den Spiegel, du siehst aus wie eine Leiche!«
Ich fühlte mich wirklich nicht gut, anscheinend war ich immer noch nicht so ganz auf dem Damm. Ich legte mich in mein Bett und schlief ein.

»Was hat eure Suche gestern ergeben«, fragte ich am nächsten Morgen nach dem Frühstück.
»Nur eine Sache: Wir haben ein Autohaus gefunden, in dem nachts keiner ist.«
»Was willst du denn im Autohaus, ich dachte, um das Auto kümmern wir uns, wenn es so weit ist«, fragte Andreas.
»Ach, sei doch nicht so blöd, ich will das Geld haben, was darin ist. Ich zeichne euch das mal auf«, sagte Tommy. Er malte ein Viereck. »Dort ist eine Alarmanlage«, und zeigte auf die linke Ecke.
»Dann können wir das wohl vergessen, oder weiß einer, wie man diese Dinger abschaltet?«, fragte Danny.
»Irgendwas werde ich ja wohl im Knast gelernt haben«, sagte Alex. »Wir können da ziemlich früh hingehen, also so um zehn. Dort ist wirklich weit und breit nichts los.«
»Dann lass uns doch heute einfach um halb zehn losgehen«, schlug Danny vor. Wir waren einverstanden.
»Was zieht man zu so einem Einbruch an?«, fragte Andreas.
»Einen dunkelblauen Anzug mit einer gelben Krawatte«, sagte Tommy.

»Nein, du kleidest dich ganz in Weiß und ziehst dir eine Plastiktüte über den Kopf und erstickst beim Einbruch«, erklärte ihm Alex. Wir lachten.

»Bleib einfach so, wie du bist«, beruhigte ich ihn.

Als wir abends losliefen, ging es mir furchtbar, mir war eiskalt und ich zitterte, obwohl ich eine nach der anderen rauchte.

»Alles O. K. mit dir?«, fragte Alex und legte den Arm um mich, während wir weiterliefen.

»Ja, ist schon O. K.«, sagte ich.

»Sag mal, wenn es dir nicht gut geht, dann geh lieber wieder zurück. Wir nehmen dich trotzdem mit ans Meer.«

»Nein, ich will nicht zurück.«

»Andererseits«, jetzt legte auch noch Tommy den Arm um mich, »gehen wir ja nicht zusammen los, um Tabletten zu klauen und sie nachher selbst zu schlucken, also werden wir höchstwahrscheinlich überleben. Du wirst uns also heute Nacht, spätestens morgen früh, alle wiedersehen, wenn du zurückgehst.«

»Ich will aber nicht zurück.«

Er hatte den Nagel auf den Kopf getroffen, natürlich hatte ich Angst und ich dachte die ganze Zeit an Frank und Marcel. Tommy und Alex ließen mich los und Andreas stellte sich zu mir.

»Hast du mal eine Zigarette«, flüsterte er.

»Seit wann rauchst du und warum flüsterst du?«

»Damit uns keiner hört«, flüsterte er.

»Hier ist doch keiner.« Ich gab ihm eine Zigarette.

Als er sie anzündete, sah ich, dass er noch mehr zitterte als ich.

»Sag mal, wie viel kriegt man, wenn man bei so was erwischt wird?«

»Ich weiß es nicht«, flüsterte ich. »Ich glaube, ein paar Jahre.«

»Stimmt das, dass man dann im Knast von den großen Jungen immer verprügelt wird und sie einen als Sklaven halten?«

Er tat mir Leid, ich meine, er passte irgendwie nicht hierher. Nicht hier im Dunkeln auf einer unbeleuchteten Straße, mit vier Leuten, die keine Zukunft hatten. Er sollte in einer Schule mit intelligenten Leuten sitzen und nachmittags mit Jungen zusammen sein, die genauso aussahen wie er, Formeln rechneten und Sachen erfanden.

Irgendwie hatte diese Welt *uns* nicht vorgesehen, es war kein Platz für uns. In dieser Welt gab es keine Jugendlichen, die sich vor Züge schmissen oder Tabletten schluckten und starben. Dort rasten nur die Bösen gegen die Leitplanke, und selbst die überlebten. Ich hatte in keinem Roman darüber gelesen, dass Jugendliche sich mit Erziehern prügeln oder frühmorgens Polizisten vor einem am Bett standen, und Verlierer waren in Büchern meistens hässliche dumme Verbrecher und ich fand uns weder hässlich noch dumm. Vielleicht las ich zu wenig. Wer weiß, wie viele Jugendliche jetzt auch unterwegs waren, um irgendwo einzubrechen.

»Aua«, schrie Alex. »Verdammter Mist, ich glaube, ich habe mir den Knöchel verstaucht.«

»Zeig mal her«, sagte Danny, »ach, man sieht ja gar nichts. Stell dich nicht so an!«

»Bei Verstauchungen sieht man nichts, du blöde Kuh«, sagte er. »Es tut höllisch weh. Ich glaube, ich kann nicht mitkommen.«

»Na prima, dann können wir das ja wohl knicken«, sagte Danny. »Außer dir weiß keiner, wie die Alarmanlage ausgeschaltet wird.«

»Wir verschieben es einfach auf morgen«, sagte Tommy, »willst du dich auf mich stützen?«

»Und was machen wir jetzt?«, fragte Andreas sichtlich erleichtert.

»Ach, wir sind doch nur noch zehn Minuten vom Kaff entfernt. Lass uns gucken, ob wir ein paar Bonzenkinder treffen, und mit ihnen zusammen Bier trinken, das haben wir schon so lange nicht mehr gemacht«, schlug Tommy vor.

»Schaffst du das, Alex?«

»Wenn ich mich bei dir aufstützen kann, dann glaub ich schon«, sagte Alex.

In der Kneipe trafen wir tatsächlich ein paar der Bonzenkinder. Sie freuten sich uns zu sehen. Ich war so froh, dass wir hier waren, dass ich mich sogar mit ihnen unterhielt. Andreas stand die ganze Zeit stumm neben mir, irgendwie schienen die Bonzenkinder nicht zu schnallen, dass er zu uns gehörte.

Als wir uns an einen Tisch setzten, legte ich meinen Arm um Andreas und flüsterte ihm was Lustiges ins Ohr. Er lachte. Als ich aufstand, um mir ein neues Bier zu holen, kam mir ein Junge hinterher. Es war der edle Ritter, der uns damals das Geld für ein Taxi geben wollte, und sein Blick haute mich wieder um.

»Sag mal«, sprach er mich an, »was willst du denn mit dem?«

»Ich werde ihn heiraten!«

»Den?«

»Ja, wieso nicht?«

»Der passt doch gar nicht zu dir. Ich meine, guck mal, wie der rumläuft.«

»Ja, und wie lauf ich denn rum?«

»Das ist doch cool.«

Ich betrachtete ihn mir genauer. Er war ziemlich hübsch und hatte ein süßes Grübchen am Kinn.

»Ich wünsch dir viel Glück«, sagte er und ging wieder zum Tisch zurück.

Ich hätte mich ohrfeigen können, aber dann dachte ich daran, dass ich Andreas verteidigt hatte, und fand es nicht mehr ganz so schlimm. Alex sagte immer, für seine Freunde tut man alles.

Alex kam zum Tresen, er humpelte überhaupt nicht mehr.

»Ich dachte, du hättest dir den Fuß verstaucht?«

»Ja, da hast du wohl falsch gedacht«, sagte er. »Mach bitte keinen Aufstand, ich erkläre es dir später, wenn wir zurück sind.«

Gegen halb eins brachen wir auf und nahmen uns ein Taxi. Der Fahrer ließ sich überreden fünf Leute mitzunehmen. Tommy und Alex kamen noch mit auf mein Zimmer.

»Es tut mir Leid«, sagte Alex, »es war eine Notlüge.«

»Warum hast du das gemacht?«

»Hast du Andreas gesehen? Er hätte einen Nervenzusammenbruch gekriegt, bevor wir nur einen Schritt in den Laden getan hätten. Und so wie du aussahst und gezittert hast, na ja, ich weiß nicht, und mit deinem verdammten Dickschädel wärst du doch nie allein zurückgegangen.«

Ich wusste, dass er Recht hatte.

»Es tut mir Leid, morgen reiße ich mich zusammen.«

»Ey, du musst dich nicht zusammenreißen«, sagte Tommy, »du kannst nichts dafür, dass Frank tot ist.«

»Es ist einfach nicht fair«, sagte ich.

»Was ist nicht fair?«

»Alles, dass wir so sind, wie wir sind. Das Leben ist einfach nicht gerecht.«

Ich erzählte ihnen, dass Andreas Angst gehabt hatte und was ich mir dazu dachte.

»Ich meine, wir haben keine Zukunft, nichts und niemanden. Es ist der Welt doch egal, ob wir mit fünfzehn oder mit zwanzig krepieren. Sie will uns einfach nicht.«

Ich sah, wie sie Blicke austauschten nach dem Motto: *Oh, oh.* Das war mir egal.

»Es ist egal, wir kriegen keine Chance. Dieses ganze Leben hat für uns keinen Sinn. Wir können morgen den Einbruch machen und uns dabei erschießen lassen, es würde uns keiner eine Träne nachheulen, es würden einfach nur ein paar Akten zugeklappt, fertig.«

Ich fing an zu heulen und schämte mich noch nicht mal. Tommy nahm mich in den Arm und ich erzählte und erzählte und heulte und heulte und irgendwann schlief ich in Tommys Armen ein.

Als ich wieder wach wurde und mich an den Abend erinnerte, war mir alles furchtbar peinlich. Die Jungen hatten ihre Matratzen in mein Zimmer geholt und schliefen neben mir. Ich weckte Tommy und sagte, dass es mir Leid täte.

»Ist schon gut, deswegen musst du mich ja nicht um sechs Uhr wecken.«

Ich sah auf die Uhr, es war tatsächlich erst sechs. Ich beschloss ein wenig spazieren zu gehen. Auf dem Hof fütterte ein Typ die Hühner, ich schaute ihm zu.

»Bist du auf dem Weg ins Bett oder aus dem Bett?«, fragte er.

»Ich kann nicht mehr schlafen«, antwortete ich.

»Ja, manchmal passieren Dinge, die einem den Schlaf rauben«, sagte er.

Wir sagten eine Weile gar nichts. Er hatte einen dicken, selbst gestrickten, bunten Pullover an, eine ausgewaschene Jeans, trug eine runde Brille und keine Schuhe.

»In der Küche steht eine Thermoskanne mit Kaffee, wenn du willst, kannst du dir eine Tasse nehmen.«

Das Angebot nahm ich an. Ich kam wieder, setzte mich auf eine kleine Trittleiter und sah ihm beim Unkrautjäten zu.

»Warum bist du so komisch angezogen?«, fragte ich.

»Mir gefällt das«, sagte er.

Ich schlürfte meinen Kaffee.

»Wie geht's dir eigentlich?«, fragte er. »Ich meine, die letzten Wochen waren wohl etwas heftig, oder?«

Ich zuckte mit den Schultern. »Manchmal hilft es, wenn man darüber redet.«

»Danke, ich habe Freunde.«

»Nein, ich meine, mit Leuten, die nichts mit der Sache zu tun haben.«

»Ich hab keine Zeit für so einen Scheiß.«

Er ging ins Haus, und als er zurückkam, drückte er mir ein Brötchen in die Hand.

»Hast du Lust mitzufahren? Ich denke, ich gehe etwas einkaufen für das Frühstück.«

»Warum nicht.«

Wir stiegen in eine schrottreife, bunt bemalte Ente, die erst nach dem dritten Anlauf ansprang. Wir schwiegen während der Fahrt. Ich glaube, wir hätten uns gar nicht unterhalten können, denn der Motor war zu laut. In der Stadt starrten uns die Leute an und riefen uns dreckige Bemerkungen zu. Der Erzieher hatte immer noch keine Schuhe an, außerdem hatte er sich die Hände nicht gewaschen. In der Bäckerei nahm die Verkäuferin das Geld vorsichtig in die Hand. So, als ob es giftig wäre. Ich war wütend über mich selbst, dass ich mitgefahren war. Ich meine, wenn ich mit meinen Freunden in der Stadt war, wurden wir auch beschimpft, aber die Leute hatten Respekt vor uns. Jetzt hatte keiner Respekt. Ich fragte mich echt, wie man so werden konnte wie dieser Typ. Er traf noch einen Freund, der genauso schlimm aussah, nur dass er Schuhe anhatte. Wir gingen mit ihm einen Kaffee trinken. Sie unterhielten sich über Politik, ich verstand kein Wort. Dann fuhren wir wieder zurück. Die Sonne schien und ich holte mir eine Decke, legte mich auf eine Liege und sah dem Typ weiter beim Arbeiten zu. Ich fragte ihn, ob es ihm nichts ausmachen würde, so angeguckt und beschimpft zu werden.

»Ach, das ist doch nur auf den kleinen Dörfern so, in der Stadt ist das anders. Ich meine, das, was ich trage, haben vor zwanzig Jahren total viele Leute getragen!«

Ich konnte mir nicht vorstellen, dass die Menschen mal so einen fürchterlichen Geschmack hatten.

»Also gab es vor zwanzig Jahren total viele Außenseiter?«, fragte ich.

»So könnte man es auch sehen, aber wenn man zu ganz vielen ist, dann ist man ja kein Außenseiter mehr. Außerdem wollten sie mit ihrer Kleidung ja auch was zum Ausdruck bringen.«

»Wie, was zum Ausdruck bringen?«

»Sie wollten was ändern in dieser Welt. Sie waren nicht einverstanden mit der Politik.«

»Mit ihrer Kleidung?«

»Das war ja nicht nur die Kleidung. Sie gingen auf Demonstrationen und diskutierten viel zusammen.«

»Und wozu?«

»Sie wollten die Gesellschaft so ändern, dass jeder, egal wie er aufgewachsen war, dieselbe Chance hätte.«

»Das scheint ja schief gegangen zu sein.«

Das schien ihn zu beleidigen und er schwieg. Ich fand das doof, ich wollte noch mehr darüber erfahren, schließlich hatte ich ihm doch nichts getan.

»Wo haben diese Leute gewohnt?«

»Ein paar haben zusammengewohnt, aber die meisten bei ihren Eltern.«

»Und die Eltern hatten so wenig Geld, dass die Leute solche Klamotten tragen mussten?«

»Ich hab dir doch gesagt, dass das ein Ausdruck war. Ich glaube, du verstehst das nicht!«

Das glaubte ich auch, aber ich wollte trotzdem noch etwas wissen. »Aber was ist denn dann aus den Leuten geworden, als sie gesehen haben, dass das nicht klappte, was sie machen wollten?«

»Ach, die meisten haben wieder normale Sachen angezogen und sich einen Job gesucht und Familien gegründet. Ein paar sind in die Politik gegangen.«

»In die Politik, ich dachte, die wären gegen Politik?«

»Sie haben sich das dann anders überlegt.«

»Das wäre ja so, als wenn ich später Erzieher werden würde!«

»Ich glaub, du verstehst doch etwas«, sagte er und stützte sich auf seinen Gartenrechen.

»Aber wenn Leute vor zwanzig Jahren so herumgelaufen sind, warum läufst du dann heute noch so rum?«

»Liebst du deine Freunde?«

»Lieben?«

»Ja. Ich meine, könntest du dir vorstellen, dass du Alex mal im Stich lassen würdest, dass du ihm die Freundschaft kündigen würdest, wenn er Scheiße baut? Würdest du das tun?«

»Quatsch, natürlich nicht!«

»Siehst du, und ich glaube immer noch, dass alle die gleichen Chancen haben sollten, und ich bin immer noch gegen Politik.«

»Hast du damals auch gekämpft?«

»O ja«, sagte er und bekam leuchtende Augen wie Alex, wenn er von seinen tollsten Schlägereien erzählte. Ich fand das imponierend und mir fiel auf, dass ich ihn noch nie bei den Erziehern gesehen hatte. Ich meine, ich hatte nicht so viel mit denen zu tun, aber an ihn konnte ich mich wirklich nicht erinnern. Ich fragte ihn.

»Ich bin gar kein Erzieher, ich helfe hier zurzeit nur auf dem Hof etwas aus. Morgens für ein paar Stunden. Aber sag mal, willst du nicht mal für deine Kumpels den Frühstückstisch decken, wir haben schon zehn. Wann steht ihr eigentlich auf?«

Ich wollte ihm nicht erzählen, dass ich sonst immer bis mittags schlief und die anderen dann schon auf waren und ich deswegen nicht wusste, wann sie aufstanden.

»Och, das ist unterschiedlich«, sagte ich.

»Müsst ihr nicht in die Schule?«

»Nö.«

»Aber ihr seid doch schulpflichtig.«

Mein Gott, der wusste ja wirklich nichts von dem, was hier lief.

»Ach, im Heim gelten nicht dieselben Regeln wie draußen.«

»Ach, das ist ja interessant. Aber wenn du nicht in die Schule gehst, kriegst du keinen Abschluss und ohne Abschluss kriegst du nur Idiotenjobs. Was willst du denn mal werden?«

Ich zuckte mit den Schultern. »Gar nix.«

»Gar nix, das gibt es nicht. Es gibt keinen Menschen, der gar nix macht. Hast du dir darüber nie Gedanken gemacht?«

»Doch, vor einem Jahr oder so wollte ich Polizistin werden.«

Das stimmte wirklich. Polizisten waren für mich ritterliche und großherzige Menschen, die böse Verbrecher mutig bekämpften und die Schwachen beschützten.

»Und, willst du das immer noch werden?«

»Ich glaube nicht.«

»Ich muss jetzt wirklich los. Weißt du, ich wohne mit ein paar Leuten in einem alten Haus und wir müssen das Dach reparieren. Sehen wir uns morgen?«

»Ja klar!«

Er ging und mir fiel auf, dass ich vergessen hatte nach seinem Namen zu fragen, aber er hatte komischerweise auch nicht nach meinem gefragt. Ich fand ihn eigentlich total nett, andererseits aber auch seltsam.

Ich deckte für die anderen den Tisch und sie kamen, angelockt vom Kaffeeduft.

Wir tranken Kaffee und aßen Eierbrote, die schmeckten gar nicht so schlecht.

»Ich hab mir überlegt«, sagte Alex, »dass auf jeden Fall jemand bei unserem heutigen Besuch in der Firma draußen stehen sollte. Machst du das, Andreas?«

Der nickte und man sah ihm die Erleichterung an.

»Was ist mit dir?«, fragte Alex mich.

»Was soll mit mir sein?«

»Fühlst du dich fit?«

»Ja.«

»Wenn du nicht kannst, dann bleib lieber hier. Wir werden genug Stress haben und können uns nicht noch um jemanden kümmern.«

»Mir geht's aber gut!«

»Ja, O. K., du musst das selber wissen, ich an deiner Stelle würde hier bleiben.«

»Das glaubst du ja wohl selber nicht!«

Dazu sagte er nichts.

Wir gingen um neun los und ich war wirklich etwas ruhiger.

Alex lief die ganze Zeit neben mir her, wahrscheinlich sah er nach, ob es mir gut ging.

Das Autohaus war dunkel und verlassen. Alex machte sich an der Alarmanlage im Hof zu schaffen, nach einer halben Stunde hatte er es geschafft.

»Alles klar«, rief er.

Das Bürofenster stand auf Kippe und Tommy entriegelte es. Wir stiegen ein und waren im Büro. Alex schaltete eine Schreibtischlampe an. Auf dem Boden stand ein Tresor. Wir durchsuchten das ganze Büro, aber wir fanden nichts. Da standen wir nun und starrten den Tresor an. Wir waren echt Helden.

»Das ist alles meine Schuld«, sagte Alex. »Ich hab nicht nachgedacht. Ist doch klar, dass eine Firma einen Tresor hat.«

»Das kann ja stimmen«, sagte Danny, »aber uns bleibt trotzdem nichts anderes übrig als zurückzugehen und eine Flex zu holen. Ich hoffe nur, wir haben überhaupt so etwas auf dem Hof.«

»Doch«, sagte Tommy, »sie liegt auf der Werkbank in der Scheune. Ich hab sie heute noch gesehen.«

»Aber was ist, wenn wir zurückgehen und jemand kommt hierher? Vielleicht andere Einbrecher oder so?«, fragte ich.

»Dann gehen halt nur zwei zurück und die anderen verstecken sich draußen.«

»O. K., ich gehe zurück, vielleicht kommt Andreas ja mit«, sagte Tommy.

Wir stiegen aus dem Bürofenster und setzten uns in den Hof hinter ein Auto. Andreas und Tommy liefen los.

»Das wird jetzt mindestens zwei Stunden dauern, bis die wieder da sind«, sagte ich.

»Ach, du willst doch eh üben geduldiger zu werden«, sagte Alex.

Es dauerte nur eine Dreiviertelstunde. Sie kamen mit einem alten Fahrrad angeradelt.

»Das ging aber schnell«, sagte ich.

»Ja, wir sind getrampt und dieses schöne Stück haben wir auf dem Hof gefunden.«

Wir stiegen wieder ins Büro, steckten den Stecker der Flex in die Steckdose und fingen an den Tresor zu bearbeiten. Funken flogen, Stunden vergingen, aber es klappte nicht.

»Nicht aufgeben«, sagte Tommy.

»Quatsch!«

Endlich, nach fünf Stunden, hatten wir den Tresor auf. Es lag jede Menge Papier drin und eine Kasse.

»Lass uns abhauen«, sagte Tommy, »wer weiß, wann die Leute hier anfangen zu arbeiten.«

Wir verließen das Büro. Der arme Andreas schlief schon fast im Stehen und war halb erfroren.

»Ich fahre mit Andreas auf dem Fahrrad zurück, wenn ihr ankommt, ist die Kasse auf und wir werden in Millionen schwimmen!«, flüsterte Alex mit heiserer Stimme.

Wir liefen los, und je näher wir dem Heim kamen, desto größer wurde der Betrag.

»Tut mir Leid, Leute«, sagte Alex, als wir ankamen, »aber in der Kasse waren nur hundertzwanzig Euro drin.«

»Das darf doch nicht wahr sein«, sagte Danny.

»Vielleicht fahren die Leute lieber Bahn«, sagte ich.

»Hoffen wir, dass bei unserem nächsten Bruch mehr herauskommt«, sagte Alex.

Wir gingen in unsere Zimmer. Es klopfte und Tommy kam herein. »Ich glaube, Alex belügt uns«, sagte er.

»Quatsch«, sagte ich, »wieso sollte er das tun?«

»Vielleicht will er allein ans Meer. Ich weiß es auch nicht.

Auf jeden Fall glaube ich nicht, dass in dieser Kasse nur hundertzwanzig Euro drin waren. Ich hab mich umgeguckt auf dem Hof. Auch wenn nur eins von den alten Autos verkauft worden wäre, hätten über tausend Euro in der Kasse sein müssen. Ist egal, lass uns morgen darüber reden. Ich wollte es dir nur sagen, weil ich weiß, wie sehr du an Alex hängst.«

Ich legte mich hin und schlief schnell ein.

13

Wir standen auf dem Marktplatz, überall brannten Feuertonnen und aus irgendwelchen Boxen lief Furcht erregende Musik. Danny und Frank standen an der einen Feuertonne und aßen gebratene Hähnchen. Ich stand mit Tommy an einer anderen. Wir standen uns gegenüber und spielten Karten. Immer wenn eine Karte ins Feuer fiel, schoss mir Tommy eine Kugel ins Herz. Alex und Tobi standen in der Mitte in Engelskostümen mit Maschinengewehren und rauchten dicke Havanna-Zigarren. Auf einmal kamen von überall bunt bemalte, furchtbare Monster und schossen mit Pistolen auf Alex. Der schoss zurück, hatte aber keine Chance. Tobi stand daneben und betrachtete, wie Alex von den Schüssen zusammenbrach, während er genüsslich an einer Havanna zog. Die Kugeln sahen aus wie Walnüsse. Frank und Tommy hielten mich fest und Tommy flüsterte mir die ganze Zeit ins Ohr: »Alex ist ein Verräter.« Ich schrie nach Danny, aber die stand am Ende des Platzes und knutschte mit einem wunderschönen Jungen rum. Sie hörte mich nicht. Auf einmal war es totenstill, ich riss mich los und rannte zu Alex rüber. Er blutete aus Riesenlöchern. Tommy stand hinter mir und sagte: »Das hat der Verräter nun davon.«

Ich kniete neben Alex und er schlug die Augen auf und sagte: »Mach dir nichts draus, Schätzchen, ich war doch vorher schon ein Engel.«

Ich wachte auf und rannte in Alex' Zimmer. Der schnarchte friedlich vor sich hin. Ich ging in die Küche und sah auf die Uhr. Wir hatten halb neun, draußen arbeitete der Hippie, dessen Namen ich nicht wusste. Ich ging nach draußen und blinkte müde in die Sonne. Ich rieb mir die Augen.

»Guten Morgen!« Er lachte mich an.

»Hmm.« Ich wollte nicht unhöflich sein, aber ich bekam morgens kein Wort heraus.

»Schlecht geträumt?«

Ich nickte.

»Warte mal.« Er ging ins Haus und kam mit einer Tasse wieder. »Hier, ein Getränk gegen schlechte Träume.«

Ich trank, es schmeckte wunderbar, Kakao mit einem Schluck heißem Kaffee.

»Ich wollte dich eigentlich fragen, ob du Lust hast, heute mit mir mitzufahren und mir beim Dach zu helfen, aber so wie du aussiehst, fällst du mir ja runter. Was hast du denn geträumt?«

Ich erzählte es ihm.

»Habt ihr Streit?«, fragte er.

»Nein.«

»Aber ihr bekommt Streit?«

»Ich denke schon.«

»Oder zwei Freunde von dir bekommen Streit und du weißt nicht, auf welcher Seite du stehen sollst.«

»So ähnlich. Bist du Traumforscher oder so?«

»Ich hab mich mal eine Zeit lang damit beschäftigt. Ich mach dir einen Vorschlag, du kommst einfach mit zu mir und ich fahre dich heute Abend zurück. Dann musst du dich wenigstens nicht schon jetzt gleich entscheiden, auf welcher Seite du stehst, und vielleicht ist ja heute Abend schon alles vorbei!«

Das hörte sich sehr vernünftig an. Ich wusste, dass ich ein Feigling war, aber ich war zu müde, um darüber nachzudenken.

Wir fuhren los und nach etwa einer Stunde waren wir da. Auf dem Hof standen noch mehr bunte, schrottreife Autos. Ich wurde ein paar Leuten vorgestellt. Sie sahen alle aus wie der Hippie und hatten keine richtigen Namen. Sie hießen Kiki, Molli und Hexe. Ich traute mich endlich meinen Hippie zu fragen: Er hieß Fässi.

»Dann mal ran ans Werk«, sagte die Frau, die Hexe hieß.

Die Frauen liefen genauso rum wie die Männer. Fässi brachte mich in die Küche.

»Frühstücke erst mal ordentlich, dann kannst du ja gucken, ob du Kraft genug hast, uns zu helfen.«

Ich schaute mich um, in der Küche standen schöne, alte Holzmöbel. Natürlich ging ich nicht in die Zimmer von den Leuten, aber ich sah, dass es ein großes Wohnzimmer gab und einen ganz langen Flur, auf dem man hätte Rollschuh laufen können. Unten im Keller hatten sie eine Bar eingerichtet. Das fand ich cool, bis mir einfiel, dass sie ja genauso Außenseiter waren wie wir und dass sie deswegen vielleicht eine eigene Bar brauchten. Ich wusste nicht: Sagte man Erwachsenen auch, dass sie so, wie sie aussahen, nicht in eine Kneipe dürften?

Nachdem ich zwei Teller mit Cornflakes und zwei belegte Brötchen gegessen hatte, setzte ich mich in den Schaukelstuhl. Nur fünf Minuten ausruhen, dachte ich.

Nach zweieinhalb Stunden wachte ich auf. Die Hippies saßen um den Tisch herum und aßen zu Mittag. Jemand hatte mir eine Decke übergelegt.

»Gut geschlafen?«

Mir war es furchtbar peinlich, ich meine, es ist doch wirklich peinlich. Man geht zu fremden Leuten und soll ihnen helfen ein Dach zu reparieren und stattdessen schläft man ein.

»Sorry«, sagte ich.

»Macht doch nichts«, sagte Hexe, »du hast noch den ganzen Nachmittag Zeit, uns zu helfen. Wir wollen den Schornstein abbauen.«

Das machte ich dann auch die nächsten zwei Stunden.

»Feierabend«, brüllte Fässi.

Ich half ihm den Tisch zu decken.

»Heute Abend mache ich 'ne Fete«, sagte Hexe. »Hast du Lust, hier zu bleiben?«

»Ja, bleib doch hier«, sagte Fässi. »Ich nehme dich dann morgen früh mit.«

Ich war einverstanden. Wir schleppten ein paar Bierkästen in den Keller und sehr viele Weinflaschen, sonst nichts. Gegen acht kamen die ersten Leute und gegen zehn Uhr war die Bude voll. Es waren Leute jeden Alters da. Von mir angefangen bis zu einem, der aussah wie siebzig. Die meisten sahen aus wie Fässi, aber es liefen auch ein paar Normale rum. Die Leute lachten und brüllten gegen die Musik an. Gegen elf trat eine Band auf. Sie war furchtbar, der Schlagzeuger drosch auf sein Schlagzeug ein, als wollte er es mit aller Macht zerhauen, und der Sänger grölte so ins Mikrofon, dass man nichts verstehen konnte. Ich schien die Einzige zu sein, der das nicht gefiel. Die anderen tanzten zur Musik und sangen mit. Nach einer Stunde war das Grauen vorbei, obwohl die Leute mehr wollten. Der

Sänger verabschiedete sich und sagte, man solle zu irgendwelchen Demonstrationen gehen und Geld spenden aus Solidarität mit irgendjemandem. Ich sah mir die ganze Party von einer Lautsprecherbox aus an und fand alles superlustig. Ab und zu unterhielt man sich mit mir, sogar länger. Wenn die Leute merkten, dass ich keine Ahnung von Politik hatte, erzählten sie irgendwas anderes. Die meisten fragten mich nicht nach meinem Namen, sondern: »Aus was für Zusammenhängen kommst du denn?« Ich musste jedes Mal lachen, ich wusste nicht genau, was sie meinten, aber ich fand, dass sich das witzig anhörte. Irgendwann legte ich mich ins Wohnzimmer auf die Couch und schlief ein.

Am nächsten Morgen wurde ich früh geweckt, allerdings nicht von Fässi. Die Polizei war da, und nicht zu zweit, sondern mindestens zu zweihundert. Ich guckte aus dem Fenster, der ganze Hof wimmelte von ihnen und auch das Haus war voll. Sie schienen irgendwas zu suchen.

Auf dem Hof standen noch ein paar übernächtigte Leute rum. Ich sah auf die Uhr. Viertel vor acht. Die Polizei schien eine Freude zu haben, Leute zu wecken. Ich traf Fässi, der meinte, ich solle sehen, dass ich nach Hause komme. Er würde mir später alles erklären. Ich ging unbehelligt zur Hauptstraße, lief ein paar Meter und trampte.

Als ich im Heim ankam, war es völlig ruhig. Es war ja noch früh. Ich setzte mich an den Küchentisch und wartete auf Fässi. Als er um halb zehn nicht gekommen war, wusste ich, dass er heute nicht mehr kommen würde. Dafür kamen am frühen Abend Danny und Tommy und die waren sauer.

»Du hast es wohl nicht mehr nötig, mit uns zu reden. Wo warst du? Wir haben uns total die Sorgen gemacht, du spinnst wohl«, meinte Danny.

»Es tut mir Leid«, sagte ich, »ich hab nicht nachgedacht.«

»Es tut mir Leid«, äffte sie mich nach. »Weißt du was, du denkst nie nach. Alles muss nach dir gehen, aber wehe, ein anderer erlaubt sich so einen Fehler, dann gibt's Ärger, aber wenn man sagt, du hast einen gemacht, nein, das gibt's nicht.«

»Aber ich hab doch gesagt, dass es mir Leid tut.«

»Ach, du verstehst gar nix.«

»Aber es ist doch nicht wahr, ich hab doch gesagt, sorry.«

»Sorry und damit ist alles gut, oder was? Du weißt gar nicht, was du angerichtet hast, als Alex davon erfahren hat, ist er abgehauen. Wahrscheinlich sucht er dich jetzt.«

»Wie, Alex ist abgehauen?«

»Das war so!« Endlich sprach Tommy und nicht mehr die hysterische Danny. »Ich hab dir doch gesagt, dass ich nicht daran glaube, dass nur so wenig Geld in der Kasse drin war ...«

»War es auch nicht«, sagte Danny.

»Und weil Danny es auch nicht geglaubt hat, hat sie dann gestern Mittag Alex in der Küche angequatscht und ich hab sein Zimmer durchsucht und mehr als fünfhundert Euro gefunden. Ich bin dann in die Küche, habe das Geld auf den Tisch gelegt und er hat den Rest sofort dazugelegt, es waren mehr als zweitausend Euro.«

»Aber vielleicht hat er es irgendwo anders her?«

»Quatsch, woher denn, außerdem hat er es zugegeben.«

»Und warum hat er das gemacht?«

»Das wollte er erst erzählen, wenn alle da wären, also haben wir Andreas geholt. Und auf dich haben wir gewartet und gewartet. Tommy ist sogar in die Stadt gefahren und die Bonzenkinder haben mitgeholfen dich zu suchen. Wir haben bis heute Morgen um fünf auf dich gewartet. Tommy ist schon vorher schlafen gegangen und ich konnte um fünf nicht mehr, da saß Alex immer noch vorm Fernseher.«

»Also hat er um fünf noch gelebt«, sagte ich.

»Jetzt denk doch nicht das Schlimmste. Alex ist nicht der Typ, der sich was antut«, sagte Danny.

»Für drei meiner Freunde war das auch nicht typisch.«

Dazu schwieg sie.

»Warum habt ihr nicht versucht mit ihm zu reden?«, fragte ich.

»Ey, vergiss nicht, dass er uns beklaut hat«, sagte Tommy, »und außerdem war der wieder so komisch. Er hat die ganze Nacht Horrorfilme auf Video geguckt. Aber ich glaub, er hat sie nicht wirklich geguckt, er hat so komisch gestarrt und die Fäuste geballt.«

»Also, ich trau mich dann nicht an ihn ran«, sagte Danny.

»Ich auch nicht«, sagte Tommy.

»Dann gehen wir ihn jetzt suchen«, sagte ich.

Ich trampte mit Tommy in die Stadt. Danny war zurückgeblieben, falls Alex doch noch auftauchen würde. Wir klapperten die Kneipen ab: Fehlanzeige.

»Ihr seid aber auch ständig auf der Suche«, sagte einer der Bonzenkinder, als wir sie trafen und fragten, ob sie Alex gesehen hätten. Sie halfen uns.

Wir trafen einen der Jungen von ihnen: »Ey, kommt schnell, Alex hat Stress in der Bahnhofskneipe!«

»Was macht er denn da?«, fragte ich.

»Keine Ahnung, kommt!«

Wir liefen los, am Bahnhof hatte sich eine Menschenmenge versammelt. Zwei Polizeiautos waren auch schon da. Ich sah Alex, ihm gegenüber standen ein paar Yuppies, die ziemlich lädiert aussahen. Anscheinend hatte Alex ganze Arbeit geleistet. Als ich auf Alex zurannte, drehte er sich um und sah mich. Er nahm mich in den Arm und wirbelte mich durch die Luft.

»Da bist du ja endlich, wenigstens dich haben sie mir gelassen!«

»Er muss mitkommen«, sagte ein Polizist.

»Hier muss niemand etwas«, sagte Tommy.

Ich redete auf die Yuppies ein, sie erzählten, dass Alex sie völlig unbegründet angemacht hätte, und dann wäre es zu einer Schlägerei gekommen.

»Aber deswegen muss man doch nicht die Polizei holen«, sagte ich.

»Die hat keiner geholt, die sind freiwillig gekommen, wir haben denen schon erklärt, dass nichts passiert ist.«

»O.K., dann erklärt es ihnen noch mal.«

Das machten sie tatsächlich und redeten auf die Polizisten ein, die gaben endlich nach und sagten, dass Alex am nächsten Tag aufs Revier kommen solle. Wenn es eine Person auf der Welt gibt, die ein Polizeirevier niemals freiwillig betreten würde, dann war das Alex. Aber es war egal, für uns war der Abend gerettet.

»Da habt ihr euch ja eine ungewöhnliche Verstärkung gesucht«, sagte der Polizist zu mir.

»Es ist nicht alles schwarz oder weiß«, sagte Alex.

Die Polizisten fuhren gerade in ihren Streifenwagen los, als Andreas und Danny ankamen.

»Warum hast du das Geld genommen?«, fragte Danny und riss Alex wütend an den Haaren. Tommy schob sie zur Seite und schlug Alex ins Gesicht.

»Du bist echt ein Schwein«, brüllte ich, »wir machen zusammen einen Bruch und du beklaust uns.« Ich knallte ihm auch eine.

Dann verprügelten wir ihn zu dritt. Alex hatte sich die ganze Zeit nicht gewehrt.

Andreas stand abseits bei den Yuppies und Bonzenkindern und brüllte, während wir Alex zusammenschlugen: »Hört auf ihn zu schlagen, wir sind doch Freunde und unter Freunden schlägt man sich nicht.«

Wir hörten nicht auf ihn.

Erst als Alex auf der Erde lag, hörten wir auf.

»Warum hast du das gemacht?«, fragte Tommy und half Alex auf.

Tommy heulte fast, Danny und ich waren auch nah dran. Ich meine, Alex war unser Freund und wir schlugen ihn zusammen, aber was sollten wir machen?

Wir setzten uns neben Alex, der seinen Kopf auf Tommys Knie gelegt hatte, vorsichtig wischte ich ihm das Blut aus dem Gesicht.

»Ich, ich habe gedacht, das wäre alles nur Gelaber von euch gewesen. Dass ihr mitkommen wollt, ihr habt doch alle Leute hier, an denen ihr hängt«, versuchte Alex zu erklären.

»Ach, wen habe ich denn?«, fragte ich ihn.

»Es stimmt, es tut mir Leid, aber ich will einfach weg hier.«

»Es ist jetzt O.K.«, sagte Tommy, »du hast bekommen, was du verdient hast. Und jetzt versprechen wir dir: Wir fahren zusammen weg. An einen Strand, in eine bessere Welt.«

Er gab Alex die Hand drauf und danach taten das auch Danny und ich.

»Und damit ist es jetzt gut und die Sache vergessen«, bestimmte Danny.

Ich hoffte, dass es stimmte. Wenn Freundschaften einen

Knacks kriegen, ist das wie mit einer Wunde. Entweder sie verheilt ordentlich oder es bleibt eine hässliche Narbe zurück. Freundschaften überleben keine Narben.

Wir gingen mit den anderen los in eine Disco. Die Hälfte von uns war zwar noch zu jung, um nach zehn reinzukommen, aber einer der Yuppies kannte den Besitzer. Ich war noch nie in einer Disco gewesen und ich fand es scheußlich. Es gab viele bunte Lichter, die einem in den Augen wehtaten, und grässliche Musik, zu der die Leute tanzten. Das Bier war teuer, das war aber egal, wir bekamen es ausgegeben. Ich kletterte auf eine riesige Lautsprecherbox und sah mir das Treiben an. Den anderen schien es zu gefallen. Irgendein Typ kam und sagte, ich solle von der Box runterklettern, aber ich tat so, als wenn ich nichts hörte, was bei der Lautstärke der Musik jeder glauben musste.

Danny war in ihrem Element. Sie hatte sich richtig aufgedonnert und tauchte eng umschlungen mit einem Yuppie auf. Irgendwann würde sie bestimmt so einen heiraten. Tommy war, wie immer, der Schwarm der Mädchen, er sah aber auch einfach super aus. Alex lehnte an einer Säule und rauchte eine Zigarette, trank sein Bier und schaute auf die Tanzfläche. Sein verächtliches Grinsen machte ihn noch hübscher. Andreas starrte den schönen Mädchen hinterher, die ihn nicht beachteten.

»Hi«, schrie jemand zu mir hoch. Es war der edle Ritter mit dem Grübchen am Kinn. Ich legte mich auf die Box und beugte mich zu ihm runter: »Jaa?«

Er drückte mir ein Bier in die Hand.

»Wo ist denn dein Zukünftiger?«, schrie er.

»In der Vergangenheit«, schrie ich zurück.

»Darf ich zu dir nach oben?«

»Klar.«

»Ist ja cool hier oben.«

Ich sah, wie Alex anfing mit seiner Exfreundin zu knutschen. Der edle Ritter erzählte von sich: Er war sechzehn, hieß Basti und seine Eltern hatten ihn ins Internat gegeben, weil er klaute. Dann erzählte er mir von seinem Pferd, seinen drei eigenen Zimmern und dem Swimmingpool.

»Ich hatte echt alles bekommen, was ich wollte«, sagte er.

»Aber warum hast du dann geklaut?«

»Weil mir langweilig war. Du kannst es dir nicht vorstellen: Kaffeekränzchen, acht gackernde, geliftete Frauen und dann der liebe Sohn. Sie haben mir alle ihre Eheprobleme erzählt. Es war entsetzlich. Mein Vater war fast nie zu Hause, er ist Rechtsanwalt, ab und zu hat er mich zu Geschäftsessen mitgenommen, ich sollte ja mal sein Erbe antreten. Ich wurde natürlich auf eine Eliteschule geschickt, in der die Leute Cello spielten oder mit zwölf Jahren Preise bei ›Jugend forscht‹ gewannen. Es war so schrecklich: Wenn du nicht die richtigen Markenklamotten anhattest, warst du unten durch. Es waren natürlich nur reiche Kinder da und manche von ihnen waren so dumm wie Stroh. Ich hab einmal im Unterricht die Frage gestellt, warum auf dieser Schule nur reiche Schüler wären. Sie gaben mir keine Antwort. Es hat mich alles angekotzt, die Leute, das Gelaber, das Leben. Ich brauchte einen Kick, verstehst du?«

Ich nickte und erzählte ein wenig von mir. Man muss aufpassen, was man Leuten erzählt. Wenn man zu viel erzählt, glauben sie es einem nicht, und wenn sie es doch glauben, dann ist man entweder total der Held oder die Leute haben Angst vor einem.

Die Lichter in der Disco gingen an und wir liefen nach draußen.

»Wo ist denn Danny?«, fragte ich.

»Ach, die ist mit ihrem Typen abgehauen.«

»Na prima, und was ist mit euch?«, fragte ich Tommy und Alex, die beide ein Mädchen im Arm hielten.

»Also, ich fahre nach Hause«, sagte Alex. Tommy stimmte ihm zu. Die Weiber nörgelten rum. Als Tommy ihnen versprach mit ihnen morgen auf die Kirmes zu gehen, waren sie ruhig. Danny kam angelaufen.

»Gott sei Dank, ihr seid noch da, der Typ war echt zu heavy.«

Tommy nahm Danny in den Arm, was seine Freundin überhaupt nicht gut fand. »Alles klar mit dir?«

»Ich erzähl dir das später. O.K.? Muss ja nicht die ganze Stadt erfahren.« Sie sah die Weiber verächtlich an.

»Lass uns fahren«, sagte Alex und stoppte ein Taxi. Die anderen stiegen ein.

»Wartet mal einen Augenblick«, sagte Basti.

»Ja?« Ich drehte mich rum. Er nahm meine Hand und räusperte sich.

»Willst du morgen mit mir essen gehen?«

»Klar, warum nicht?«

»Super, ich bestell einen Tisch und wir treffen uns hier.« Er gab mir die Karte eines Restaurants.

»Könnt ihr morgen über eure Kinder reden?«, rief Alex. »Die Taxiuhr läuft.«

Basti drückte mir einen Kuss auf den Mund, »bis morgen«, und ging. Ich stieg verdattert in das Taxi.

»Noch ein Kuss, dann ist Schluss, weil ich dann nach Hause muss.«

»Halt die Klappe, Danny«, sagte ich, »ich weiß gar nicht, was der Typ von mir will.«

»Na, kleine Schwester, verliebt?«, meinte Alex.

»Ach«, sagte ich, »ihr habt doch keine Ahnung. Danny, was war denn los bei dir?«

»Ach, ich wollte mit dem Typen nur spazieren gehen, aber der wollte mir gleich an die Wäsche. Er meinte, solche Mädchen wie wir ständen darauf. Als ich nicht wollte, hat er mir Kohle angeboten, aber ich hab Nein gesagt. Dann wollte er es mit Gewalt versuchen und ich hab ihm in die Hand gebissen und bin weggerannt.«

»Das nächste Mal, wenn ich den Typen sehe, bringe ich ihn um!«, drohte Alex.

»Das wirst du gefälligst sein lassen«, sagte Tommy.

Wir waren da und hatten kein Geld. Wir stiegen aus dem Auto und rannten ins Haus. Der Taxifahrer brüllte und klopfte gegen die Tür, was natürlich sinnlos war. Wir beobachteten ihn aus dem Fenster. Nach zehn Minuten stieg er ins Taxi und brauste davon.

Wir warteten eine halbe Stunde, ob vielleicht die Polizei kommen würde, aber sie kam nicht und wir gingen schlafen.

14

Am nächsten Tag stand ein Mann von Fleurop vor meiner Zimmertür und drückte mir einen dicken Strauß roter Rosen in die Hand.

Ich hatte noch nie in meinem Leben Blumen geschenkt bekommen. Da hatte ich mir ja was angelacht. In den Blumen steckte eine Karte: *Ich fand den Abend gestern schön mit dir und freue mich auf heute Abend. Ich werde dir um sechs Uhr ein Taxi schicken!*

Wie sich das anhörte: *Ich werde dir ein Taxi schicken.*

»Super«, meinte Danny, »dann kann ich ja hier alleine hocken, wenn du mit deinem Rosenkavalier ausgehst und die Jungen mit ihren Weibern auf der Kirmes sind.«

»Ich kann ja hier bleiben«, sagte ich.

»Du gehst zu deiner Verabredung«, meinte Alex, »das ist doch dein erstes Date, das vergisst man nie in seinem Leben. Danny, wenn dir langweilig ist, kannst du ja mal dein Zimmer aufräumen.«

»Und du kannst was auf die Fresse kriegen!«

Alex lachte. Die Jungen gingen am späten Nachmittag. Um fünf nach sechs hupte ein Taxi. Ich kam aus meinem Zimmer.

»Wohin geht ihr denn essen?«, fragte Danny.

»Ich weiß nicht, wahrscheinlich in eine Pizzeria oder so. Wieso?«

»Ich weiß ja nicht.« Sie sah mich von oben bis unten an.

Ich ging raus und zu meinem Glück saß der Taxifahrer vom Vortag im Taxi. Er war nicht sauer.

»Basti hat alles bezahlt und ein kräftiges Trinkgeld draufgelegt für meine verkorkste Nacht«, sagte der Taxifahrer. Er fuhr vor ein Restaurant, vor dem Basti im Anzug wartete. Als er mich sah, schien er gar nicht glücklich.

»Hi«, sagte ich, »is was?«

»Hast du keine anderen Klamotten?«, fragte er.

»Nein!«

»Na, das fängt ja gut an.« Er nahm meine Hand. Wir gingen über die Straße in das Restaurant. Ein Mann im schwarzen Anzug mit weißem Hemd und Fliege kam auf uns zu.

»Ja, bitte?«

»Peters mein Name, mein Vater hat für sieben Uhr einen Tisch für uns bestellt!«

»Ah, ja«, er sah uns an, »gehört die zu Ihnen?«

»Ja.«

Nein, ich gehörte nicht zu Basti, ich war ihm zugelaufen und deswegen hielt er mich an der Hand fest.

»Ja, dann kommen Sie mal mit.« Er zeigte uns einen Tisch. Die Leute starrten uns an, als kämen wir vom Mars. Ich hatte meine übliche Kluft an. Armeehose und meinen riesengroßen Kapuzenpulli. Meine schwarzen Springerstiefel hatte ich mit einem silbernen Edding bemalt, das fand ich cool, bis zu diesem Abend. Ich betrachtete meine Fingernägel, sie waren lang und dreckig. Der Mann im Frack brachte uns zwei Karten, ich verstand nichts von dem, was auf meiner stand. Basti bestellte irgendwas.

»Ich hätte gern dasselbe«, sagte ich.

Nach einer halben Stunde, Basti und ich hatten nicht ein Wort gewechselt, kamen zwei Teller. Ich fragte mich, wie man davon satt werden sollte. Es war praktisch nichts drauf und ich konnte auch nicht erraten, was es war. Die Leute starrten uns immer noch an. Ich saß mit falschen Klamotten in einer falschen Welt.

»Sag mal«, ich beugte mich über den Tisch, »willst du mich irgendwie verarschen?«

»Nein, ich hab doch gesagt, dass wir essen gehen. Ich hab gedacht, wie man sich anzieht, so was wüsste man!«

»Ich bin aber nicht *man*«, sagte ich etwas lauter. Im Restaurant herrschte Totenstille. »Wenn ich esse, dann habe ich Hunger und dann will ich was essen und nicht was picken in noblen Klamotten. Du kannst mich mal, ich gehe.«

Ich stürmte aus dem Restaurant und trampte zurück ins Heim.

»Das war aber ein schnelles Essen«, begrüßte mich Danny, die Jungen waren auch schon wieder da.

»Halt die Klappe, du hättest mich ruhig warnen können.« Ich erzählte, was vorgefallen war.

»Schade um das Essen, das hättest du auf jeden Fall mal probieren sollen. Aber bei uns war's auch nicht so prickelnd. Meine Begleitung hat mir den ganzen Abend Vorwürfe gemacht, weil ich gestern Danny in den Arm genommen hatte.«

»Und meine wollte, dass ich irgendwelche Jungen zusammenschlage, die ihr Blicke zuwerfen, das war echt nicht wahr. Wir haben drei Stunden an einem Autoscooter gestanden und ich musste so tun, als wäre es das Ereignis gewesen«, schimpfte Alex.

»Egal, es ist vorbei«, sagte Tommy.

»Ich will einfach nur hier weg«, sagte ich. »Aber sagt mal, wo ist Andreas?«

Die anderen zuckten mit den Schultern. Ich ging nach oben und klopfte bei Andreas an. Er war dabei, seine Sachen zu packen.

»Was machst du?«, fragte ich – als würde ich das nicht selber sehen.

»Ich gehe.«

»Wieso?«

»Das ist nichts für mich hier, weißt du? Ich meine, ihr seid alle ganz nett, aber aus euch wird nichts. Ihr landet früher oder später doch alle im Knast oder schmeißt euch Drogen ein, bis ihr davon sterbt. Vielleicht bringt ihr euch auch gegenseitig um. Verprügeln tut ihr euch ja schon. Ich will aber weder Drogen nehmen noch in den Knast gehen, es ist nicht meine Welt, also, was soll ich hier?«

»Aber ich dachte, du wolltest mit uns ans Meer?«

»Ach, das ist doch Schwachsinn, glaubst du wirklich an so einen Unsinn? Glaubst du etwa, die Leute schreien da *Hurra*, wenn du kommst? Außerdem kommt ihr nicht weit, das weißt du doch auch.«

»Und was machst du jetzt?«

»Mein Patenonkel holt mich ab. Der wollte eigentlich schon längst hier sein. Er ist ganz nett, er hat sofort gesagt, dass ich zu ihm kommen kann. Meine Verwandtschaft hat mich schon gesucht. Da sie aber zerstritten ist, hat die eine Hälfte mich immer bei der anderen vermutet.«

Er sah mich an, ich lehnte am Türrahmen.

»Ey, ich werde dir schreiben und dich anrufen, du musst das verstehen. Oder willst du vielleicht mitkommen? Wo eine Person unterkommt, kriegt man auch eine zweite unter, das ist doch egal.« Er fing an zu heulen.

»Es ist eben nicht egal«, sagte ich.

»Ich verspreche dir wirklich, dass ich mich bei dir melde.«

Wir wussten beide, dass er log.

Ich half ihm seine Sachen zusammenzupacken und schenkte ihm ein Foto von mir.

Als wir in die Küche kamen, war sein Onkel gerade angekommen. Er sah genauso wie Andreas aus, nur älter. Andreas winkte uns zu, als sie fuhren.

»Die Ratten verlassen das sinkende Schiff«, sagte Danny.

»Ich wünschte, ich wäre eine Ratte«, seufzte Tommy.

»Und was machen wir jetzt?«, fragte Alex. Man sah, dass ihn das alles fertig machte, denn er hatte seinen speziellen Blick drauf: einsam und verloren.

»Ach, es ist doch noch ziemlich früh, lasst uns ein paar Bier kaufen und draußen ein Lagerfeuer machen«, schlug ich vor.

Die anderen waren einverstanden, wir gingen in die Stadt und kauften in der einzigen Nachttankstelle Bier; dann gingen wir wieder zurück.

Ungefähr auf der Mitte des Weges gab es einen kleinen Parkplatz und eine offene Hütte mit einer Feuerstelle. Zum Glück lag neben der Feuerstelle noch genügend Holz. Wir machten Feuer, tranken unser Bier und unterhielten uns über unsere Zukunft, aber bis auf das, dass wir alle berühmt werden wollten, fiel uns nichts ein. Als wir wieder beim Heim ankamen, war es weit nach Mitternacht. Vor dem Hauseingang lag Basti und schlief.

»Was will der denn hier?«, fragte ich.

»Wahrscheinlich will er zu dir, um sich zu entschuldigen.«

»Ach, der kann mich mal, lass den da bloß liegen!«

»Ist doch ein hübscher Anblick: Junger Mann im Anzug schläft vor einer Haustür«, sagte Tommy.

Wir gingen ins Fernsehzimmer.

»Ach, jetzt sei doch nicht so gemein«, meinte Danny.

»Ich bin doch nicht gemein.«

»Bist du wohl, was hat er dir denn getan?«

»Ey, der hat mich in so'n Nobelschuppen geschleppt, was sollte ich denn da?«

»Aber er wollte dir eine Freude machen!«

»Tolle Freude.«

»Er hat halt nicht nachgedacht und jetzt ist er hier, hat sich den weiten Weg gemacht, um sich bei dir zu entschuldigen.«

»Er hat sich den weiten Weg gemacht, dass ich nicht lache. Er hat sich ein Taxi genommen, sponsored by Daddy.«

»Das ist doch egal, du machst auch Fehler, oder?«

»Ey, wenn du so scharf auf den Typen bist, dann nimm du ihn doch!«

»Ey, die Frau schnallt echt nichts. Ich will den Typen nicht, O. K.? Ich will nur, dass du nicht so eingebildet rüberkommst.«

»Ich weiß überhaupt nicht, warum du immer an mir herummeckerst!«

»Ich meckere nicht an dir herum, ich weise dich nur höflich darauf hin, dass du auch Fehler machst«, keifte Danny.

»Darauf kann ich verzichten.«

»Kannst du nicht, sei froh, dass es irgendeiner macht, Tommy würde dich nie anmachen. Der ist froh, wenn alles friedlich ist, und für Alex bist du die kleine vergötterte Prinzessin!«

»Hm, hm«, räusperte Alex sich, die Jungen hatten die ganze Zeit zugehört und die Klappe gehalten.

»Danke für die Verteidigung«, sagte ich zu Alex.

»Ach, das ist doch Weibergeschwätz, ich hol den Jungen jetzt rein«, sagte er.

Wir machten eine Flasche Wein auf, von unserem letzten Kioskeinbruch hatten wir noch genug. Alex kam mit Basti wieder, ich kam mir ziemlich blöd vor.

»Hi«, sagte er.

Er kniete sich vor mich, nahm meine Hand und küsste sie. »Ich hoffe bei Ihrer Hoheit nicht in Ungnade gefallen zu sein und biete Ihrer Gnaden untertänigst an, demnächst mit ihr im Anzug die Mülltonnen nach Lebensmitteln durchsuchen zu dürfen!«

Die anderen lachten und ich musste grinsen. Er drückte mir noch einen Kuss auf den Mund.

»Ei, ei, ei, was seh ich da, ein verliebtes Ehepaar, küsst euch mal, küsst euch mal, morgen ist das Baby da«, sang Danny.

Ich wollte echt mal wissen, woher Danny solche bescheuerten Lieder kannte.

»Womit feiert ihr hier eigentlich?« Basti sah sich die Weinflasche an.

»Piratenbeute«, meinte Tommy.

»Cool!« Basti nahm sich eine Flasche vom Tisch.

Tommy sagte: »Du bist herzlich eingeladen!«

Das ließ Basti sich nicht zweimal sagen.

Alex erzählte uns endlich von der Schlägerei mit den Yuppies.

»Du hast es ihnen aber gegeben«, sagte ich, ich war stolz auf ihn.

»Lob den auch noch für so eine Scheiße. Mein Gott, Alex ist auf Bewährung«, sagte Danny.

»Aber was sollte er denn machen?«, fragte Tommy.

»Weghören. Wenn man sich jeden Scheiß zu Herzen nimmt, prügelt man sich ja dauernd!«

»Das ist doch auch 'ne Beschäftigung«, sagte ich.

»Du bist echt blöd«, meinte Danny.

»Warum bist du denn auf Bewährung?«, fragte Basti.

Mit glänzenden Augen erzählte Alex von seinen Schlägereien und Überfällen. Ich musste an Fässi denken, es war schade, dass die beiden sich nicht kannten. Wir fanden die Storys gut, ich konnte sie nicht oft genug hören, aber Danny verdrehte die ganze Zeit die Augen. Manchmal wusste ich echt nicht, warum sie sich überhaupt mit uns abgab, außerdem prügelte sie sich doch auch und machte Brüche. Ich fragte sie.

»Mein Gott, ihr seid meine Freunde, aber ich prügle mich nur, wenn es wirklich unbedingt sein muss, aber nicht weil ich sonst nichts Besseres zu tun hab.«

»In so einer Welt möchte ich auch gern leben. Ihr haltet wenigstens zusammen«, sagte Basti.

»Auf diese Welt würden wir gerne verzichten«, sagte Alex.

»Das tun wir doch, wir gehen ja«, sagte ich.

»Wie, ihr geht?«, fragte Basti.

»Ach, wir können ihm das ruhig sagen, auch wenn er es den Erziehern erzählt. Die würden doch einen Luftsprung machen«, meinte Danny und schaute uns an.

»Von mir aus, also, wir wollen morgen abhauen«, sagte Alex.

»Aber warum denn?«

»Was sollen wir denn hier, du siehst doch selber, wie wir hier behandelt werden.«

»Aber ist es denn woanders besser?«

»Ich hoffe es, und wenn nicht, ist es auch egal. Im Gegensatz zu dir war von uns noch nie einer weg, wir wollen einfach mal was anderes sehen. Du warst ja bestimmt schon überall. Amerika, Asien und so, oder?«

Basti nickte.

»Aber er kann ja auch nix dafür, oder?«, fragte ich.

Wir schwiegen eine Weile.

»Ich komm mit«, sagte Basti. Wir schauten ihn erstaunt an.

»Hä, wieso denn?«, fragte ich ihn.

»Meint ihr, nur weil ich Kohle habe, geht's mir besser? Mich kotzt es hier genauso an, also könntet ihr vielleicht einen Tag später fahren, dann frag ich morgen meinen Vater nach Geld, und meine Mutter am besten auch. Die reden ja eh nicht miteinander und haben so ein schlechtes Gewissen, dass ich alles kriege.«

»Aber sie werden dir doch nicht erlauben abzuhauen?«, fragte Danny.

»Das sage ich denen natürlich nicht. Die merken das frühestens in ein paar Wochen, so oft melden die sich nicht bei mir.«

»Und das Internat?«

»Ach, denen erzähle ich einfach, dass ich zurück zu meinen

Eltern gehe, das können sie mir nicht verbieten. Macht euch keine Sorgen um mich, nehmt mich einfach mit.«

»Von mir aus«, sagte Alex, »aber ich versteh immer noch nicht so genau, warum du mitwillst.«

»Weil ich es nicht ertrage, dämliche Sprüche über euch von meinen Klassenkameraden zu hören. Sie geben sich mit euch ab, weil sie euch cool finden. Weißt du, letztens kam eines von den Mädchen an und sagte mir, dass es sich jetzt auch einen von den Asis als Freund geschnappt hätte, jetzt würde jeder Typ, der sie anbaggert, was aufs Maul kriegen. Ich hab sie gefragt, ob das der einzige Grund ist, warum sie mit ihm zusammen ist, und sie sagte nur, warum sollte ich mir sonst einen von denen nehmen.«

Wir schauten Alex an, es konnte sich nur um ihn handeln, der schluckte und man sah, dass er wütend war.

»Sie denken nicht nach, Partys, saufen, Schlägereien und irgendwann sind sie wieder bei ihren Eltern und dieselbe Scheiße geht wieder von vorne los, das wissen wir alle. Ich hab drüber nachgedacht, warum gerade solche Leute wie wir und ihr sich verstehen. Es ist ganz einfach, wir sind ganz oben, und egal was wir machen, wir bleiben da, und ihr seid ganz unten und ihr bleibt da!«

»Oh, danke«, sagte ich, »dann kann ich ja ab morgen anfangen die Leute einfach zu erschießen statt zu verprügeln.«

»Ich möchte lieber den Menschen die Kehlen durchschneiden«, sagte Alex.

»Du guckst zu viele Horrorfilme«, sagte Danny. »Aber gibt's denn nichts dazwischen? Also, O.K., ich bin kein Bonze, aber ich möchte auch nicht als *Jack the Ripper* enden!«

»Ja, es gibt die Normalen, die sind sogar die Mehrheit, aber die sind halt wirklich normal und sie werden alles dafür tun, dass ihre Welt normal bleibt. Da werden weder wir noch ihr landen. Wir nicht, weil sie neidisch auf uns und unser Geld sind, und ihr nicht, weil sie Angst vor euch haben.«

»Aber das ist nicht fair«, sagte ich.

»Jetzt fängt die schon wieder damit an«, stöhnte Tommy.

»Ach hör doch gar nicht auf den«, sagte Danny zu mir, »der redet ja wie ein Politiker.«

Ich wusste nicht, wie Politiker reden, aber ich wollte Fässi morgen mal fragen.

»Fair«, sagte Basti, »ihr seid doch die Letzten, die mit so einem Wort was anfangen können.«

»Jetzt reicht's aber«, knurrte Alex.

»O.K., ich denke halt ein wenig zu viel nach, damit gehe ich allen Leuten auf den Geist, aber ich möchte einfach wissen, wie die Welt funktioniert. Egal, nehmt ihr mich jetzt mit?«

»Wenn du mir nicht jeden Tag erzählst, dass ich als *Jack the Ripper* ende, schon«, sagte Danny. Wir anderen nickten.

»Außerdem möchte ich auch wissen, wie die Welt funktioniert«, sagte Alex.

»Du«, meinte Danny, »du haust doch einfach nur zu, und wenn der andere umfällt, bist du der Stärkere, so funktioniert die Welt für dich!«

Alex lachte.

Basti telefonierte mit seinem Handy und holte sich ein Taxi.

»Ey, so ein Ding will ich auch mal haben«, sagte Alex.

»Wieso, dich ruft doch eh keiner an«, sagte Danny.

»Ich besorg dir eins, mein Vater soll mir einfach eins schicken, ich sag ihm, mein altes ist kaputt«, bot ihm Basti an, dann kam sein Taxi.

»Lasst uns noch ein Bier unter uns trinken«, schlug Tommy vor.

»Irgendwie ist das ein komischer Kauz«, sagte Danny.

»Ich find ihn O. K., der denkt mal für fünf Cent nach und labert nicht den gleichen Müll wie alle«, sagte Alex.

»Dafür erzählt er Müll wie die Politiker, die versteht man auch nicht«, meinte Danny.

»Du weißt doch gar nicht, wie Politiker reden«, sagte ich.

»Weiß ich wohl, ich hab mal so 'ne Sendung morgens früh im Fernsehen gesehen, eine Stunde lang, und ich schwöre, ich hab eine Stunde nichts verstanden.«

»Ich freu mich auf jeden Fall auf unsere Reise«, sagte Tommy.

Wir redeten noch eine Weile über unsere Reise und wie toll das alles würde, dann gingen wir schlafen. Ich hatte einen schrecklichen Alptraum.

Alex hatte ein Gesicht wie Frankenstein und schnitt Leuten die Kehle durch und Tommy und ich überfielen viele Banken und erschossen alle Leute mit solchen starken Pistolen, dass ihre Körper durch den Druck an die Wand geschleudert wurden und dort hängen blieben. Über allem schwebte Danny auf einer Wolke und rief die ganze Zeit: So ist die Welt, so ist die Welt!

Ich wachte schweißgebadet auf und setzte mich aufs Bett. Ich hatte gerade eine halbe Stunde geschlafen, ich war völlig übermüdet und fühlte mich hundeelend. Ich machte das Fenster auf und sah den klaren Sternenhimmel, es hatte etwas Friedliches und Beruhigendes. Ich rauchte eine Zigarette und überlegte, wie viele Leute sich jetzt auch diesen Himmel anguckten. Nachdem ich noch eine Weile vor mich hin geträumt hatte, legte ich mich wieder hin und schlief zum Glück sofort ein.

Als ich aufwachte, lag ein Zettel auf dem Bett neben mir.

Schönen guten Morgen, meine kleine Prinzessin, ich habe das Frühstück wieder mitgenommen, wer weiß, wann du aufwachst. Dann ist der Kaffee vielleicht schon trocken und die Brötchen kalt und du wirst denken, was habe ich denn da für einen Lump. Ich schaue mich ein wenig um und gucke, ob ich jemanden finde, dem ich auf die Nerven fallen kann. Ich hab dich lieb – dein Basti.

Dein Basti, das hörte sich an. Mein Bett, meine Schuhe und jetzt eben noch mein Basti. So ging das also, hatte sich Danny vielleicht doch vertan. Sogar mit meinem Aussehen bekam ich einen Jungen ab, und gar keinen so schlechten.

Ich stand auf und schlich mich in Tommys Zimmer, der schlief noch, und lieh mir eine Hose von ihm. Ich ging unter die Dusche und dann suchte ich Basti. Er stand mit Fässi draußen und sie schienen irgendwas zu diskutieren.

»Guten Morgen.« Basti gab mir einen Kuss.

»Hi«, sagte ich zu Fässi, »du schuldest mir noch eine Erklärung.«

»Ach, die haben nur nach Drogen gesucht.«

»Nach Drogen?«

»Drogen?«, fragte Basti.

»Na, Leute, die so aussehen wie wir, nehmen entweder Drogen oder sind Terroristen«, sagte Fässi.

»Hast du Lust, mit uns zu frühstücken?«, fragte Basti. »Ich hab was für uns und die anderen eingekauft.«

»Ich weiß nicht, ich kenne hier bis auf deine Freundin niemanden!«

»Das reicht auch«, sagte ich, »komm einfach mit.«

Wir deckten den Frühstückstisch und setzten uns hin. Alex und die anderen kamen herein.

»Seit wann redest du denn freiwillig mit einem von denen?«, fragte er mich.

»Er ist kein Erzieher, er sieht nur so aus«, antwortete ich ihm.

»Ist das euer Eheberater?«, fragte er.

»Darf ich mal selber was sagen? Ich heiße Fässi und arbeite hier morgens früh für ein paar Stunden auf dem Hof.«

»Oh, soll ich lieber die Küche verlassen? Ihr habt bestimmt wichtige Dinge zu besprechen.«

»Quatsch«, sagte Basti, »ich hab das Frühstück für alle gekauft und außerdem«, Alex setzte sich und trank seinen ersten Schluck Kaffee, »hab ich dir was mitgebracht.« Er reichte Alex ein Paket, es war ein Handy.

Alex war so baff, dass er sich noch nicht einmal bedankte.

»Ich habe meinen Vater angerufen, als ich heute Morgen im Internat ankam. Er ging natürlich nicht ans Telefon, es war ja schon halb drei, aber ich habe ihm auf den Anrufbeantworter gesprochen, und siehe da, das brachte mir ein Eilbote um Viertel nach acht!«

»Das ist ja genial«, sagte Alex.

»Mein Vater hat mir direkt eins geschickt, wahrscheinlich hat er Angst, dass ich mich noch mal persönlich bei ihm melden könnte.«

Die Tür ging auf und drei Erzieher kamen herein. »Was ist denn hier los?«, fragten sie.

»Wir frühstücken«, sagte Danny. »Was dagegen?«

Sie setzten sich und nahmen sich von unserem Kaffee. Als sie nach dem letzten Brötchen greifen wollten, stellte Basti den Brötchenkorb auf seinen Teller. Die belämmerten Gesichter dazu sahen sehr lustig aus und wir grinsten. Die Erzieher teilten unseren Humor nicht, aber das war ja keine neue Erkenntnis.

»Wir wollten mal wissen, was eure Bemühungen machen, euch zu verändern und hier etwas anzufangen. Ihr wisst, dass eure Frist bald abgelaufen ist. Wenn ihr bis dahin nichts habt, könnt ihr gehen. Also, was habt ihr bisher erreicht?«

»Och, ich war bei so einem Doktor und hab gefragt, ob ich bei ihm eine Lehre als Doktor machen kann«, sagte Alex.

»Und ich habe Bewerbungen an Kneipen abgeschickt, ich möchte gerne eine Lehre als Wirt machen«, sagte Tommy.

»Ich wollte Soldat werden, aber ich bin noch zu jung, und Kinder, die trommeln, haben die nicht mehr«, sagte Danny.

Ich sah, dass die Erzieher wütender wurden, von Satz zu Satz. Es war wie beim Boxkampf, man konnte mitzählen, bei der nächsten Zahl würden sie platzen.

»Ich hab mir so gedacht, dass ich hier bleibe und eine Ausbildung als Erzieher mache. Das ist ja ein schön einfacher Job.«

»Sonst noch irgendwas?«, fragte einer der Erzieher mit gepresster Stimme.

»Nö«, meinte Alex.

»Ihr könnt euch selbst verarschen«, brüllte der Erzieher. »Jetzt ist Schluss! In drei Tagen ist eure Zeit hier rum, und wenn ihr bis dahin nichts habt, dann könnt ihr gehen, und das ist unser letztes Wort.«

»Jetzt hören Sie doch auf, den Jugendlichen zu drohen«, meinte Fässi, »das bringt doch nichts. Außerdem, was sollen sie denn in einer solch spießigen Ecke machen, da kriegt man doch keine Lehrstelle, wenn man von so einem Hof kommt.«

»Wir haben Sie nicht nach Ihrer Ansicht gefragt und außerdem gehört es nicht zu Ihren Aufgaben, mit den Jugendlichen zu frühstücken«, schrie ein Erzieher.

»Ich kann frühstücken, wann, wo und mit wem ich will«,

sagte Fässi ruhig. »Ich habe nur gesagt, dass man mit Drohungen nicht weiterkommt!«

»Wir werden hier nicht mit Ihnen diskutieren. Die Jugendlichen sind uns lange genug auf der Nase herumgetanzt und haben Chancen über Chancen bekommen und jetzt haben wir endlich gesagt, bis hierher und dann ist Schluss. Wir haben genug andere nette Jugendliche, die froh wären, wenn sie hier sein könnten. Wir können uns vor Anfragen kaum retten. Das Beste wäre, man würde euch alle aus der Jugendhilfe rausschmeißen, aber bis auf Alex seid ihr alle noch zu jung dazu und sein Jugendamt will das nicht. Dabei gibt es extra dieses Gesetz: Jugendliche ab sechzehn, die nicht zu erziehen sind, fliegen aus der Jugendhilfe. Wisst ihr, was ihr diesen Staat kostet? Und so wie ihr drauf seid, werdet ihr ihm eh euer Leben lang auf der Tasche liegen.«

»Jetzt regt euch doch nicht so auf«, meinte Alex.

»Nicht aufregen? Was soll man denn sonst bei euch tun? Stricken oder beten?« Sie sprangen auf, verließen die Küche und knallten die Türen.

»Wieso auf der Tasche liegen«, fragte ich, »ich klau mir doch eh alles zusammen oder krieg es von euch?«

Die anderen zuckten mit den Schultern.

»Was habt ihr jetzt eigentlich vor?«, fragte Fässi. »Drei Tage sind ja nicht unbedingt viel Zeit, um hier in der Gegend was zu finden.«

»Ach, wir bleiben doch gar nicht hier«, sagte Danny.

»Genau, wir fahren morgen weg«, sagte Basti.

»Wohin denn?«

»Das wissen wir noch nicht, Hauptsache, es gibt einen Strand und die Leute sind nett.«

»Dann fahrt doch nach Spanien. Das ist echt gut dort, da war ich mal drei Monate, das war total cool!«

»Echt, erzähl mal.«

»Ach, die Leute sind so nett und offen! Alle sind gemütlich, es ist warm. Wir waren die ganze Zeit am Strand und haben dort auch geschlafen. Ach, ich würde da so gerne wieder hin, aber ich hab keine Zeit.«

Fässi nahm sich einen Stift und malte uns auf, welche Strecke er in Spanien getrampt war.

»Immer wenn wir keinen Bock mehr hatten, sind wir weitergetrampt und überall haben wir total nette Leute getroffen. Wir haben fast jeden Abend coole Partys gefeiert mit den Spaniern zusammen. Ach, waren das schöne Zeiten! Wie wollt ihr denn dahin kommen?«

»Mit dem Auto.«

»Das ist aber ganz schön weit, na ja, ihr habt ja Zeit.«

Alex steckte sich den Zettel von Fässi ein. Man konnte ja nie wissen!

»Habt ihr Lust, mit zu mir zu fahren?«, fragte Fässi. »Dann erzähl ich euch noch mehr von Spanien. Außerdem kommen da nicht irgendwelche Erzieher und nerven.«

Alle waren einverstanden. Außer mir.

»Ich hab keinen Bock«, sagte ich.

»Ach, jetzt komm doch mit!«

»Nee, keinen Bock«, sagte ich und war richtig sauer.

»Aber was willst du denn ganz alleine hier machen?«, fragte Alex.

»Meine Ruhe haben.« Ich weiß, dass es schwachsinnig klingt, aber ich war sauer, weil Fässi mein Freund war. Schließlich hatte ich ihn entdeckt und jetzt kannten ihn alle und alle fanden ihn toll. Das fand ich gemein.

»Hab ich dir was getan?«, fragte Fässi.

»Nein, hau ab.«

»Ach, lass die in Ruhe, die spinnt mal wieder und macht Theater«, sagte Danny, »ich wette mit dir, zehn Minuten nachdem wir gegangen sind, wird sie es bereuen.«

Basti gab mir noch sein Handy und dann waren sie verschwunden.

Danny hatte Unrecht, ich bereute es bereits nach fünf Minuten. Ich räumte den Tisch ab und setzte mich vor den Fernseher. Erst war ich wütend, dass meine Freunde einfach ohne mich gegangen waren, aber dann bekam ich Angst. Was wäre, wenn sie beschließen würden ohne mich nach Spanien zu fahren. Ich sah es schon bildhaft vor mir.

»Ach, die ist immer so launisch, die lassen wir lieber hier«, sagte Danny.

»Ja, genau, dann fahren wir jetzt einfach schon los, ohne die Meckerziege«, sagte Tommy.

Basti erhob Einwände.

»Ach, du findest schon was Neues«, sagte Alex darauf, »und außerdem, wenn uns Fässi fährt, dann ist eh kein Platz mehr!«

Ich war so in meiner Traumwelt, dass ich fast angefangen hätte zu heulen.

Das Handy klingelte. Ich drückte die O.K.-Taste.

»Hallo, Prinzessin«, sagte Basti.

»Hallo«, krächzte ich, »was ist?«

»Ach, wir wollten mal fragen, ob du nicht doch Lust hast zu kommen. Wir haben hier sehr viel Spaß.«

»Ja, eigentlich schon, aber ich weiß den Weg nicht mehr.«

»Ich schick dir ein Taxi.«

»Aber das ist doch zu teuer.«

»Zu teuer gibt es für mich nicht, bis nachher.« Er legte auf.

Eine Viertelstunde später kam ein Taxi.

Als ich rausging, kam ein Erzieher. »Wohin willst du?«

»Zu Rotkäppchen in den Wald.«

»Wenn du mir keine vernünftige Antwort geben kannst – O.K.« Er ging zum Taxifahrer, sagte irgendwas und das Taxi fuhr wieder weg.

»Hey, was soll denn das? Ich will zu meinen Freunden in die Stadt.«

»Du fährst nirgendwohin.«

Ich setzte mich wieder vor den Fernseher. Was hätte ich machen sollen? Trampen, aber ich hatte den Weg vergessen und hatte weder die Telefonnummer von Fässis Haus noch Alex' Handynummer. Nach einer Stunde klingelte das Handy endlich.

»Wo bleibst du?«, fragte Fässi.

»Die lassen mich nicht hier weg, die haben das Taxi wieder weggeschickt. Außerdem sitzen zwei Erzieher in der Küche und ich hab vergessen, wo du wohnst.«

»Wir kommen sofort.«

Eine halbe Stunde später waren meine Freunde wieder da und die Erzieher verließen die Küche.

»Wieso haben sie dich nicht fahren lassen?«

Ich zuckte mit den Schultern. »Keine Ahnung.«

»Hier, Fässi hat uns noch ein paar Fotos von Spanien mitgegeben. Es muss dort super sein. Er hat die ganze Zeit nur davon geschwärmt!«

»Der ist echt O.K.«, sagte Alex. »Wenn die alle so in Spanien sind, haben wir dort das Paradies.«

Ich musste schlucken. Der letzte Mensch, über den Alex so was gesagt hatte, war Jörg. Vielleicht verschwanden ja nicht alle Menschen, die man toll fand.

Die Bilder waren wunderschön, Sonnenuntergänge, Orangenbäume, das Meer, der Strand und fröhliche Menschen.

»Ey, sollen wir hier nicht noch so 'ne Abschiedsparty feiern? Aber ohne dass außer uns jemand weiß, dass es eine ist. Wir laden ein paar von meinen Leuten aus dem Internat ein. Die finden es bestimmt spannend, in ein Heim zu gehen«, schlug Basti vor.

Wir waren begeistert.

»Die sollen was zu trinken mitbringen und ein paar Weiber«, sagte Alex.

Natürlich hatten alle Bonzenkinder ein Handy und so ging alles sehr schnell. Innerhalb einer Stunde waren zehn Leute da und hatten jede Menge zu trinken mitgebracht. Wir hatten zu einer Strandparty eingeladen, aber da wir keinen Strand hatten, hatten wir einfach Stroh genommen. An den Wänden hingen die Fotos von Fässi. Es war eine prächtige Party, ein paar Mal wurde über die Musik gestritten, aber das ging schnell vorbei. Die Weiber von Alex und Tommy waren auch wieder dabei. Die beiden hatten die Mädchen im Arm und schworen ihnen ewige Liebe. Die Weiber schienen ihnen das zu glauben.

Um halb vier war die Party beendet, die Erzieher hatten uns den Strom abgestellt. Wir suchten noch eine Weile nach dem Stromkasten und nach den Erziehern, vor allen Dingen die Bonzenkinder wollten mal sehen, wie so ein Erzieher aussieht. Als wir keines von beiden fanden, fuhren die anderen zurück ins Internat. Basti fuhr mit, nachdem wir uns für den anderen Morgen um halb zehn verabredet hatten.

»Ich räum nicht auf, das können die Erzieher machen«, sagte Tommy.

»Genau, für irgendwas müssen die ja gut sein.«

Es sah ziemlich wüst aus und stank entsprechend. Wir tranken noch unser letztes Bier bei Kerzenschein, dann gingen wir schlafen.

Ich wurde von einem Poltern und Schreien wach und sprang aus meinem Bett. Meine Tür wurde aufgerissen und ein Erzieher stand mit meinem Vormund vom Jugendamt in meinem Zimmer. »Du kannst dich anziehen. Ach, das bist du ja schon. Die schläft immer in Klamotten«, sagte der Erzieher zu meinem Vormund. »Dein Vormund nimmt dich mit, du kommst in ein anderes Heim!«

Mein Schädel brummte, ich konnte nichts sagen und zog mir meine Schuhe an. Draußen hörte ich Danny brüllen, ich sprang auf, schubste meinen Vormund zur Seite und rannte in die Küche. Dort waren jede Menge Polizisten, Erzieher und meine Freunde.

»Ey, unsere Zeit ist noch gar nicht um«, bettelte Danny, »ihr müsst euch an euer Versprechen halten. Wir hatten zwei Wochen.«

»Wir müssen uns an gar nichts halten, das seht ihr doch. Wir haben eure Abschlussberichte gestern schon fertig gemacht, nachdem wir mit euch geredet hatten. Und jetzt werdet ihr von euren Vormündern in andere Einrichtungen gebracht. Also, tschüss und alles Gute.«

»Aber das könnt ihr nicht machen, ihr hättet uns wenigstens vorher Bescheid sagen können«, brüllte Alex.

»Damit ihr in aller Seelenruhe nach Spanien abhauen könnt. Spinnt ihr, wisst ihr, was wir für einen Ärger bekommen hätten?«

Wir gingen nach draußen, jeder von uns hatte seinen Vormund und seinen Polizisten auf jeder Seite. Draußen stand Fässi.

»Du verdammter Verräter«, brüllte Alex, »du bist genau wie alle anderen.«

Fässi sagte gar nichts, er sah ziemlich hilflos aus. Alex riss sich los und rannte weg. Der Polizist und sein Vormund liefen hinterher, aber er war schneller. Nach zehn Minuten kamen beide zurück, völlig erschöpft.

»Ich geb sofort eine Suchmeldung heraus«, sagte der Polizist außer Atem und ging zu einem der Polizeiautos. »Legt den anderen lieber Handschellen an, wer weiß, zu was die in der Lage sind.«

So wie ich mich fühlte, war ich froh, dass ich einen Fuß vor den anderen setzen konnte. Sie zogen uns Handschellen an und brachten uns zum Wagen.

Sie hatten zwei Polizeiautos. Danny und Tommy wurden in eins gesetzt und ich in das andere, vielleicht ließ man ja wenigstens Tommy und Danny zusammen. Als der Polizist vorne den Schlüssel herumdrehen wollte, kam Basti zusammen mit Andreas in einem Taxi an. Sie sprangen aus dem Taxi und liefen auf die Polizeiautos zu.

Basti riss die Fahrertür auf. »Lassen Sie sofort das Mädchen frei, sonst kriegen Sie Ärger!«

»Wenn du nicht sofort verschwindest, dann kriegst du Ärger.«

»Das ist mir scheißegal.« Basti versuchte den Fahrer aus dem Auto zu zerren, der Beifahrerpolizist kam seinem Kollegen zu Hilfe und zerrte Basti weg. Dann stieg auch der Fahrer aus und Basti musste sich mit zwei Polizisten prügeln. Ich drehte mich zu dem anderen Polizeiwagen und sah, dass Andreas von der Motorhaube gezerrt wurde, auch von zwei Beamten.

Mir ging's so dreckig, ich saß eingequetscht zwischen meinem Vormund und einem Polizisten und konnte nicht helfen. Der Fahrer kam zurück, sie hatten Basti Handschellen angelegt. »Irma 15/23 von 15/22 kommen – brauchen dringend Unterstützung.«

»Irma 15/23 ist unterwegs.«

»15/34 fährt mit.«

»15/21 dito.«

Fünf Minuten später kamen drei Polizeiautos und verhafteten Basti und Andreas. Was machte Andreas eigentlich hier? Und wieso stand Fässi die ganze Zeit an der Häuserwand, schaute zu und rauchte eine Zigarette nach der anderen. Ich hatte gar nicht gewusst, dass er rauchte. Basti winkte mir noch zu, dann fuhren wir los. Ich konnte ja nicht winken. Nach zwei Stunden wurde mir die Gegend vertraut.

15

»Da bist du ja wieder«, sagte der Arzt.

»Das war doch klar, oder?«, meinte mein Vormund.

»Sie können ihr ruhig die Handschellen abnehmen, hier kann man nicht abhauen.« Das taten die Polizisten und dann verschwanden sie. »Setz dich mal in den Nebenraum, ich hab was mit deinem Vormund zu besprechen.«

»Aber es geht doch um mich, da kann ich ja wohl zuhören.«

»Wir werden dir nachher alles erzählen.«

»Dann kann ich doch direkt hier bleiben.«

»Diskutier nicht mit mir, tu das, was der Arzt dir sagt.«

»Ihr seid echt scheiße!«

»Immer wenn ich dich treffe, beschimpfst du mich«, heulte mein Vormund.
»Das kann ja dann nicht so oft gewesen sein«, sagte ich.
Der Arzt grinste eine Sekunde.
»Jetzt geh oder wir holen Hilfe.«
»Ja, ist ja schon O. K.«
Wenn Erwachsene nicht weiterwissen, müssen sie drohen. Das kann man doch sofort tun, dann ist Zeit gespart. Ich ging ins Nebenzimmer, das ich schon kannte, holte die Spielzeugkiste und spielte mit Playmobil. Ich weiß, dass ich dafür zu alt war, aber ich liebe Playmobil. Nach zwei Stunden wurde ich reingeholt.
»Tolles Piratennest«, sagte der Arzt und grinste über meine Playmobilburg.
»Ha, ha!«
Mein Vormund verabschiedete sich.
»Bis zum nächsten Mal«, sagte er.
»Das ist ja zum Glück nicht so bald«, sagte ich.
»Weißt du, was ich zu tun habe? Ich hab sechsundachtzig Fälle, von denen ist die Hälfte so schlimm wie du!«
»Schöne Grüße an die andere Hälfte.«
»Keine Dankbarkeit dafür, dass ich alles für dich tue.« Dann ging er.
»Na, das war ja nicht so ein langer Ausflug in die Freiheit«, sagte der Arzt.
Ich grinste. »Ich hätte gern einen Kaffee.«
»Kein Problem.« Er ging raus und kam drei Minuten später mit einer Tasse Kaffee zurück.
»Und jetzt erzähl mal. Wie war's denn bei dir im Heim?«
»Och, ganz O. K.«
»Bis auf die Erzieher?«

»Nö, die haben nicht so gestört.«
»Du weißt, was das bedeutet, dass du wieder hier bist?«
»Nö.«
»Du bist rückfällig geworden!«
»Aha.«
Ich dachte, rückfällig konnte man nur werden, wenn man drogenabhängig war.
»Weißt du, was das heißt?«
»Wahrscheinlich, dass ich hart genug bin, um zurückzukommen.«
»Das heißt zwei Monate keinen Ausgang, nur im Garten mit Begleitung, keine Arbeit, keine Schule! O. K.?«
»Was soll ich denn dazu sagen, ich kann ja eh nichts dagegen machen.«
»Das würde ich dir auch schwer raten! O. K., du kriegst eine Wochenaufgabe von mir und gibst sie mir immer am Ende der Woche ab. Eine DIN-A4-Seite voll, verstanden?«
Ich nickte.
»Hier ist deine erste Wochenaufgabe, da wir heute Mittwoch haben, ist es eine kleine! Dann bis Freitag.«
Ich wurde in den Gruppenraum gebracht.
»Wir wussten, dass du wiederkommst«, meinten die Erzieher. »So was wie du landet immer hier.«
Ich wusste nicht genau, ob das ein Kompliment war. Sie hatten ein wenig umgebaut, es gab jetzt zwei Gruppen. In der einen Gruppe war ich, das waren die, die nichts durften, und am anderen Ende des Hauses war die andere Gruppe, die fast alles durfte. Wenn man sich lang genug gut aufführte, kam man in die andere Gruppe, und wenn man dort gegen Regeln verstieß, kam man wieder zurück. Ich hielt mich ziemlich zurück. Ich bin nicht der Typ, der in einer neuen Gruppe direkt Kontakt

kriegt. Außerdem trauerte ich viel zu sehr meinen Freunden hinterher. Ich hoffte nur, dass Alex es geschafft hatte.

Nach zwei Tagen hatte ich die Gruppe durchschaut. Das Sagen hatten zwei fette Weiber und ihre dürren Typen. Es war ekelhaft, mit ihnen beim Essen an einem Tisch zu sitzen. Sie schmatzten und schlürften und teilten nicht. Wenn sie nicht schmatzten oder schlürften, kommandierten sie die Leute herum. Ihnen wurden die Betten gemacht und beim Kartenspielen traute sich niemand gegen sie zu gewinnen. An mich trauten sie sich nicht so ran, ich glaube, sie beobachteten mich noch.

Ich hatte ein paar stotternde, picklige Brillenträger mit unmöglichen Frisuren um mich geschart, sie waren ganz besonders den fetten Weibern mit ihren dürren Typen ausgeliefert. Für meine Wochenaufgabe hatte ich eine Woche Aufschub bekommen. Am Nachmittag vorher setzte ich mich hin und las die Aufgabe. Ich sollte erklären, warum es bei meinem letzten Heimaufenthalt nicht geklappt hat und was ich mir bei meinem ganzen Verhalten gedacht hatte.

»Was machst du da?«, fragte mich der dürre Freund von der fetten Kuh.

»Schreiben!«

Er las die Aufgabe und grinste. »Lass das doch.«

»Ich hab keinen Bock, Jahre hier zu hängen.«

»Haste auch wieder Recht, ich muss meine noch machen!«

»Wie lange bist du denn schon hier?«

»Zwei Monate, davor hab ich ein halbes Jahr im Wald gelebt.«

»Erik, komm zu mir«, schrie die Fette am anderen Ende des Raums.

Er ging und ich widmete mich wieder meiner Wochenaufgabe. Ich schrieb: *Erstens hat alles wunderbar geklappt und zweitens denke ich nicht über mich nach. Es gibt Leute, die damit Geld verdienen, über mich nachzudenken.* Dann gab ich das Ding ab.

Am Abendbrottisch setzte sich die Dicke von Erik neben mich. »Wenn du noch einmal meinen Typen anbaggerst, dann kriegst du eine rein«, flüsterte sie.

»Ich hab deinen Typen nicht angebaggert«, sagte ich ziemlich laut. Alle hörten auf zu essen und starrten uns an.

»Aber du hast ihn angequatscht.«

»Er hat mich angequatscht!«

»Aber es ist mein Typ!«

»Weißt du was, du nervst mich.«

»Ich kann dich auch zusammenschlagen.«

»Ich würde es an deiner Stelle nicht versuchen.« Ich hatte echt Angst, dass sie es versuchen würde. Wenn sie sich auf mich setzen würde, wäre ich platt. »Und jetzt geh von meinem Tisch, du Doppel-Whopper. Ich kann bei deinem Anblick nicht essen, sondern nur würgen.«

Einige lachten.

»Und wenn du nicht gehst, dann geh ich und setze mich auf deinen Platz und sitze dann neben deinem süßen Freund.«

»Was hast du gesagt?«

»Schätzchen«, rief Erik, »komm rüber.«

Sie stand auf und ging zu ihrem Schatz.

Nach dem Essen las ich aus Langeweile eine Frauenzeitung, in der viel über Könige und berühmte Schauspieler stand. Ich traute meinen Augen nicht, auf der einen Seite war ein kleines Foto von Basti und darunter stand:

Sebastian Peters (16), der Sohn des prominenten Anwalts Oliver Peters, brauchte die Hilfe seines Vaters. Sebastian hat-

te sich eine Rangelei mit Polizisten geliefert, als diese eine kriminelle Jugendgang in einem Heim festnehmen wollte. Der Anwalt über seinen Sohn: »Ein pubertärer Ausrutscher, wir haben uns damals auch einiges geleistet.«

Ich riss den Artikel aus der Zeitung und hätte was dafür gegeben, wenn ich gewusst hätte, wie es Basti ging.

Am nächsten Morgen kam jemand zu mir und flüsterte, die fetten Weiber tunkten gerade Pit ins Klo. Pit war einer der pickligen Freunde von mir. Ich ging hin und riss die Toilettentür auf.

»Was ist denn hier los?« Man sah nichts, weil die Weiber die Sicht versperrten.

»Das geht dich gar nichts an.«

»Oh, wohl!«

Ich zerrte Pit aus der Toilette, was ziemlich schwierig war. Er war triefnass und stank. Die Weiber schrien nach ihren Typen. Erik und der andere kamen.

»Die dumme Gans mischt sich in Sachen, die sie nichts angehen«, sagte die eine Fette.

»Soll ich dir mal das Nasenbein brechen«, sagte der eine Dürre.

»Das kannst du machen, das ist nicht so schlimm, das war schon fünf Mal gebrochen.«

»Hier wird niemandem etwas gebrochen. Was ist denn überhaupt los?«, fragte der andere dürre Typ, der, wie ich wusste, Erik hieß.

Die fetten Weiber kreischten irgendwas und ich erklärte es ihm.

»Boah, du bist ganz alleine mit denen fertig geworden, Respekt«, sagte Erik.

»Ach, es hat ja nicht wehgetan, war ja alles schön weich.«

Ein Erzieher kam. »Was ist denn hier los?«

»Nichts von Bedeutung«, sagte Erik und guckte die anderen an. Sie hielten die Klappe.

»Das kriegen wir so oder so raus.«

»Du sollst zum Doktor kommen«, sagte der Erzieher zu mir. Ich ging.

»Setz dich!«

Er schwieg und las meinen Wochenzettel. »Du willst mich wohl veräppeln?«

»Wieso?«

»Ich hatte gesagt: eine Seite!«

»Mir ist nicht mehr eingefallen.«

»Du kannst doch nicht ernsthaft behaupten, dass du noch nie nachgedacht hast über dich?«

»Ich hab keine Zeit für so was.«

»O. K., dann wirst du jetzt Zeit haben. Du wirst bis Sonntag im Zimmer bleiben, ohne Fernsehen, ohne was zu lesen. Keine Sorge, Essen kriegst du. Dann kannst du mir ja am Montag erzählen, was dir so eingefallen ist. Viel Spaß.«

»Das ist gegen die Menschenrechte.«

»Menschenrechte sind für Menschen gedacht, die fähig sind, in dieser Gesellschaft zu leben, und nicht für kleine, fünfzehnjährige Mädchen, deren Lebenssinn darin besteht, ihre Umwelt zu tyrannisieren.«

Ich wurde in ein Zimmer gelegt, in dem schon ein Mädchen lag. Sie musste schon seit Wochen im Zimmer liegen. Wenn man sie nicht gerade festschnallte, stand sie auf und machte Liegestütze, bis sie fast zusammenbrach. Sie aß nicht und deswegen hatte sie Schläuche in der Nase.

»Warum isst du nichts?«, fragte ich.

»Weil ich zu dick bin.«

Ich starrte das Gerippe an. »Das ist doch nicht dein Ernst.«

»Doch, guck hin.« Sie zog ihr T-Shirt hoch und nahm ein Stück Haut in die Finger. »Siehst du, das muss noch weg.«

Außer dass sie zu dick war, war sie ansonsten ganz nett. Sie freute sich, dass sie jemanden zur Unterhaltung hatte, darüber vergaß sie so manche Liegestütze. Wenn ich aß, rechnete sie mir die Kalorien vor und wie viele Liegestütze ich bräuchte, um diese wieder loszuwerden.

Ich hatte mir noch nie Sorgen um mein Gewicht gemacht und gegessen, wenn ich Hunger hatte. Ich hatte zwar keine Knallerfigur, aber zu fett war ich auch nicht. Meistens erzählte sie mir von ihrem Pferd und ihren Freundinnen aus dem Reitstall. Ich fragte mich echt, was sie hier machte unter solchen Asis wie uns.

Einmal die Stunde kam ein Erzieher vorbei und guckte durch die Glasscheibe, ob wir noch lebten. Ich hoffte nur, dass dieses Mädchen direkt aus diesem Zimmer zurück in den Pferdestall kam ohne vorher die anderen kennen gelernt zu haben.

Am Montagmorgen musste ich wieder zum Arzt.

»Ich hoffe, du hast nachgedacht?«

»Nö, ich hab geschlafen.«

»O. K., hier ist deine neue Wochenaufgabe, diesmal bitte ein wenig mehr.«

Ich ging wieder in den Gruppenraum, die fetten Weiber guckten mich giftig an.

»Hi«, sagte Erik, »alles klar?«

Ich erzählte ihm von dem magersüchtigen Mädchen.

»Die spinnt doch«, sagte er nur.

Die Gruppe hatte sich gespalten, ein paar hörten noch auf die Weiber. Die eine hatte noch ihren dürren Typen, Erik hatte seine fette Kuh zum Glück verlassen. Die fetten Weiber waren echt hinterhältig.

Man durfte ihnen nicht alleine begegnen, aber es war nicht so schwer, weil es nur zwei Räume und einen Flur gab. Gefährlich war es nur beim Duschen und auf der Toilette. Als Pit duschen gehen wollte, stellten Erik und ich uns vor die Tür und passten auf. Auf einmal hörten wir Schreie. Die anderen hatten sich zu dritt in der Dusche versteckt, und als Pit den Vorhang zur Seite schob, sich auf ihn gestürzt, ihn festgehalten und mit Edding bemalt. Es waren eine von den Dicken und zwei ihrer Untergebenen gewesen.

Wir prügelten uns ein paar Minuten, dann kamen vier Erzieher angerannt und packten mich und Erik und schlossen uns im Bunker ein. »Das ist doch nicht gerecht«, sagte ich, »sie haben noch nicht mal gefragt, was los ist.«

»Das wird die fette Kuh mir büßen.«

»Warum bist du überhaupt mit so einer zusammen gewesen?«, fragte ich ihn.

»Ach, mein Kumpel und ich sind zusammen hier angekommen und die haben sich direkt auf uns gestürzt. Und dann war ich mit der zusammen. Du weißt doch, wie schnell das geht.«

Das wusste ich zwar nicht, aber das machte auch nichts. Ich erzählte ihm ein wenig von Alex, Danny und Tommy und dass ich sie vermissen würde.

»Wenn du Hilfe brauchst, sag Bescheid.«

Das fand ich sehr nett, aber ich wusste nicht, wie er mir helfen konnte. Gegen Abend wurden wir wieder rausgelassen. Wir gingen an dem Tisch der fetten Weiber vorbei. Erik blieb kurz dort stehen.

»Noch so eine Geschichte und ihr seid tot«, zischte er.

Ich glaube, die Weiber und ihre Untergebenen hatten Angst.

Am nächsten Tag wurde ich gerufen.

»Telefon für dich.« Ich sah den Erzieher verständnislos an,

das musste ein Versehen sein, niemand wusste, dass ich hier war.

»Ist dein Jugendamt.«

Ich ging ins Büro zum Telefon, der Erzieher kam mit.

»Was ist, wir haben uns doch erst vor drei Wochen gesehen?«

»Ich bin's, Basti.«

Ich war total perplex.

»Ich glaube nicht, dass ich mir das anhören will«, sagte ich.

»Kannst du nicht reden?«

»Nein.«

»O. K., dann erzähl ich nur. Es hat was gedauert, bis ich dich gefunden hab. Ich soll dich von Alex grüßen, er ist in Spanien und wartet auf uns. Danny und Tommy sind abgehauen und bei mir. Andreas ist wieder bei seinem Onkel, wir wollen alle nach Spanien!«

Der Erzieher schloss den Schrank und guckte noch mal nach dem Riegel des Fensters, dann ging er raus, ließ aber die Tür vom Büro auf.

»Wir warten nur auf dich, kannst du da nicht rauskommen?«

»Keine Chance.«

»Das ist ja die Hölle!«

»Ja, und meinen ersten Ausgang im Freien kriege ich frühestens in drei Monaten.«

»Wir wollen aber diese Woche fahren, ich denke mir was aus, versprochen.«

»Mach das mal.« Eher gewann man eine Million im Lotto.

»Ich hab dich lieb.«

»Ich dich auch.« Dann legte ich auf. Ich ging zurück in den Raum, am liebsten hätte ich irgendjemand erzählt, dass sich draußen Leute um meine Befreiung kümmern wollten, aber ich wusste nicht, wem. Um mich abzulenken, konzentrierte ich mich auf meine neue Wochenaufgabe: Wie ich mir meine Zukunft vorstelle.

Erik lachte, als er mein Gesicht sah.

»Na, zeig mal her!« Er las es sich durch. »Ach, schreib irgendeinen Blödsinn, ist doch egal, das liest doch eh keiner.«

Ich schrieb, dass ich später mal heiraten und drei Kinder haben wollte. Dann ziehe ich die Kinder groß und koche für meinen Mann, der abends müde von der Arbeit kommt. Meine Kinder heißen Emil, Otto und Rosi. Nachmittags trinke ich mit meiner Nachbarin Kaffee, während unsere Kinder sich im Sandkasten die Augen auskratzen. Wir lästern über unsere Nachbarin, die ihre Wäsche aufhängt und immer das falsche Waschpulver benutzt, mit dem man die Wäsche nicht weiß kriegt. Ich habe keine Freunde mehr, weil mein Mann so eifersüchtig ist. Er geht nur einmal die Woche zum Stammtisch, von dem ich ihn mit dem Auto abhole. Sonntags geht er mit den Jungen zum Fußball und ich backe mit Rosi Kuchen.

Als ich mir den Text durchlas, kämpfte ich mit den Tränen, ich hoffte, dass ich, bevor ich so enden würde, mich vorher erschießen würde.

Ich gab den Zettel ab, es war zwar keine ganze Seite, aber immerhin schon etwas mehr. Einen Tag später wurde ich ins Büro gerufen. Der Doktor saß dort mit einer Frau.

»Das ist dein neuer Vormund«, sagte er, »dein alter war zu überlastet.«

Die Frau reichte mir die Hand. »Wagel ist mein Name, wie geht es dir hier?«

»Och, wie es einem in der Hölle schon geht.«

»Ich würde mich gerne ein wenig mit ihr unterhalten, aber

nicht hier, in einer angenehmeren Situation, im Café oder bei einem Spaziergang.«

»Sie darf eigentlich nicht raus, wegen akuter Fluchtgefahr. Sie gehört zur absoluten Risikogruppe. Sie ist nicht umsonst in der Gruppe der Rückfälligen. Wenn, dann müssten Sie das auf eigene Verantwortung machen!«

»Willst du abhauen, oder nein, würdest du abhauen, wenn wir für eine Stunde Kaffee trinken gehen würden?«

»Natürlich nicht.« Was für eine blöde Frage, ich würde abhauen, und wenn ich nur eine halbe Minute draußen wäre.

»Ich traue ihr. Man sollte eine neue Beziehung nicht direkt mit Misstrauen beginnen.«

»O. K.«, meinte der Doktor, »auf Ihre Kappe.«

Er machte die Tür auf und ließ uns raus. Ich lief neben der Frau her, sie rannte ziemlich schnell und sagte kein Wort. Erwachsene, die gar nichts sagen, bringen mich völlig aus dem Konzept, weil sie eigentlich immer reden, und wenn sie schweigen, dann nur, um sich wichtig zu tun. Nachdem wir zehn Minuten kreuz und quer gelaufen waren und ich nicht mehr wusste, wo ich war, blieben wir vor einem Auto stehen. Sie setzte sich in das Auto, ließ den Motor an und kurbelte das Fenster herunter.

»Jetzt verschwinde endlich, Basti und die anderen warten im Maisfeld auf dich. Danny meint, du wüsstest, wo.«

Dann war sie weg. Ich war völlig verdattert und ging los, ich wusste nicht, wo ich mich befand. Sie hatten mich zehn Minuten später, ich hatte noch nicht einmal das Gelände verlassen.

Ich wurde zum Arzt gebracht.

»Was war denn das gerade?«

»Ich weiß es nicht, sie war auf einmal weg, ich hab den Weg zurück nicht gefunden und mich verlaufen.«

»Ich habe gerade mit deinem Vormund telefoniert, er sagte, dass er immer noch für dich zuständig ist, und war sehr verwundert. Gut, ich glaub dir mal. Aber wo du schon hier bist, könnten wir uns ja über deine Wochenaufgabe unterhalten. Das war zu wenig, das weißt du, oder?«

»Mich hat das so betrübt, dass ich nicht mehr weiterschreiben konnte.«

»Das stimmt also nicht, was du hier geschrieben hast?«

»Ich weiß es nicht, ich habe mir über meine Zukunft noch keine Gedanken gemacht.«

»O. K., du entkommst deiner Strafe, weil du wenigstens deine blühende Fantasie eingesetzt hast.«

»Ich hab mich am Knie verletzt, sonst würde ich jetzt selbstverständlich vor Dankbarkeit auf die Knie fallen.«

»Jetzt verschwinde«, sagte er.

Ich hoffte nur, dass niemand etwas von meinem misslungenen Fluchtversuch mitbekommen hatte. Man muss sich das mal vorstellen: Ich konnte nicht abhauen, weil ich den Ausgang nicht gefunden hatte. Echt peinlich, dabei kannte ich das Gelände mal in und auswendig, aber ich konnte mir so was einfach nicht länger merken.

»Wo warst du?«, fragte Pit.

»Ach, lange Besprechung über meine Zukunft!«

»Darüber brauchst du doch nicht zwei Stunden zu reden, wir haben doch eh keine!«

Am Abend kam jemand von der anderen Gruppe herüber, ging an unserer Tür vorbei und ließ einen Zettel fallen. Gerade als ich ihn aufheben wollte, stellte eine der fetten Kühe ihren Fuß darauf. »Was ist das?«

»Weiß ich nicht, deswegen wollte ich es ja aufheben, also würdest du bitte zur Seite gehen?«

»Ich denke nicht daran, erst räumst du für mich den Tisch ab und deckst wieder ein!«

»Gib ihr den Zettel«, sagte Erik.

»Und deinem neuen Freund kannst du sagen, wenn er noch einen Ton sagt, hebe ich den Zettel auf und gebe ihn den Erziehern!«

Das wollte ich auf gar keinen Fall, also räumte ich ihren Tisch ab und deckte ihn wieder ein. Die anderen guckten doof.

»So, jetzt kannst du ihn mir bitte geben«, sagte ich.

»Nein, erst wirst du den anderen erklären, dass ich total nett bin, und dich für dein Verhalten entschuldigen!«

Ich zögerte einen Augenblick, aber ich brauchte diesen Zettel. Ich hätte sie umhauen können, aber dann wären die Erzieher aufmerksam geworden und wahrscheinlich durften sie nicht erfahren, was auf diesem Zettel stand.

»Wie heißt du überhaupt?«

»Helga.« Furchtbare Leute müssen furchtbare Namen haben.

Ich stellte mich auf einen Stuhl.

»Hört mal zu, Leute, ich muss mich entschuldigen, Helga ist total lieb und wir sind jetzt Freundinnen. Es tut mir total Leid, wie ich sie die ganze Zeit behandelt habe.«

Ich stieg wieder von dem Stuhl herunter und sie gab mir tatsächlich den Zettel. Ich las ihn sofort, als ich mich hingesetzt hatte.

Du musst sehen, dass du da irgendwie rauskommst. Alex ist in Spanien zusammengeschossen worden. Wir warten noch bis ein Uhr nachts, dann fahren wir. Treffpunkt ist am Maisfeld.

»Zeig mir den mal«, sagte diese blöde Helga.

»Bist du bescheuert, natürlich gebe ich dir den nicht!«

»Aber du hast gesagt, wir sind Freundinnen.«
»Da musst du dich verhört haben.«
»Du bist gemein, du hast das gesagt und Freundinnen dürfen keine Geheimnisse haben!«
»Du bist nicht nur fett, du bist so dämlich, ich glaub es nicht.«

Sie stampfte davon, zwei Minuten später standen zwei Erzieher vor meinem Tisch.

»Den Zettel bitte.« Die blöde Kuh hatte gepetzt.

Ich sah mir beide an, ich hätte mich dreimal hinter einem von ihnen verstecken können.

»Hörst du nicht? Wir wollen den Zettel haben.« Das klang schon bedrohlicher.

»Es ist ein Liebesbrief von mir, Helga hat euch das nur gesagt, weil sie eifersüchtig ist«, sagte Erik.

»Davon hätten wir uns gerne selber überzeugt, also?«

Sie sahen mich an. Ich sah mich im Saal um, wir hatten viele der Leute hinter uns, aber davon war die Hälfte für einen Kampf nicht zu gebrauchen. Ich schwitzte und hielt den Zettel weiter in meiner Faust. Vielleicht würde ich so sehr schwitzen, dass man gar nicht mehr die Schrift lesen konnte.

»Wir zählen jetzt bis drei. Eins, zwei ...«

Ich steckte den kleinen Zettel in den Mund und spülte Tee hinterher. Die Erzieher guckten mich etwas verdattert an.

»Schmeckt das?«, fragte mich Pit, der neben mir saß, voller Stolz.

Ich schüttelte den Kopf, dann nahm ich noch einen Schluck Tee und schluckte den Zettel runter.

»Das sollte man mit Liebesbriefen aber nicht machen«, sagte der eine Erzieher, dann gingen sie.

Ich setzte mich mit Erik in den Flur auf den Fußboden. Es

war die einzige Chance, halbwegs ungestört miteinander zu reden, allerdings leise.

»Du hast doch gesagt, wenn ich Hilfe brauche, dann soll ich dir Bescheid sagen, gilt das noch?«

»Ja, klar.«

Ich erklärte ihm kurz die Situation.

Er pfiff durch die Zähne.

»Hört sich spannend an!«

»Ich hab nicht viel Zeit.«

»Lass mir 'ne halbe Stunde zum Nachdenken, O. K.?«

»Ja, was bleibt mir anderes übrig.« Ich setzte mich vor den Fernseher, der lief den ganzen Tag. Man verstand kein Wort, weil sich alle lautstark unterhielten und sich niemand für das Fernsehen interessierte. Erik stupste mich an.

»Ich hab's, sollen wir in den Flur gehen?«

»Nee, lass uns hier bleiben, das ist unauffälliger!«

»O. K., ich hab Pit rübergeschickt, in die andere Gruppe, er ist der Einzige von uns, der das ab und zu darf. Er hat die Erzieher gefragt, ob er sich ein paar Comics von Arne ausleihen kann. Er durfte, ich hab ihm einen Zettel für Arne mitgegeben.«

»Jetzt mach's nicht so spannend, was stand drauf?«

»Na, dass er uns eine Waffe besorgen soll!«

»'ne Waffe?«

»Ja, das ist deine einzige Chance, hier heute Nacht herauszukommen …!«

»Aber das schaffen wir nie.«

»Wir müssen es schaffen, sie sind nachts nur zu zweit.«

»Aber sie machen stündlich Kontrollgänge und haben einen Piepser und im Nu Verstärkung.«

»Sag mal, willst du zu deinem Kumpel oder nicht?«

»Ja, natürlich will ich das!«

»Ja, dann halt mal die Klappe und lass uns machen, mehr als schief gehen kann's nicht.«

»Wenn's schief geht, können wir uns hier einsargen lassen.«

Pit kam zu uns, er drückte Erik was in die Hand. Es war ein kaputtes Butterflymesser, auf dem kleinen Zettel stand: Tut mir Leid, ist das Einzige, was ich auftreiben konnte. Geschäfte gehen schlecht.

»Und dafür hab ich zwanzig Euro bezahlt.« Erik sah genervt aus.

»Wie, zwanzig Euro?«, fragte ich.

»Ja meinst du, so was macht jemand aus Freundlichkeit?«

»Aber die Klinge ist abgebrochen, man muss richtig bohren, wenn man jemanden damit umbringen will.«

»Es ist unsere einzige Chance.«

»Ich hab noch eine Flasche in meiner Bettdecke versteckt«, sagte Pit.

»Plastik oder Glas?«, fragte Erik.

»Glas!«

»Sehr gut, füll die mit Wasser, dann haben wir wenigstens zwei Waffen. Um 22 Uhr müssen wir ins Bett, das heißt, sie kontrollieren um 23 Uhr das erste Mal. Das ist zu früh, also nach der zweiten Runde. Um null Uhr schlagen wir zu!«

Mir blieb nichts anderes übrig als Erik zu glauben.

»Aber meine Kumpels warten nur bis eins«, meinte ich trotzdem nervös.

»Dann müssen wir uns halt beeilen. Wir treffen uns, zehn Minuten nachdem sie ihre Runde gemacht haben, auf der Toilette.«

»Das geht doch gar nicht, ich komm nicht auf die Jungentoilette.«

»Natürlich geht das, wir treffen uns doch nur da.«

»Und wenn das jemand sieht?«
»Das sieht schon keiner.«
So ganz beruhigte mich das nicht.
»Ich hab gar keine Uhr«, sagte Pit, »wie soll ich wissen, wann zehn Minuten vorbei sind?«
»Zähl einfach bis tausend«, sagte ich.
Wir trafen uns um zwanzig nach.
»Meine Uhr geht nicht so genau«, sagte ich.
Wir schlichen den Flur entlang, im Gruppenraum saßen zwei Erzieher und spielten Karten. Das waren ziemliche Schränke.
Wir lehnten uns gegen die Wand und lauschten dem Gespräch.
»Ich sag dir, Schichtdienst ist das Letzte«, sagte der eine mit einer dunklen Stimme.
»Wem sagst du das, und dann die miese Bezahlung dabei.«
»Das Schlimmste ist, dass meine Frau auch Schichtdienst hat, weißt du, wie oft wir uns sehen?«
»Dann streitet man sich wenigstens nicht.«
»Von wegen. Wir tun gar nichts anderes mehr. Ich glaub, ich lass mich scheiden, lieber alleine und unglücklich als zu zweit und doch allein!«
»Ach, überleg dir das noch mal. Red doch mal mit ihr vernünftig. Über was streitet ihr euch denn?«
»Über alles! Ich glaube, sie liebt das. Egal was ich sage, sie ist dagegen. Will ich blaue Vorhänge, will sie grüne, will ich grüne, will sie blaue!«
»Ruf sie doch jetzt einfach mal an und erzähl ihr was Nettes, so was brauchen Frauen ab und zu, dann sind die auch netter.«
»Ich weiß nicht, ob sie schon zu Hause ist, sie hat bis zehn Uhr Streifendienst und dann wollte sie noch mit ihren Kollegen ein Bier trinken gehen.«

»Hat die kein Handy?«

»Doch, das ist aber zu teuer.«

»Ist doch egal, das zahlt doch eh der Laden hier.«

»Hast du auch wieder Recht.« Man hörte einen Stuhl scharren, das Büro lag hinter dem Gruppenraum.

»Tu mir den Gefallen und mach die Tür zu, ich kann es nicht ertragen, wenn sich Leute streiten.«

»Ach, eigentlich wollte ich ihr ja nur was Nettes sagen, aber du hast Recht, wir streiten uns bestimmt sofort wieder.« Schritte entfernten sich, eine Tür wurde geöffnet und wieder geschlossen.

Erik deutete uns an zu bleiben, er stand auf und ging vorsichtig an der Wand lang bis zum Türrahmen des Gruppenraumes, eine Tür gab es nicht. Er schaute kurz um die Ecke und kam zurück.

»Der Schlüssel liegt auf dem Tisch neben dem Erzieher, hast du die Wasserflasche?«

»Oh nein, die hab ich in der Toilette gelassen«, sagte Pit.

Ich hätte ihn erwürgen können. Erik schlich sich zurück zur Toilette und brachte sie.

»O. K., ich hau sie ihm über den Schädel, er sitzt ja mit dem Rücken zu uns. Du schnappst dir die Schlüssel und haust ab und beeil dich bitte«, flüsterte Erik.

Ich nickte.

»Der Schlüssel mit dem grünen Ring ist der für die erste Tür, bei der zweiten weiß ich nicht.«

Mir war schlecht und ich fror, Pit klapperte mit den Zähnen. Wir schlichen um die Ecke, dann sprang Erik hoch und haute dem Erzieher mit voller Wucht die gefüllte Glasflasche über den Schädel. Das gab so einen Krach, da sie zersplitterte, dass wir für Sekunden den Atem anhielten.

Der Erzieher war sofort zusammengesackt, aus seinem Kopf tropfte Blut. Hoffentlich war er nicht tot. Aus dem Büro brüllte eine Stimme, wir zuckten zusammen, aber es war nur der andere am Telefon. Es hatte schon etwas Aberwitziges, er telefonierte mit seiner Frau, die Polizistin war, und wir schlugen auf seinen Kollegen ein.

Erik gab mir den Schlüssel und die abgebrochene Wasserflasche.

»Beeil dich bitte, bitte und schmeiß die irgendwohin, wo die keiner findet, wegen der Fingerabdrücke.«

Ich machte mich auf den Weg, als ich mich noch einmal umdrehte, sah ich die beiden vor dem Erzieher stehen. Ich hatte ein schlechtes Gewissen. Warum kamen sie nicht einfach mit? Aber das mussten sie selber wissen.

Ich schloss die erste Tür auf und wieder ab und stand vor der Außentüre. Am Schlüsselbund hingen zwanzig Schlüssel, davon passten fünf von ihrer Form nicht, blieben fünfzehn.

Hat schon mal jemand unter Todesangst fünfzehn Schlüssel ausprobiert? Ich brauchte ewig, aber der achte Schlüssel war's.

16

Ich rannte bis zum Friedhof, stieg über die Mauer und lief bis zum Maisfeld. Jemand stürzte sich auf mich, nein, es waren zwei, und mir wurde kurz schwarz vor Augen. Es ist vorbei, sie sind ohne dich nach Spanien gefahren. Du wirst Alex nie mehr sehen, hämmerte es in meinem Kopf.

»Hey, kleine Prinzessin, aufwachen. Wir wollen nach Spanien.« Ich sah verschwommen meine Freunde über mir.

Basti hielt meinen Kopf auf seinen Knien gebettet und strich mir übers Haar.

»Django kehrt zurück, der Kampf geht weiter«, sagte Tommy. Ich richtete mich langsam auf.

»Tut uns Leid, dass wir so unsanft mit dir umgegangen sind, aber du bist wie eine Halbwahnsinnige gerannt. Und dann noch mit dieser abgebrochenen Wasserflasche und diesem Riesenschlüsselbund. Echt, du brauchst niemandem zu erzählen, woher du gerade kommst«, laberte Danny drauflos.

»Wir müssen uns beeilen«, sagte ich, »sie sind hinter mir her.«

»Mein Cousin holt den Wagen, wir konnten ihn unmöglich am Maisfeld über Stunden stehen lassen«, erklärte Basti.

Ein Wagen kam, ich nahm die Wasserflasche. »Es geht nicht um mich«, sagte ich, den verständnislosen Blicken meiner Freunde ausgesetzt, und wir stiegen in den Wagen. Ich sank in warme, weiche Ledersitze. Bastis Cousin war so Mitte zwanzig und hieß Lars. Er schien die ganze Sache von der spaßigen Seite zu sehen.

»Na, du kleiner Wildfang«, begrüßte er mich, als wir losfuhren, »auch eingetrudelt?«

»Ich bin kein Wildfang.«

»Nicht? Schade. Warum trägst du denn eine halbe Wasserflasche mit dir rum? Willst du mich damit erschlagen?«

»Damit ist heute schon jemand erschlagen worden«, sagte ich.

»Was?«, fragte Danny entsetzt.

Ich erzählte die Story, während wir mit hundertsechzig über die Autobahn fuhren.

»Wir müssen so schnell wie möglich raus aus diesem Land«, sagte Lars,»die sind bestimmt schon auf der Suche nach dem kleinen Wildfang. Ich denke, das ist versuchter Mord.«

Ich schluckte, ich glaube, für versuchten Mord geht man lange, lange Zeit in den Knast.

»Was hat Alex eigentlich am Telefon gesagt?«, fragte ich Basti.

»Nicht viel. Er hat mit ziemlich heiserer Stimme geraunt, dass er zusammengeschossen worden ist, und hat mir seine Adresse genannt, dann war die Verbindung leider unterbrochen.«

Lars hielt an einer Raststätte.

»Schmeiß bitte endlich die Flasche weg«, sagte er.

Ich tat es und Lars besorgte uns Brötchen und Bier, dann fuhren wir weiter. Lars legte eine CD mit harter Technomusik ein. Ich schlief in Tommys Armen trotzdem ein. Basti gefiel das zwar nicht, aber was sollte ich machen, er saß ja vorne. Jemand rüttelte an mir.

»Wir können frühstücken gehen, wir sind in Frankreich.«

»In Frankreich«, murmelte ich, »ich wollte doch nach Spanien!«

»Erdkunde Sechs? Frankreich liegt zwischen Spanien und Deutschland«, lachte Lars.

Wir aßen Croissants und tranken Milchkaffee, es schmeckte allen wunderbar.

»Wir gehen hier noch eine Freundin von Lars besuchen«, sagte Basti.

»Ey, ich will zu Alex!« Das durfte doch nicht wahr sein.

»Mach mal halblang, Lars sitzt seit dreizehn Stunden hinterm Steuer, ich möchte gern lebend in Spanien ankommen«, sagte Danny.

»Und ich möchte gern einen lebenden Alex sehen«, erwiderte ich.

»Wenn er tot ist, ist er tot, das können wir jetzt auch nicht ändern«, meinte Basti.

»Du weißt doch überhaupt nicht, um was es geht, du Bonzenkind, da verreckt ein Kumpel von mir und von denen habe ich nicht so viele.«

»Jetzt reg dich doch nicht auf«, sagte Lars, »ich kann einfach nicht mehr. Ich verspreche dir, dass ich mich morgen früh um fünf Uhr ans Steuer setze, und dann bist du abends bei Alex. Und außerdem wären wir schon längst bei ihm, wenn du nicht so lange gebraucht hättest.«

»Genau, was war eigentlich los?«, fragte Basti. »Ich hab 'ne Menge Kohle ausgegeben, damit sich eine Schauspielstudentin als dein neuer Vormund ausgibt und dich aus dem Ding da rausholt.«

Das war natürlich peinlich.

»Sie hat das auch geschafft«, sagte ich etwas verlegen, »aber dann ist sie draußen zehn Minuten lang kreuz und quer gelaufen, so dass ich zum Schluss nicht mehr wusste, wo ich war.«

»Nein, sag bloß, du hast den Weg nach draußen nicht gefunden. Ist das peinlich«, schrie Danny hysterisch.

»Psst«, meinte Tommy beschwichtigend.

»Seid ihr fertig mit eurer Streiterei, ich würde gerne zu meiner Bekannten fahren, sonst fall ich gleich vor Müdigkeit in die Kaffeetasse.«

Wir bezahlten und machten uns mit dem Auto auf den Weg. Nach einer halben Stunde waren wir da. Eine Hochhaussiedlung. Wir klingelten und eine äußerst knapp bekleidete Dame öffnete uns die Tür und fiel Lars um den Hals.

»Fühlt euch hier wohl!« Ich wunderte mich, dass sie deutsch

sprach. »Ihr dürft alles benutzen, was ihr wollt.« Dann nahm sie Lars an die Hand, zog ihn ins Schlafzimmer und verschloss die Tür. Für bestimmte Sachen war Lars anscheinend noch nicht zu müde. Wir saßen im dreizehnten Stock in einem Land, dessen Sprache wir nicht verstanden, in einer Stadt, deren Namen wir nicht aussprechen konnten, in einer Wohnung, die so groß war, dass man drin Eishockey hätte spielen können.

Die anderen setzten sich in die Küche oder vor den Fernseher. Ich ging in einen kleinen Raum, der ein Büro sein sollte, und schaute aus dem Fenster. Mir wurde schwindelig, ringsherum waren nur Hochhäuser, ich glaube, wenn ich drei Tage in dieser Wohnung hätte verbringen müssen, wäre ich aus dem Fenster gesprungen. Jemand tippte mir auf die Schulter. Als ich mich umdrehte, stand Basti vor mir.

»Was willst du denn?«, fragte ich ihn.

»Ich habe das vorhin im Auto nicht so gemeint, ich hoffe doch auch, dass Alex noch lebt. Es tut mir Leid«, sagte er.

»Das kann man sich vorher überlegen.«

»Jetzt stell dich doch nicht so an. Immer lässt du an mir aus, dass ich das blöde Bonzenkind bin, das nichts vom Leben versteht, und du das arme gequälte Heimkind, das das ach so harte Leben begriffen hat.«

»Was willst du von mir, lass mich doch in Ruhe.«

»Oh, Mann, bitte, ich wollte mich doch nur entschuldigen.«

»Ich hab's vernommen.«

»Bitte, ich hab dich doch lieb!«

Er tat mir wirklich Leid. »Ja, ist gut, hör auf zu heulen.«

Er nahm meine Hand: »Ich hab dir was gekauft.«

»Hoffentlich muss ich nicht so tun, als wenn ich mich darüber freuen würde«, sagte ich.

Manchmal hasse ich mich selber für meine dämlichen Sprüche. Zum Glück reagierte Basti nicht darauf, sondern drückte mir ein Päckchen in die Hand. Ich riss das Papier auf und öffnete eine kleine Dose. Es war ein Ring. »Ich habe dir was hineingravieren lassen«, sagte er stolz.

Ich nahm den Ring und drehte ihn: *In Liebe dein Basti*, stand darin. Mir war das peinlich. Er nahm wieder meine Hand und spielte mit meinen Fingern. »Ich hab dich wirklich lieb«, sagte er und dann küsste er mich.

»Hm.« Ich wusste nicht mehr, was man in solchen Situationen sagen sollte. Hätte ich mir doch bloß diese Mädchenzeitungen genauer durchgelesen. Danny wäre bestimmt irgendwas eingefallen.

»Wenn alles vorbei ist«, er spielte immer noch mit meinen Fingern und sah mir tief in die Augen – hoffentlich schielte ich nicht –, »dann gehen wir beide irgendwohin, wo es besser ist. Ich kaufe uns ein Haus und wir werden glücklich.«

Ich musste an meine Wochenaufgabe denken.

»Ich will nirgendwo hingehen, wo meine Freunde nicht sind.«

»Kein Problem, das Haus wird groß genug für uns alle sein.«

Das war ja interessant.

»Na, ihr zwei Turteltauben, kommt ihr auch mit in die Küche, wir wollen gemeinsam kochen.« Danny stand neugierig wie immer an der Tür.

»Wir kommen gleich«, sagte Basti.

Danny blieb trotzdem am Türrahmen stehen und beobachtete uns interessiert.

»Hast du nicht gehört, du sollst dich verpissen«, herrschte ich sie an.

»Ist ja gut!« Schmollend ging sie weg.

»Ich hab dir noch ein Lederband dazu gekauft, dann kannst du den Ring um den Hals tragen.«

Hatten nicht Kühe einen Ring am Ohr, auf dem stand, zu wem sie gehörten? Ich bin keine Kuh, sondern ein Mädchen, na ja, vielleicht eine Mädchenkuh.

»Darf ich dir das Lederband umhängen?«

»Tu dir keinen Zwang an.«

Er fädelte den Ring ein, legte mir das Lederband um und schnürte es zu. »Danke«, sagte ich unbeholfen.

Er lächelte mich an. Ein schönes Grübchen. Wir gingen Händchen haltend in die Küche.

»Oh, hat sich der kleine Wildfang etwa verliebt?«

Was machte Lars in der Küche, ich dachte, er war so müde. Ich streckte ihm die Zunge raus.

»Oh, guck mal, er hat ihr einen Ring geschenkt!« Danny stürzte sich auf den Ring. »Oh, guck mal, was da auf dem Ring steht: ›In Liebe dein Basti‹. Wie romantisch, das hat noch kein Junge bei mir gemacht. Oh, ist das süß!«

Dann drückte sie mir noch einen Kuss auf die Wange, ich sagte ja, manchmal war sie echt peinlich.

»Wenn du nicht sofort die Klappe hältst«, sagte Tommy, »dann tätowier ich dir so 'n Spruch auf die Stirn, das hat bestimmt auch noch kein Junge bei dir gemacht.«

Sie hatten das Essen schon fertig. Es gab Lasagne. Wir unterhielten uns, dann ging Lars schlafen. Wir setzten uns vor den Fernseher und stritten uns mit Tommy, der die Fernbedienung hatte und die ganze Zeit herumzappte. Ich war hundemüde, ging ins Wohnzimmer und legte mich auf die Couch. Das Licht hatte ich ausgemacht. Ich war völlig neben der Kappe, ich hatte immer davon geträumt, dass Danny mal Tommy heiraten würde und ich Alex. Und jetzt hatte ich einen Ring von einem Jungen, der sagte, dass er mich liebte. Und dieser Junge hieß nicht Alex. Ach, ich würde einfach so lange mit

Basti zusammenbleiben, bis Alex mich fragte, ob ich ihn heirate. Hoffentlich dauerte das nicht Jahre. Jungen sind manchmal etwas begriffsstutzig.

Danny kam ins Wohnzimmer. »Schläfst du schon?«, flüsterte sie.

»Ja«, sagte ich laut.

Sie war gekommen, um alles zu erfahren, ich erzählte es ihr.

»Was, und als er sagte, dass er dich lieb hat, hast du nichts gesagt?«

»Mir ist nichts eingefallen!«

»Du bist so blöd, du musst sagen: Ich dich auch!«

»Wie, ich dich auch?«

»Ja, dass du ihn auch lieb hast.«

»Ach so, aber das hab ich ihm doch vor zwei Tagen am Telefon gesagt.«

»Wenn man verliebt ist, sagt man das fast jede Stunde!«

»Wieso, ist man dann so vergesslich?«

»Ach, du bist blöd!« Sie erzählte mir noch eine Weile, was ich für ein Trottel wäre, wie scheiße ich aussähe und dass ich auf Knien danken könne, so einen tollen Kerl abbekommen zu haben. Ich ließ sie reden, aber meine Dankbarkeit hielt sich in Grenzen.

»Du musst ihm morgen auf jeden Fall auch was schenken.«

»Aber was denn?«

»Ach, streng dich mal ein bisschen an, oder ist das mein Freund?«

»Du kannst ihn gern haben.«

»Danke, ich stehe nicht auf Weicheier.«

»Wenn bloß Alex hier wäre, der hätte mir bestimmt einen guten Tipp gegeben.«

»Der Gefühlskrüppel hätte dir bestimmt den richtigen Tipp gegeben.«

»Super, so viel zu Alex, und was hältst du von Tommy?« Ich fand, ich hatte die Überleitung perfekt hinbekommen.

»Tommy? Das ist mein Kumpel.«

»Nein, ich mein anders.«

»Du meinst, ob ich was von ihm will? Um Gottes willen, nein, er ist mein Kumpel, mehr nicht.«

»Aber er ist doch nett und sieht gut aus.«

»Weißt du, wie viele Jungen ich kenne, die nett sind und gut aussehen? Deswegen bin ich trotzdem nicht mit ihnen zusammen. Nein, vergiss es, er ist nicht mein Typ.«

»Aber wieso nicht?«

»Ich will jemanden haben, mit dem ich mich unterhalten, ja sogar streiten kann. Hast du schon mal mehr als fünf Minuten mit ihm geredet, wenn er allein war?«

Ich überlegte, mit welchem meiner Freunde, außer mit Danny, ich schon mehr als fünf Minuten geredet hatte. Außer Danny, der Labertasche, redeten wir alle nicht viel, sogar wenn wir betrunken waren, erzählten wir nicht viel. Danny sagte immer, wenn sie nicht wäre, könnten wir auch in einen Schweigeorden gehen. Wir bestritten das zwar, aber wir wussten, dass sie Recht hatte.

»Und?«

»Ich meine, wir reden alle nicht viel, aber darauf kommt es doch nicht an. Stell dir vor, wir würden alle so viel reden wie du, dann hätten wir uns ja irgendwann nichts mehr zu erzählen!«

»Ach, du bist doof. Nein, außerdem ist mir Tommy zu traurig.«

Das war mir noch nicht aufgefallen, aber vielleicht war er nur traurig, wenn Danny dabei war, damit sie die Klappe hielt.

»Kannst du dir vorstellen dich mit ihm zu streiten? Da würde für ihn alles zusammenbrechen und Streit ist für ihn ja schon, wenn man mal nicht seiner Meinung ist.«
»Aber er kann sich doch gut prügeln.«
»Darum geht's doch gar nicht. Nein, Tommy ist nicht mein Typ, er braucht ein Mädchen, das zu allem Ja und Amen sagt. Nein, besser noch ein Mädchen, das ihn anbetet und die Klappe hält!«
Meine Ehepläne für Danny und Tommy schienen keine rosige Zukunft zu haben. Ich nahm mir die Decke und machte die Augen zu.
»Willst du dir nicht wenigstens die Schuhe ausziehen?«, fragte Danny.
»Ja, reg dich ab.«
»Ich schlaf, glaub ich, auch hier.«
»Schön.« Ich war echt müde.
»Du?«, fragte Danny.
»Ja«, murmelte ich genervt.
»Ich hab dich lieb.«
»Hm.«
Sie knallte mir ein Kissen an den Kopf.
»Du bist echt doof«, sagte Danny.
»Ich weiß.«
»Vielleicht wärst du besser ein Junge geworden.«
»Ich kann kein Fußball.«
»Pass bloß auf, sonst wirst du noch so ein Gefühlskrüppel wie Alex.«
Ich wollte noch fragen, was ein Gefühlskrüppel ist, aber ich war zu müde und schlief über der Frage ein.
Ich wachte früh auf, die anderen schliefen noch. Ich ging in die Küche. Die Uhr zeigte sieben. Das war's dann mit dem Ver-

sprechen, dass wir um fünf Uhr morgens losfahren würden! Es standen vier leere Rotweinflaschen auf dem Tisch und das machte mich wütend. Alex lag irgendwo halb tot in Spanien herum und sie soffen sich mit Rotwein voll.

Ich räumte den Tisch ab. Dann kochte ich Kaffee und weckte die anderen. Endlich trudelte auch Lars ein.

»Hat dir irgendjemand was getan? Was ist los?«, fragte er mich.

»Was los ist, du hast versprochen, dass wir um fünf Uhr weiterfahren.«

»Jetzt haben wir halt halb elf, das ist doch egal!«

»Es ist nicht egal, unser Kumpel verreckt da unten, während du mit dieser Schlampe herumfickst.«

Die Ohrfeige, die er mir verabreichte, war so heftig, dass ich mit dem Kopf gegen die Wand donnerte. Ich stand auf.

»Pass auf, was du tust oder sagst«, sagte Lars. »Wir fahren in einer Stunde, und wenn du noch einen Ton von dir gibst, kannst du zu Fuß gehen.«

»Sie ist normalerweise nicht so«, hörte ich Danny noch sagen.

Dafür hätte sie erschossen werden müssen. Wenn ich was hasste, waren es solche Sprüche. Sie ist nicht so – wie denn dann? Ich wankte ins Wohnzimmer und setzte mich hin. Am liebsten wäre ich zurückgegangen und hätte mich mit Lars geprügelt, aber ich wollte zu Alex und mir fiel nicht ein, wie ich sonst nach Spanien kommen sollte. Es war eigentlich nicht meine typische Ausdrucksweise, ich glaube, wenn jemand so mit mir geredet hätte, hätte ich das auch nicht gut gefunden. Aber deswegen musste man mir ja nicht direkt so eine verpassen, dass die letzten Gehirnzellen sich auch noch verabschieden wollten.

Basti kam mir nach.

»Es tut mir Leid«, sagte er und wollte mich in den Arm nehmen.

»Hau ab, du Feigling«, herrschte ich ihn an und machte mich los.

»Was hätte ich denn machen sollen, er ist doch mein Cousin?«

»Ach, und ich bin doch angeblich das Mädchen, das du so liebst, das ist doch verlogen, geh mir aus den Augen.«

Basti stand trotzdem weiter vor mir und versuchte die Situation zu erklären, aber ich hielt mir die Ohren zu, irgendwann gab er auf und ging.

Als ich mich abgeregt hatte, fand ich mich gemein und hätte mich am liebsten entschuldigt, aber dafür war ich zu feige.

Nach einer Stunde kam Basti wieder: »Komm, wir fahren los!«

»Hey, wegen vorhin, ach, ich weiß auch nicht, lass es uns am besten vergessen.«

»Du hattest trotzdem Recht, du bist meine Freundin und ich hätte dich verteidigen müssen.« Er gab mir einen Kuss.

Wir setzten uns ins Auto, es herrschte eine eisige Stimmung. Wir schwiegen uns drei Stunden an. Irgendwann bog Lars an einer Raststätte ab.

»Brauch einen Kaffee«, brummte er.

Wir setzten uns ins Restaurant.

»So halte ich das nicht die ganze Fahrt aus«, sagte Danny in die Runde, »eher laufe ich zu Fuß nach Spanien als noch weitere Stunden mit euch in dieser Stimmung im Wagen zu sitzen.«

»Ihr wart beide scheiße«, sagte Tommy, »ich meine, du bist unsere Freundin, aber du hättest Lars nicht im Beisein seiner

Freundin so beleidigen sollen. Und du hättest sie nicht schlagen dürfen, so was macht man unter Freunden nur, wenn es wirklich nicht anders geht.«

»Ach, das hat gar nicht so wehgetan«, sagte ich. Auf dem einen Ohr konnte ich immer noch nichts hören.

»Es tut mir Leid«, sagte Lars.

»Dann ist jetzt wieder alles gut«, sagte Danny, »reicht euch die Hand.«

»Wenn's dir damit besser geht«, sagte ich und reichte Lars die Hand. Und damit war für mich die Sache erledigt, ich hasse es, wenn Leute mir noch ein halbes Jahr später erzählen, wie schlecht ich mich irgendwann benommen hatte. Dafür waren Leute beim Jugendamt zuständig, die in ihrer Akte nachgucken konnten und einem sagten, was man vor Jahren verbrochen hatte.

Wir stiegen wieder ins Auto und Danny legte ihre Lieblingskassette mit Herz-Schmerz-Liedern ein. Nach dem zweiten Abhören konnten wir alle mitsingen und taten es auch – sogar Tommy.

Nachdem wir über die spanische Grenze gekommen waren und auch nicht kontrolliert wurden, brauchte Lars noch eine Pause.

»Ich kann nicht mehr sitzen, nur eine halbe Stunde«, sagte er mit einem Seitenblick zu mir, »aber ich muss mir ein wenig die Beine vertreten, danach brauchen wir noch etwa zweieinhalb Stunden und die fahre ich durch.«

Er ging spazieren und Tommy holte uns am Automaten Cola und Süßigkeiten. Wir setzten uns vor das Auto und machten ein Picknick.

Danny zeigte uns ein paar Gymnastikübungen, wir lachten uns halb tot und versuchten sie nachzumachen. Lars kam vorbei und gab uns eine deutschsprachige Zeitung zu lesen. Auf der Titelseite war ein Foto von Basti, darüber stand:

Millionärssohn verschwunden

Seit gestern Mittag wird der sechzehnjährige Sebastian Peters, Sohn des prominenten Anwalts Oliver Peters, vermisst. Von seinem Cousin Lars Peters, der schon wegen diverser Delikte vor dem Richter stand, fehlt ebenfalls jede Spur. Es wird vermutet, dass sie sich bei Teilen einer vor zweieinhalb Monaten von Polizei und Jugendamt aufgelösten Jugendbande befinden. Einem der weiblichen Mitglieder war in der vorletzten Nacht der Ausbruch aus dem geschlossenen Jugendheim gelungen. Dabei verletzte sie einen Erzieher. Ob sich Sebastian Peters freiwillig bei dieser Jugendgang aufhält oder gezwungen wird, ist fraglich. Oliver Peters hat eine Belohnung von zehntausend Euro für Hinweise, die zur Auffindung seines Sohnes führen, ausgesetzt.

Sie hatten noch ein paar scheußliche Fotos von uns abgedruckt. Wenn man sich die ansah, war man der festen Überzeugung, dass wir Basti in einem dunklen Verlies folterten.

»Was hast du denn für Delikte begangen?«, fragte Danny Lars, als er zurückkam.

»Och, so das Übliche.«

»Ach so«, sagten wir.

Ich glaube nicht, dass irgendeiner von uns wusste, was Lars meinte. Was war denn das Übliche? Einbruch, Schlägereien, Mord, Häuser in die Luft sprengen oder vielleicht nur Falschparken?

»Das ist typisch für meine Eltern«, sagte Basti, »die raffen einfach nichts. Meinst du, die hat das interessiert, als Danny und Tommy bei mir waren? Das war ihnen egal, sie haben noch nicht einmal gefragt, wer sie waren.«

»Zehntausend Euro ist eine hübsche Summe«, meinte Lars.

»Mach ja keinen Mist«, sagte Basti.

»Quatsch, meinst du, ich erzähl deinem Vater was? Der hat mich doch letztes Jahr mit der Polizei aus eurem Haus werfen lassen.«

Wir fuhren weiter und endlich waren wir in dem Ort angekommen, von dem Alex am Telefon erzählt hatte. Es war ein kleines Dorf mit süßen, verwinkelten Häusern. Wir suchten die Adresse, die Basti aufgeschrieben hatte. Vor einem Haus saß ein Mann auf einer Bank. Wir gingen zu ihm hin. Und dann hatten wir ein Problem: Niemand von uns konnte ein Wort Spanisch. Wir versuchten es auf Englisch, aber der Mann grinste nur. Ich schätzte ihn auf vierzig.

»Ich hab eine Idee«, sagte Danny.

Sie ging zurück zum Wagen und kam mit der Zeitung wieder, dann zeigte sie dem Mann das Foto von Alex.

»Oh, si, si«, sagte der und fuhr sich mit dem Finger am Hals lang.

»Er ist wohl tot«, sagte Lars.

»Das kann nicht sein«, sagte ich.

»Bei Schussverletzungen kann so was schnell gehen«, erklärte Lars.

Anscheinend waren seine Delikte etwas anderer Art als Falschparken. Der Mann vor dem Haus regte sich immer noch auf und nach und nach kamen immer mehr Männer und diskutierten miteinander. Ab und zu warfen sie uns böse Blicke zu.

»Vielleicht sollten wir lieber verschwinden«, sagte Tommy.

Wir stiegen in das Auto und sahen, wie die Männer auf uns zukamen. »Lars, mach schnell, bitte!« Lars ließ den Motor an und wir fuhren los.

Einer der Typen warf uns noch einen Stein hinterher.

»Das wird einen hübschen Kratzer geben«, sagte Lars, »und Bastis Vater wird sich freuen.«

Bastis Handy klingelte.

»Ich wusste gar nicht, dass du dein Handy dabeihast, oder ruft dich nur so selten jemand an?«

»Nee, ich hatte es ausgemacht.« Basti ging dran. »Es ist Andreas, er steckt in Barcelona und fragt, ob wir ihn abholen.«

»Was will der Schleimscheißer denn hier?«, wollte Lars wissen.

»Pass auf, wie du über unsere Freunde redest«, sagte ich ihm drohend.

»Ist ja gut, aber ich sitze die ganze Zeit hinterm Steuer, ich hab keinen Bock.«

»Was soll ich Andreas sagen?«, fragte Basti.

»Sag ihm, er soll versuchen sich bis hierher durchzuschlagen, wir holen ihn dann ab.«

Basti buchstabierte den Namen des Ortes, in dem wir uns befanden.

»Lass uns an den Strand gehen«, meinte Danny, »ich hab mich so darauf gefreut.«

»Spinnst du, wir müssen Alex suchen«, regte ich mich auf.

»Der ist doch tot«, sagte Lars.

»Das will ich genau wissen und ich werde alles daransetzen ihn zu finden.«

»Dann lass uns vorher genau überlegen, was wir tun, und nicht einfach drauflossuchen«, schlug Basti vor, »und überlegen können wir ja auch am Strand.«

Ich gab mich geschlagen.

»Hauptsache, raus aus diesem Auto«, stöhnte Lars, »und mach bitte dein Handy aus, ich hab keinen Bock darauf, dass dein Vater uns anruft.«

»Ach, der weiß doch die Nummer gar nicht und außerdem muss Andreas uns anrufen, wenn er hier angekommen ist.«

»Der Trottel schafft das doch nie«, sagte Lars verächtlich.

»Was hast du eigentlich gegen ihn?«, fragte Tommy.

Lars zuckte mit den Schultern. Wir gingen an den Strand. Lars legte sich direkt pennen und wir setzten uns ein gutes Stück weiter weg, so dass er uns nicht hören konnte.

»Weißt du, was er gegen Andreas hat?«, fragte ich Basti.

»Ich hab keine Ahnung. Sie haben sich vielleicht vier oder fünf Mal gesehen. Irgendwann bin ich zu spät zu einer Verabredung gekommen und da hatten die zwei sich fürchterlich gestritten. Andreas ist dann gegangen, aber keiner von den zweien hat mir erzählt, warum sie sich gestritten hatten.«

Ich konnte mir nicht erklären, warum man sich mit Andreas streiten konnte. Danny ging ins Dorf, um sich einen Badeanzug zu kaufen, sie brachte mir einen mit. Die Jungen hatten sich ihre Hosen abgeschnitten und saßen mit nacktem Oberkörper am Strand. Danny hatte für mich noch ein T-Shirt gekauft und für uns alle Sonnenmilch. Wir cremten uns gegenseitig ein. Dann legte sich Danny hin.

»Das ist total chic, so braun zu sein«, sagte sie, »alle werden neidisch sein, wenn ich zurückkomme.«

Das hatte sie bestimmt in einer ihrer dämlichen Zeitschriften gelesen, typisch Danny, unser Kumpel verreckte irgendwo und sie dachte an ihre Bräunung.

Eine halbe Stunde später rief Andreas an.

»Wo seid ihr?«, fragte er.

»Am Strand.«

»Ich sitze hier im Eiscafé am Marktplatz, wollt ihr nicht kommen, das Eis schmeckt köstlich.«

Das ließen wir uns nicht zweimal sagen, sogar Lars kam mit. Draußen im Eiscafé saß wirklich Andreas. Ich klopfte ihm auf die Schulter.

»Hi, alter Junge, wie hast du das so schnell hierhin geschafft?«

»Ich bin getrampt.«

»Aha. Logisch. Was auch sonst.«

Die Bedienung kam.

»Was wollt ihr haben?«, fragte Andreas.

»Egal, Hauptsache, viel und kalt«, antwortete Danny. Wir nickten. Andreas bestellte auf Spanisch. Wir waren baff.

»Woher kannst du Spanisch?«, fragte ich.

»Meine Oma war Spanierin, habe ich euch das noch nicht erzählt? Sonst wäre ich doch nicht den ganzen Weg getrampt.«

»Wie, du bist den ganzen Weg getrampt? Ich dachte, du wärst bis Barcelona mit dem Zug gefahren?«, fragte Basti.

»Ach, das ist viel zu teuer, außerdem ist es langweilig.«

»Ich hatte dir doch extra Geld gegeben«, sagte Basti.

»Ja, und hier hast du es wieder.« Andreas drückte Basti ein Geldbündel in die Hand.

»Wie hast du dich denn durchgeschlagen?«, fragte Tommy.

»Ach, auf den Rastplätzen bin ich in die Restaurants, habe gewartet, bis die Leute fertig gegessen und ihre Tabletts zurückgebracht haben, dann habe ich gefragt, ob ich ihre Reste aufessen darf.«

»Ihij«, schrie Danny.

»Und was haben die Leute gesagt?«, fragte Basti.

»Ach, die meisten waren ganz verdattert, aber als sie dann

merkten, dass ich es ernst meinte, haben sie mir ihre Reste gegeben. Einige haben mir sogar ein ganz neues Essen bezahlt.«

Mein Seitenscheitel-Andreas, ich war stolz auf ihn.

»Ein Wunder, dass dich überhaupt jemand mitgenommen hat, so scheiße, wie du aussiehst«, sagte Lars.

»Besser scheiße aussehen als so hinterhältig wie du«, erwiderte Andreas.

Ich wäre Lars am liebsten an die Gurgel gesprungen, aber ich saß eingequetscht zwischen Basti und Tommy und hatte meine Arme auf den Armlehnen. Die beiden sorgten äußerst schmerzhaft dafür, dass das auch so blieb. Was bildete sich dieser blöde Lars ein. Ich meine, O. K., die Klamotten von Andreas waren nicht gerade die besten und der Seitenscheitel war nicht ganz hip, aber das war doch egal, er war unser Freund.

»Hört auf, euch zu streiten«, sagte die vernünftige Danny, der ich auch gerne an die Kehle gesprungen wäre, aber es ging immer noch nicht. »Wir sind doch wegen jemand anderem hier«, gackerte sie weiter, da musste ich ihr leider, wie so oft, Recht geben.

»Genau, habt ihr schon was rausbekommen?«, fragte Andreas.

»Er ist wahrscheinlich tot.«

Wir erzählten ihm die Geschichte.

»Und dann sitzt ihr seelenruhig am Strand rum?«, fragte Andreas empört.

»Wir haben nicht seelenruhig dagesessen, sondern haben darüber nachgedacht, was man tun könnte, aber uns ist nichts eingefallen«, verteidigte ich uns.

»Habt ihr schon die Krankenhäuser abgeklappert?«

»Nee.« Stimmt, das war dämlich.

»Vielleicht habt ihr was falsch verstanden.«

»Bestimmt«, sagte Lars gehässig, »wir hatten ja nicht so ein Superhirn wie dich dabei!«

Andreas fragte die Bedienung auf Spanisch etwas und sie brachte ihm kurze Zeit später ein Telefonbuch. Andreas stellte noch ein paar Fragen, sie schlug ihm das Telefonbuch auf und zeigte ihm eine Stelle.

»O. K., ich habe die Nummern der Krankenhäuser, die hier im Umkreis liegen. Es sind acht, ich geh jetzt zur Telefonzelle und telefoniere die mal ab.«

»Hier, nimm mein Handy«, sagte Basti und kramte es heraus.

»Das ist doch viel zu teuer«, erwiderte Andreas.

»Ach, Quatsch, außerdem erfahren wir so alle direkt, was los ist.«

Andreas fing an zu telefonieren, beim dritten Anruf streckte er den Daumen nach oben. »Da ist er«, sagte er, als er aufgelegt hatte, er ging noch mal zur Bedienung, brachte ihr das Telefonbuch zurück und unterhielt sich kurz mit ihr. »Ist gar nicht so weit, in der nächsten Stadt. Der Bus fährt zwanzig Minuten bis dorthin.«

»Kommen wir auch wieder zurück?«, fragte die vernünftige Danny, »es ist schon halb sieben.«

»Mach dir darüber keine Sorgen.«

»Hast du gefragt, wie es Alex geht?«, fragte Tommy besorgt.

»Ja, aber die dürfen keine Auskunft geben!«

»Ach, nicht so schlimm«, sagte Danny, »wir werden das ja gleich selber sehen.«

»Ich bleibe hier, ich bin total kaputt. Da setze ich mich lieber in ein Strandcafé, trinke leckeren Wein und schaue mir schöne Frauen an. Wir sehen uns dann später, O. K.? Außerdem kenn ich euren Helden gar nicht!« Als Lars das sagte, wurde er mir noch unsympathischer. Andreas funkelte ihn böse an, ich hätte zu gerne gewusst, was da passiert war, hoffentlich bekam die neugierige Danny das raus.

17

Wir zahlten und gingen zur Bushaltestelle, fünf Minuten später kam der Bus. Andreas besorgte uns Fahrkarten. Nach zehn Haltestellen stiegen wir aus, zum Glück. Ich wäre fast erstickt. Im Bus waren es mindestens vierzig Grad und die Leute unterhielten oder stritten sich lautstark über irgendwas. Wir fanden das Krankenhaus auf Anhieb. Andreas ging zur Rezeption, um zu fragen, wo Alex lag.

»Wir dürfen nicht zu ihm, sein Zimmer wird bewacht und er darf keinen Besuch empfangen«, berichtete Andreas, als er zurückkam.

»Aber wir müssen doch irgendwas tun«, sagte ich verzweifelt, »jetzt sind wir so nah dran, da geben wir doch nicht auf.«

»Quatsch«, sagte Danny, »ich werde mit Andreas mal schauen gehen, ob die Lage wirklich so aussichtslos ist. Weißt du, wo er liegt?«

Andreas nickte.

»Wir warten in der Cafeteria auf euch«, sagte Tommy.

Ich setzte mich neben Basti an einen Tisch und Tommy holte uns Getränke.

»Manchmal habe ich das Gefühl, dass du Alex lieber magst als mich«, sagte Basti und schaute mich traurig an.

Dieser Blick würde mich, glaube ich, mein Leben lang umhauen.

»Das ist doch was völlig anderes!« Was Besseres fiel mir nicht ein.

»Wirklich, ist das was anderes?« Klang da Eifersucht in seiner Stimme mit?

Tommy kam mit den Getränken und schaute uns an.

»Stör ich?«, fragte er.

»Quatsch«, sagte ich, »seit wann stören mich meine Freunde.«

Basti seufzte nur, sagte aber nichts. Zum Glück kamen Danny und Andreas schnell wieder.

»Habt ihr was herausgefunden?«, bestürmte ich sie sofort.

»Ich habe mit dem Polizisten geredet«, sagte Andreas, »es stand nur einer vor der Tür. Er hat uns erlaubt, dass wir in einer halben Stunde zu dritt zu Alex dürfen, aber höchstens für eine Viertelstunde.«

»Dann bleibe ich draußen«, bot uns Tommy an.

»Ich auch, schließlich kenne ich ihn von euch allen am wenigsten«, sagte Basti.

Zehn Minuten später machten Danny, Andreas und ich uns auf den Weg.

Als wir im dritten Stock ankamen, winkte uns ein Polizist herbei und schubste uns ziemlich unsanft in ein Krankenzimmer. Alex war alleine im Zimmer. Über ihm schwirrten ein paar Fliegen, sie hatten es wahrscheinlich auf seine Schussverletzungen abgesehen, ich hatte so was schon mal in einem Western gesehen.

Er lag auf dem Bauch, das Gesicht im Kissen vergraben, vorsichtig stupste ich ihn, er drehte sich knurrend zur Seite. Ich strich ihm durchs Haar.

»Alex, mein Lieber, wir sind es, deine Freunde.«

Er blinzelte, dann richtete er sich auf und rieb sich die Augen.

»Das gibt es doch gar nicht, ihr habt es tatsächlich bis nach Spanien geschafft!«

»Wie geht es dir?«, fragte Andreas ihn. »Wir haben uns total die Sorgen gemacht.«

»Wieder was besser, es war nur ein Streifschuss, aber als ich mit Basti telefoniert habe, hat es geblutet wie Sau und ich dachte, das wäre mein Ende.«

Alex zeigte uns den dicken Verband, den er am Bauch hatte.

»Aber wie ist das denn passiert?«, fragte Danny.

»Als ich hier in Spanien ankam, kannte ich doch keinen Menschen. Da habe ich mich in die erstbeste Kneipe gesetzt und dort durch Zufall einen alten Deutschen kennen gelernt. Ich glaube, er macht hier ziemlich viele krumme Geschäfte, aber das war mir egal, er hat mir geholfen. Er hat mir sein Bootshaus zur Verfügung gestellt und mir ab und zu Geld gegeben. Ich musste dafür nur zwei- bis dreimal irgendwelche Päckchen bei Leuten vorbeibringen.«

»Irgendwelche Päckchen«, stöhnte Danny, »sag mal, tickst du nicht mehr sauber, da waren bestimmt Drogen oder Waffen drin. Weißt du, wie lange du dafür in den Knast gehst?«

»Aber was hätte ich denn sonst tun sollen, ich kannte doch niemanden hier?«

Er tat mir Leid, obwohl ich auch fand, dass er sich etwas dumm angestellt hatte.

»Ist ja gut«, sagte Andreas, »wie ging es denn weiter?«

»Ach, ein paar Jungen, die dort auch beschäftigt waren, waren ziemlich sauer, weil der Alte sich so um mich gekümmert hat, aber das weiß ich erst jetzt. Auf jeden Fall kam eines Morgens einer der Jungen in das Bootshaus und sagte mir, ich sollte im Büro ein Päckchen abholen. Der Alte sei zwar nicht da, aber die Adresse, zu der das Päckchen geliefert werden müsse, würde dabeistehen.«

»Und du Trottel bist in das Büro, der Alte hat dich erwischt, er hat gedacht, du wolltest ihn beklauen, und hat auf dich geschossen«, sagte Danny.

»Woher weißt du das?«, fragte Alex verblüfft.

»Weil ich im Gegensatz zu manch anderem hier noch ein wenig Hirn im Kopf habe.«

»Danny, hör auf«, sagte ich. Das war doch nicht fair von ihr.

»Alex, erzähl mal lieber, wie es weiterging.«

»Ach, als der Alte auf mich geschossen hatte, bin ich aus dem Haus gestürmt und nur gerannt. Dabei habe ich natürlich nicht gemerkt, dass ich das Päckchen noch bei mir hatte. Irgendwann habe ich dann eine Telefonzelle gesehen und mit meinem letzten Geld Basti angerufen. Dann muss ich zusammengeklappt sein und hier bin ich wieder aufgewacht. Ich glaube, vor dem Krankenhaus stehen schon ein paar Typen bereit, die nicht unbedingt meine Freunde sind.«

Alex stieg aus dem Bett, zog den Vorhang am Fenster zur Seite und zeigte uns einen jungen Typen, der vor dem Haupteingang eine Zigarette rauchte.

»Quatsch«, sagte Danny, »wieso sollte der Alte wegen einem kleinen deutschen Jungen so einen Aufstand machen?«

»Weil er Angst hat, dass der kleine deutsche Junge etwas verrät.«

»Und was macht dann die Polizei vor deiner Tür?«

»Die einen wollen das Päckchen zurückhaben, die andern wollen wissen, von wem es ist. Deshalb muss ich auch hier raus, um das zu klären.«

»So viel zu uns«, sagte Danny halb beleidigt.

»Ich freue mich doch auch, euch zu sehen, und wenn ich hier rauskomme, dann feiern wir erst mal richtig«, versprach Alex.

»O. K.«, sagte Andreas, »wir beratschlagen jetzt mit den anderen, was wir tun können. Basti und Tommy sind nämlich auch hier. Und du hältst dich startklar.«

Wir verließen Alex' Zimmer, er hielt meine Hand etwas länger fest.

In der Cafeteria angekommen wurde ich das Gefühl nicht los, dass Tommy und Basti über mich geredet hatten.

»Und?«, fragte Tommy.

Wir erzählten ihnen, was passiert war.

»Wir müssen ihn da rausholen, Alex glaubt, dass nicht nur die Polizei vor seiner Tür steht, sondern dass vor dem Eingang noch jemand auf ihn wartet. Jemand, der ihn nicht mag.«

»Sonderlich intelligent war das ja alles nicht von Alex«, sagte Basti.

»Meine Worte«, bestätigte Danny.

»Warum hat er mich nicht angerufen und gesagt, dass er Geld braucht?«, fragte Basti.

»Hast du schon mal was von Stolz gehört?«, fragte ich zurück.

»Damit ist er weit gekommen«, meinte Basti.

»Wir müssen sehen, dass wir Alex hier rausholen, streiten könnt ihr später«, mischte sich Tommy ein. »Gibt es hier keinen Hinterausgang, Andreas, kannst du nicht versuchen das rauszubekommen?«

»Klar«, sagte der und ging zu einer Krankenschwester.

»Ich finde, Andreas ist richtig cool geworden«, sagte ich und fing mir einen eifersüchtigen Blick von Basti ein. Mein Gott, bei ihm durfte man anscheinend gar nichts sagen!

»War auch ein hartes Stück Arbeit«, sagte Danny nicht ohne Stolz, »seine furchtbaren Klamotten konnte ich ihm allerdings nicht abgewöhnen, aber irgendwie passen sie doch zu ihm. Ich habe mich die ganze Zeit gefragt, was so ein intelligenter Kerl auf einer Hauptschule zu suchen hat.«

»Sie haben sich nicht getraut ihn auf eine Sonderschule zu schicken«, antwortete ich.

Andreas kam zurück.

»Es gibt einen Hinterausgang«, erzählte er uns, »und ich weiß, wo er ist.«

»Wie hast du das denn herausbekommen?«, fragte ich ihn bewundernd.

»Ich habe der Krankenschwester erzählt, dass meine eifersüchtige Exfreundin auf mich lauert, und sie gefragt, ob es einen Hinterausgang gebe. Sie hat sehr verständnisvoll reagiert und mir den Weg erklärt.«

Bestimmt würde Andreas, ganz viel später, also so in dreißig oder vierzig Jahren, mal berühmt werden, Doktor oder so was, und wenn er dann eine ganz wichtige Rede halten müsste, würde er zum Schluss der Rede seine Brille abnehmen und mit seiner Hand durch sein weißes Haar gehen und sagen: »Wissen Sie, jetzt denken Sie vielleicht, ich bin ein Held. Das bin ich nicht, aber damals vor vierzig Jahren, als ich mit meiner kriminellen und asozialen Jugendgang in Spanien war und wir unseren angeschossenen Kumpel herausholen mussten, da war ich ein Held. Wir waren die letzten Helden, nach uns gab es keine mehr.«

Meine Fantasie ging wieder mit mir durch, aber ich hatte wirklich das Gefühl, dass Andreas mal berühmt würde. Dann fiel mir ein, dass er ja mit uns zusammenhing, und ich war mir nicht mehr so sicher.

»Dann machen wir es jetzt so: Andreas, Danny und ich gehen in die dritte Etage, der Rest wartet hier unten. Danny und Andreas, ihr müsst den Polizisten ablenken, in der Zeit hole ich Alex aus dem Zimmer.«

»Ja, Sir«, sagte Danny zu Tommy.

Die drei machten sich auf den Weg. Basti nahm mich in den Arm.

»Siehst du, alles wird gut«, sagte er.

»Noch sind wir nicht draußen.«

Tommy und Alex waren schnell wieder da und kurze Zeit später auch Danny und Andreas.

»Wir müssen uns beeilen«, sagte Danny keuchend, »ich glaube, der Polizist hat Verdacht geschöpft.«

Wir rannten hinter Andreas zum Hinterausgang raus und dann noch eine Weile, bis Alex ›Stopp‹ rief.

»Das ist doch viel zu auffällig, sechs rennende Jugendliche«, stöhnte Alex.

»Machst du etwa schlapp?«, witzelte Danny.

»Ich will dich mal nach einer offenen Schussverletzung sehen«, sagte ich.

»Jetzt übertreib mal nicht«, grinste Danny.

»Was machen wir jetzt?«, fragte Basti.

»Wir nehmen den Bus«, sagte Andreas.

Als wir endlich die Bushaltestelle gefunden hatten, fuhr natürlich kein Bus mehr, aber das war kein Problem. Nachdem Andreas einen Fußgänger gefragt hatte, stellten wir uns auf eine Auffahrtstraße und trampten.

»Hier kommen wir nie weg«, meckerte Danny, »mit so vielen Leuten und so, wie wir aussehen.«

»Du solltest dein T-Shirt etwas höher ziehen, dann klappt es vielleicht«, neckte Alex sie und kassierte einen Fußtritt.

Fünf Minuten später hielt ein kleiner, klappriger LKW und wir durften hinten auf der offenen Pritsche mitfahren.

»Lass uns heute Abend mal so richtig feiern, dass wir endlich wieder zusammen sind, und uns erzählen, was so gelaufen ist bei uns in letzter Zeit. Mann, bin ich froh, dass wir wieder zusammen sind.«

Ich glaube, wir fühlten alle so wie Alex. Der LKW brachte uns zu dem kleinen Ort zurück.

Wir gingen in den einzigen Supermarkt, der extra für uns nochmal öffnete, und kauften ein. Ein paar Flaschen Wein, Würstchen und Steaks. Tommy nahm noch Mehl, Zucker und Eier. »Für Stockbrot«, meinte er, »schmeckt superlecker.« Zum Schluss schenkte uns der Verkäufer eine riesige Wassermelone und Danny und mir eine Blume.

Wir gingen zum Strand, von Lars war weit und breit keine Spur. Es hatte aber niemand das Bedürfnis, im Strandcafé nach ihm zu suchen.

Die anderen setzten sich an den Strand und halfen Tommy bei der Zubereitung des Stockbrotes. Ich ging mit Alex Holz sammeln.

»Und wie geht es mit Basti, immer noch zusammen?«, fragte mich Alex.

»Scheint so«, sagte ich, ich hatte keinen Nerv, darüber zu reden.

»Komm, er ist doch ein netter Kerl und schlecht aussehen tut er auch nicht.«

»Ja, ich weiß.« Wieso mussten mir alle Leute sagen, wie toll Basti war.

»Aber du bist nicht in ihn verliebt, oder?«

»Ich hab noch nicht darüber nachgedacht.«

»Über so was muss man nicht nachdenken, man ist es oder nicht, ganz einfach.«

»Ich hab ihn ganz gern.«

»Ganz gern ist aber nicht verliebt.«

»Können wir nicht über was anderes reden«, herrschte ich ihn an.

»Nö.«

»Aber ich hab keinen Bock, darüber zu reden, du Penner.«

»Oh, bin ich der coolen Prinzessin zu nahe getreten?«

»Quatsch.«

»Komm, in Wahrheit liebst du doch mich.«

»Halt die Klappe!«

»Du siehst uns schon vor dem Traualtar mit unseren Kindern.«

Alex summte einen Hochzeitsmarsch und nahm mich in den Arm. Ich hasste es, wenn er mich behandelte wie ein kleines Kind.

»Das geht umgekehrt, Alex«, sagte ich, »erst heiraten und dann Kinder.«

»Ach, so eine intelligente Frau kann ich nicht heiraten, da krieg ich ja Komplexe.«

»Ich bin nicht intelligent«, sagte ich, »ich weiß noch nicht mal, wie das geschrieben wird.«

»Ist doch eh nur Unsinn«, sagte Alex.

Es war kein Unsinn, aber das würde ich ihm nie erzählen, oder erst wenn ich im Sterben liegen würde. Ich sah mich auf einem Platz, von Kugeln durchsiebt, und Alex beugte sich über mich. »Sag was, Kleines.«

»Ich habe immer nur dich geliebt«, würde ich sagen und dann sterben. Alex würde bitterlich weinen und vor Schmerz darüber auch sterben.

Wir hatten genug Holz gesammelt und gingen zu den anderen zurück.

»Wo treibt ihr euch denn die ganze Zeit herum?«, fragte Basti. Klang da etwa schon wieder Eifersucht in seiner Stimme mit?

»Ach Bruderherz, nicht eifersüchtig werden, aber ab und zu muss ich mit der kleinen Prinzessin mal allein sein«, neckte ihn Alex.

Wir waren an einem einsamen, abgetrennten Strand, an dem wir eine kleine Höhle entdeckt hatten.

Danny und Tommy richteten die Höhle ein und wir machten draußen ein Feuer.

»Es ist total schön hier«, schwärmte Danny, »keine nervenden Erzieher, keine Schlägereien ...«

»Kein Leben«, ergänzte Alex und lachte.

»Sie hat doch Recht«, sagte Tommy.

»Ach, vielleicht heirate ich dich doch, Tommy, und wir gründen hier unsere Familie«, spann Danny.

»In der Höhle?«, fragte Tommy lachend. »Na, von mir aus.«

»Und ich heirate meine kleine Prinzessin und bleibe auch hier«, sagte Basti.

»Da wird die kleine Prinzessin sich aber freuen«, feixte Alex und grinste mich frech an.

»Und was wird aus mir?«, fragte Andreas empört.

»Ach, für dich finden wir noch eine süße Spanierin, versprochen«, sagte Tommy.

»Ach, und während ihr dann mit euren Familien in der Sonne bratet, kann ich wohl Banken überfallen, damit ihr was zum Leben habt?«, fragte Alex.

»Quatsch«, antwortete Basti, »ich habe doch genug Geld für uns alle.«

»Außerdem wollten Andreas und ich doch Eis an Touristen verkaufen«, sagte ich.

»Hier gibt es aber schon einen Eisverkäufer«, meinte Alex, »ich habe ihn eben gesehen und für zwei Eisverkäufer gibt es zu wenig Touristen.«

»Dann machen wir halt was anderes«, erwiderte Andreas.

»Genau, wir könnten den Touristen die Schuhe putzen«, schlug ich vor.

»Natürlich, am Strand Schuhe putzen«, lachte Tommy. »Kommt, lasst uns schwimmen gehen.«

Er rannte los und wir anderen bis auf Alex hinterher. Wir sprangen ins Meer, schwammen und tauchten uns gegenseitig unter. Irgendwann konnten wir nicht mehr und legten uns zurück ans Feuer.

»Hoffentlich müssen wir hier nie weg«, sagte Alex zu uns, »guckt euch mal diesen Sonnenuntergang an, ich hätte nie gedacht, dass wir so etwas mal gemeinsam erleben würden.«

Wir aßen Stockbrot und Steaks, was köstlich schmeckte.

»Ich glaube, ich schlafe hier draußen, ist doch schön warm«, sagte ich.

»Gute Idee«, lobte mich Danny ausnahmsweise einmal, »wenn es kalt wird, haben wir ja immer noch unsere Jacken.«

Basti kuschelte sich an mich und schnarchte mir bald friedlich ins Ohr.

»Alex«, rief ich leise.

»Ja.«

»Wir bleiben doch Freunde, oder?«

»Klar, auch wenn wir den Traualtar verlassen haben.«

Glücklich und zufrieden schlief ich mit Basti in den Armen ein.

Am nächsten Morgen erwachten wir früh, in der Nacht war es mir doch etwas kalt geworden, obwohl mir Basti seine Jacke übergelegt hatte.

Wir frühstückten, das heißt, wir aßen die Reste vom Abend.

Alex wollte die Geschichte mit dem Alten klären, Andreas und Tommy schlossen sich ihm an. Danny wollte auch mitkommen und in der nächsten Stadt shoppen gehen.

»Hast du Bock mitzukommen?«, fragte sie mich.

»Nee, ich bleibe hier und baue eine Sandburg«, antwortete ich.

»Das sollte man mit fünfzehn auch tun, mit Förmchen im Sand spielen«, meinte sie verächtlich. »Kommst du mit, Basti?«

»Nö, ich helf ihr beim Burgenbauen.«

Als die anderen weg waren, baute ich mit Basti zusammen eine riesengroße Ritterburg, ihm schien das Spaß zu machen und mir erst recht.

O. K., ich gebe zu, vielleicht war ich etwas zu alt dafür, aber was konnte ich dafür, dass ich erst fünfzehn Jahre alt werden musste, um mal einen Strand zu sehen. Als wir fertig waren, setzten wir uns vor die Burg. Ich vergrub meine Füße im Sand.

»Können wir mal reden?«, fragte Basti.

»Klar.«

»Ich glaube, du willst lieber mit Alex zusammen sein, du liebst mich doch gar nicht.«

»Ich habe noch nicht darüber nachgedacht.«

»Darüber muss man nicht nachdenken, das ist ein Gefühl.«

Das hatte mir gestern schon mal ein Junge gesagt, anscheinend lasen sie dieselben Zeitschriften.

»Liebst du denn Alex?«

»Ich weiß nicht, vielleicht ein wenig. Ich habe immer davon geträumt, dass Danny Tommy heiratet und ich Alex. Aber ich glaube, ich wollte das vor allen Dingen deswegen, weil ich will, dass wir zusammenbleiben.«

»Ich habe nichts dagegen, dass du mit Alex befreundet bist, ich bewundere ihn sehr, aber ich will auch wissen, ob meine Freundin etwas von mir will oder von jemand anders.«

Mein Gott, war das schwierig, der redete ja fast so viel wie Danny.

Ich schwieg.

»Und?«, fragte Basti.

»Ich weiß es nicht, ich meine, ich finde dich wirklich nett, aber du kamst so plötzlich und ich weiß nie, was du von so einem kleinen Asi wie mir eigentlich willst.«

»Du bist zwar klein, aber kein Asi.«

Basti nahm mich in den Arm; so blieben wir sitzen, bis die anderen wiederkamen.

»Alles geklärt?«, fragte ich Alex.

»Ja, ich kann jetzt in Ruhe in Spanien alt werden. Ich glaube, der Alte war richtig froh, dass er mich lebend gesehen hat, er hat mir sogar Geld gegeben und wir waren noch einkaufen, dasselbe wie gestern.«

Basti hatte sich ein Stück weiter weggesetzt und den Kopf in seinen Armen vergraben.

»Was ist los mit ihm?«, fragte Alex mich.

»Ach, er glaubt, dass ich ihn nicht liebe.«

»Tust du doch auch nicht.«

»Du bist gemein.«

»Ich bin ehrlich. Wenn das gemein ist, hast du Pech gehabt. Ich gehe mal zu ihm rüber. Wahre Freundschaft gibt es eben nur unter Männern.«

»Sehr witzig«, sagte Danny.

Wir machten das Feuer an und fingen an das restliche Fleisch zu braten und zu essen. Eine Weile später kamen Basti und Alex zu uns. Ich hätte zu gerne gewusst, was die beiden miteinander beredet hatten, aber ich konnte ja schlecht fragen.

Dann klingelte Bastis Handy.

18

»Kannst du dieses verdammte Ding nicht endlich ausschalten?«, stöhnte Danny.

»Genau, ich habe nämlich gelesen, dass sie einen aufgrund der Funkwellen, die das Handy ausstrahlt, aufspüren können«, sagte Alex sichtlich genervt.

Basti ging trotzdem dran. »Ja«, sagte er mit einer tiefen Stimme. Dann sagte er eine Weile gar nichts, »ja, ich gebe ihn dir.« Basti reichte das Handy an Tommy weiter, der entfernte sich nach dem ersten Satz.

»Wer war dran?«, fragte Danny.

»Fässi«, sagte Basti.

»Was will denn der Verräter noch?«, fragte ich.

»Fässi ist kein Verräter, was meinst du, wer mir geholfen hat?«, sagte Alex.

»Wie geholfen?«

»Damals, als unsere Vormünder kamen, um uns abzuholen, bin ich doch abgehauen und Fässi hat mir geholfen. Ihm habe ich es zu verdanken, dass ich überhaupt hier sitze.«

»Wie das denn?«

»Ich hab ihm geschworen, dass ich das niemandem erzähle, und eigentlich hab ich jetzt schon viel zu viel erzählt. Wenn einer von euch ein Wort darüber verliert, kann er sein Mittagessen in Zukunft lutschen.«

»Und wer hat uns dann verpfiffen?«, fragte Danny.

»Sie werden wohl gelauscht haben. Was musst du auch immer so laut schreien«, meinte Alex.

»Das war vielleicht ein Tag«, sagte Andreas. »Ich hatte Basti zufällig getroffen. Ich war gerade beim Trampen aus dem Auto gestiegen, da fuhr Basti mit einem Taxi an mir vorbei. Er ist direkt umgekehrt und hat mich mitgenommen.«

»Warum bist du überhaupt wiedergekommen?«, fragte ich ihn.

»Ach, mein Onkel war zwar ganz nett, aber es war einfach tödlich langweilig. Die Schule war furchtbar, ich kannte niemanden in der wildfremden Stadt und da hab ich mir gedacht, gehst du doch mal gucken, was deine alten Kumpels denn so machen!«

Tommy kam wieder.

»Ich muss morgen nach Hause, egal wie. Meine Mutter hat einen Antrag gestellt, dass ich zurückkann, und das Jugendamt hat zugestimmt, unter der Voraussetzung, dass ich freiwillig zurückkomme. Sie ist mit den Nerven völlig am Ende. Fässi ist bei ihr. Fässis Haus haben sie jetzt schon zweimal durchsucht, weil sie dachten, wir wären dort.«

»Die sind so doof«, stellte Danny fest.

»Aber was macht denn Fässi bei deiner Mutter?«, fragte ich.

»Keine Ahnung, ich glaube, Fässi hat sie angerufen. Ich hab ihm damals, als wir bei ihm waren, ein wenig von mir erzählt und er meinte, er wollte mir helfen. Ich hab ihm die Nummer von meiner Mutter gegeben. Er hat übrigens gesagt, dass für dich das Gleiche gilt, Danny. Du kannst zu deiner Oma!«

»Toll, dass mich auch jemand fragt, was ich will«, sagte

Danny. »Vielleicht hab ich keinen Bock auf meine angeblich schwerhörige Oma?«

»Schade, ich hatte gedacht, wir könnten zusammen zurücktrampen morgen«, sagte Tommy.

»Guck es dir wenigstens mal an«, sagte Alex. »Wenn's zu schlimm wird, haust du einfach wieder ab.«

»Wieso meinen immer alle Leute, sie müssten sich um mein Leben kümmern«, murrte Danny.

»Das macht dein unwiderstehlicher Charme«, erwiderte Andreas grinsend.

»Oder dein Schwerstbehindertenausweis.«

Danny stürzte sich auf Alex, der das gesagt hatte, und sie prügelten sich. Wir anderen warfen uns nach und nach auf die beiden, natürlich war alles nur Spaß.

»Guck mal, diese Idioten, jetzt verprügeln sie sich auch noch gegenseitig!« Lars stand da, sichtlich betrunken, mit einer knapp bekleideten Schönheit im Arm. Wir wussten nicht, wie lange sie da schon gestanden hatten. Ich hatte Lars schon fast vergessen.

»Ihr seid echt das Letzte«, lallte Lars.

»Halt die Schnauze«, fuhr Alex ihn an, »wir machen nur Spaß.«

»Sie hauen sich aus Spaß die Köpfe ein, ist ja nicht schlimm, ist eh kein Hirn drin.«

Alex sprang auf und stand nur einen halben Schritt vor Lars.

»Was hast du gesagt?«, fragte Alex mit einem hasserfüllten Blick. Die Schönheit wollte Lars wegziehen, man brauchte die Sprache nicht zu verstehen, um mitzukriegen, was abging. Ich glaube, Liebe und Hass gibt es auf der ganzen Welt, die zwei Dinge brauchen keine Sprache, sie *sind* eine Sprache.

Lars wehrte die Schönheit ab.

»Ich hab gesagt, dass ihr asoziale Idioten seid. Hoffentlich verreckt ihr in der Gosse bei den Ratten. Dreck zu Dreck, das passt doch!«

Alex brauchte zwei Schläge, um Lars niederzuhauen.

»Lass den doch, das ist doch nur ein versoffenes Schwein«, beruhigte ich Alex.

»Er ist ein versoffenes, hinterhältiges Schwein«, verbesserte Andreas.

Die Schönheit half Lars beim Aufstehen und zerrte ihn weg. Er drehte sich noch zweimal um, drohte und beschimpfte uns, aber wir setzten uns einfach wieder ans Feuer.

Andreas machte eine Flasche Wein auf, die anderen käbbelten sich noch ein bisschen, aber ich dachte nach. Morgen wären also Danny und Tommy weg, blieben vier. Man konnte sich an fünf Fingern ausrechnen, wie lange Andreas Bock auf uns hatte. Basti war auch nicht der Typ, der es monatelang in einem fremden Land aushielt, blieben Alex und ich übrig. Dann hatten wir es ja tatsächlich geschafft, für zwei ganze Abende zusammenzubleiben.

Es war richtig dunkel geworden und vom Schein unseres Feuers wurden ein paar Spanier angezogen. Ein paar hübsche Frauen und Männer, ich wagte nicht, mich ihnen zu nähern, aus Angst, ihre Schönheit anzukratzen. Dafür näherten sie sich uns. Die Spanierinnen fuhren alle auf Andreas ab, das hatte es wohl noch nie gegeben, dass Alex und Tommy eine Abfuhr bekamen.

Andreas war sichtlich hilflos: Einerseits genoss er natürlich die Situation, andererseits sah er aber auch, dass Tommy und Alex immer ärgerlicher wurden.

Zum Glück kam noch eine Gruppe von fünf Franzosen, davon zwei Mädchen. Die stürzten sich direkt auf Alex und Tommy, für Andreas hatten sie nur ein mitleidiges Grinsen übrig. Die beiden Franzosen fuhren auf Danny ab und die Spanier bewunderten meine abgeschnittene Armeehose.

Die Spanier, egal ob weiblich oder männlich, schienen auf seltsame Vögel zu stehen. Sie hatten Gitarren dabei und die Franzosen sangen dazu laut und schrecklich. Wir tanzten um das Feuer und ein Spanier wirbelte mich in der Luft herum. Basti saß schmollend abseits, ich ging zu ihm hin.

»Ey, was ist los?« Wahrscheinlich lallte ich.

»Nichts, außer dass meine Freundin mit gut aussehenden Spaniern ihren Spaß hat, während sie ihren Freund heute noch keines Blickes gewürdigt hat!«

»Ey, es ist der letzte Abend, an dem wir alle zusammen sind. Verstehst du, es sind meine Freunde!« Ich durfte auf gar keinen Fall darüber nachdenken, sonst würde ich meine ganze gute Laune verlieren. Ich zog Basti hoch. »Jetzt feiere mit, du hast meine ausdrückliche Erlaubnis, dich heute Abend den süßen Französinnen und Spanierinnen zu widmen.«

Und siehe da, Basti konnte sich prächtig amüsieren.

Der eine Franzose fing an Feuer zu spucken und verbrannte sich den Bart dabei. Zum Glück bekamen wir ihn noch gelöscht, der Franzose lachte nur.

Dann sprangen wir pärchenweise über das Feuer, das sollte Glück bringen, behauptete zumindest Andreas. Wir waren alle sehr betrunken und müde. Wir bildeten einen Kreis ums Feuer. Die Franzosen stimmten ein Lied an und danach die Spanier, dann guckten sie uns an und warteten. Ein Spanier sagte etwas. »Wir sollen die Hymne unseres Landes singen«, übersetzte Andreas.

Wir sahen uns fragend an, es stellte sich heraus, dass sie niemand kannte. Andreas kannte zwar ein Lied, aber er wusste nicht so genau, ob es wirklich die Nationalhymne war. Es hieß *Ganz in Weiß* und Danny meinte, das wäre ein Hochzeitslied.

»Ach, bevor wir uns streiten, singen wir einfach unsere Hymne«, sagte Alex.

Das taten wir.

»*Wir sind Heimkinder, asoziale Heimkinder. Wir schlafen unter Brücken oder in der Bahnhofsmission. Wir sind Heimkinder, asoziale Heimkinder, wir reißen Bäume aus – hallihallo, wo keine sind.*«

Nachdem wir es dreimal gesungen hatten, konnten es die Franzosen und Spanier. Besonders das *Hallihallo* hatte es ihnen angetan. Hoffentlich lernten sie nicht irgendwann andere Deutsche kennen und sangen ihnen das Lied vor. Obwohl, andererseits wäre es bestimmt lustig, in so einem Schickimicki-Restaurant reichen Deutschen »Wir sind Heimkinder« vorzusingen.

Wir verabschiedeten uns wortreich und ein Spanier schenkte mir seine Armeemütze, dann machten sie sich auf den Weg.

19

Wir setzten uns ans Feuer und mir wurde seltsam zumute. Ich sah mir meine Freunde an. Wer von ihnen würde in einem Jahr wohl noch leben? Danny bestimmt, die war zu stolz, um nicht zu überleben. Tommy auch, er konnte zurück zu seiner Mutter und hatte damit alles, was er wollte. Basti sowieso, Leute, die in Geld ersticken, haben nichts mit dem Tod zu tun. Andreas war zu weich, der sprang irgendwann vor den Zug. Alex? Der war zu stolz, um sich was anzutun, der würde irgendwann umgebracht. Und ich glaube, ich auch.

»Die Weichen bringen sich um und die Harten werden umgebracht.«

Ich sagte es laut.

»Hör auf, so einen Scheiß zu reden!«, sagte Danny. »Wir werden alle uralt und werden noch Freunde sein, wenn wir Enkelkinder haben. Dann werden wir uns immer treffen und von den guten, alten Zeiten reden.«

Ob ich wohl später die Zeiten von heute mal gut fand?

»Ich hab euch ein paar Decken mitgebracht«, sagte eine Stimme hinter uns, es war Lars. Er trat ans Feuer. »Es tut mir Leid wegen vorhin, ich vertrag dieses Gesöff nicht.« Da war er nicht der Einzige. »Ich hab ein paar Stunden geschlafen, ich glaube, ich hatte einen Filmriss. Tut mir Leid, ich glaub, ich hab ziemlichen Müll erzählt.«

»Das kann man wohl laut sagen«, sagte Danny.

»Es ist schon O.K.«, sagte Alex, »kann jedem mal passieren. Danke für die Decken.«

Für mich war gar nichts in Ordnung.

»Wenn du uns so scheiße findest, warum hast du uns dann nach Spanien gebracht?«, fragte ich ihn.

»Ach, so scheiße seid ihr gar nicht, und warum ich euch hierher gebracht habe, hat andere Gründe, aber die gehen dich nichts an.«

Andreas guckte Lars zornig an und Basti senkte den Blick, als ich ihn fragend anschaute. Hier wurde mir etwas verheimlicht, aber ich spürte, es war der falsche Zeitpunkt, um Fragen zu stellen.

»O.K., ich lass euch jetzt mal alleine, ich bin ziemlich fertig, außerdem wartet da noch etwas Hübsches auf mich. Alles schein ich ja nicht verkehrt gemacht zu haben«, meinte Lars grinsend.

»Er ist trotzdem eine hinterhältige Drecksau«, sagte Andreas.

Ich hatte ihn immer noch nicht gefragt, warum er so sauer auf Lars war. Aber ich hatte jetzt keine Lust mehr, außerdem war ich völlig neben mir.

»Wir werden uns nie wieder sehen«, sagte ich. »Danny und Tommy, ihr habt's geschafft, an Mamis Herd zurückzukommen, Andreas und Basti hauen eh bald wieder ab und Alex und ich können hier in Spanien verrecken.« Ich war echt fertig.

»Ich hab nicht vor hier zu verrecken«, sagte Alex.

»Und ich gehe nicht zu meiner Mami, sondern zu meiner Oma, und da guck ich erst mal, vielleicht bin ich in drei Tagen wieder da. Hör auf in Selbstmitleid zu versinken. Wir sind Freunde für immer, das hab ich dir eben schon mal erklärt«, sagte Danny.

Es fing an zu dämmern, aber wir redeten immer noch darüber, dass wir für immer Freunde bleiben und uns eher umbringen lassen würden als uns zu verraten. Irgendwann schlief ich in Bastis Armen ein und träumte schrecklich.

Ich kniete auf einem Marktplatz, neben mir stand ein Polizist, der eine Waffe an meinen Kopf hielt.

Vor mir stand ein Richter. »Und ich frage zum letzten Male, wo ist Alex?«

Ich schwieg. Sie hatten mir die Hände nach hinten gefesselt. Ich wurde erschossen. Auf meiner Beerdigung sprachen meine Freunde darüber, wie toll ich war, und auf dem Grabstein stand: *Sie starb, weil sie schwieg*.

Ich wachte auf, es war unerträglich heiß. Basti hatte immer noch die Arme um mich gelegt. Ich sah auf Bastis Uhr, wir hatten elf. Ich zog mir die Armeehose und mein T-Shirt aus, darunter hatte ich den Badeanzug an, und ging ins Meer. Das tat gut. Wenn ich mal reich bin, möchte ich einen Swimmingpool haben, dachte ich mir. Dann fiel mir ein, dass ich ja in Spanien bleiben würde, und zum ersten Mal fand ich das richtig gut.

Als ich an den Strand zurückkam, war Andreas auf. »Hi, du hast eine richtig gute Figur«, meinte er.

Komplimente sind mir immer peinlich.

»Danke«, sagte ich verlegen, wahrscheinlich wartete Andreas darauf, dass ich ihm auch ein Kompliment machte, aber was sollte ich sagen, eine gute Figur hatte er nicht. Er war intelligent, aber das passte nicht. Man kann nicht auf den Satz ›Du hast eine gute Figur‹ antworten: ›Danke, und du bist intelligent.‹

Als Andreas merkte, dass mir das Schweigen peinlich wurde, sagte er: »Lass uns den anderen eine Freude machen und was zu essen kaufen!«

»Hast du Geld?«, fragte ich. Er schüttelte den Kopf. Ich ging zu Basti, drehte ihn herum, um an sein Portemonnaie zu kommen. Ich holte ein paar Scheine heraus, er blinzelte.

»Mann, du hast ja echt 'ne Traumfigur«, sagte er. So viele Komplimente am frühen Morgen.

»Ich bin gleich zurück, mein Schatz«, sagte ich und gab ihm einen Kuss.

Trotz meiner Traumfigur zog ich mir meine Klamotten an.

Im Dorf gingen wir wieder in den Laden, in dem wir am Vorabend schon waren, der Verkäufer freute sich. Wir kauften Brot, Käse und Oliven.

»Wir brauchen noch Kaffee«, sagte ich, »ohne den ist Alex nicht zu ertragen.«

»Du eigentlich auch nicht«, sagte Andreas. »Ich hab mich schon gewundert, wie ihr das aushaltet. Aber woher kriegen wir heißes Wasser?«

»Fragen wir doch einfach dort im Café nach heißem Wasser.«

Wir bezahlten und gingen schwer beladen zurück, kurz vorm Strand hielt Andreas mich zurück. »Scheiße«, sagte er.

Ich schaute genauer hin und sah, dass der Strand voller Polizei war.

»Scheiße«, sagte ich auch, »alles umsonst gekauft.«

Ein paar Meter weiter von uns stand ein Eisverkäufer, der die ganze Szene am Strand mit einem Fernglas beobachtete. Ich ging zu ihm hin und machte ihm mit Gesten klar, dass ich auch mal gucken wollte. Er gab mir das Glas. Durch das Fernglas sah ich, wie Basti in ein Polizeiauto stieg. Tommy und Danny standen dort mit Handschellen.

»Das war Verrat«, sagte Andreas.

»Aber wieso? Und wer sollte uns denn verraten haben? Auch Fässi wusste doch gar nicht, wo wir genau sind. Aber egal wer es war, er hat sich einen Batzen Geld verdient, nämlich zehntausend Euro.«

»Zehntausend Euro?«, fragte Andreas.

»Ja, es hat in der Zeitung gestanden«, sagte ich, »wusstest du das nicht?«

»Nein, sonst wären wir nämlich längst nicht mehr hier. Es ist sonnenklar, wer es war, Lars nämlich. Weißt du, dass Basti ihm zweitausend Euro gegeben hat, damit er euch hierher fährt?«

»Was?«, fragte ich ungläubig.

»Ja, ursprünglich sollte ich nämlich mitfahren, denn Lars hatte keinen Bock auf die Aktion mit dir. Als ich das erfahren habe, habe ich mich mit ihm gestritten und hab gesagt, ich fahre mit dem Zug. Basti hat ihm dann noch eintausend Euro gegeben, dass er dich mitnimmt!«

»Das war ja ein teurer Urlaub«, sagte ich.

»Und ein kurzer dazu«, fügte er hinzu, als wir angetippt wurden und die spanische Polizei vor uns stand. Die Polizisten schienen keine gute Laune zu haben, als sie uns sahen. Einer von ihnen, sie waren zu sechst, redete auf uns ein.

»Was will der?«, flüsterte ich Andreas zu.

»Deine Papiere.«

Das wollte die deutsche Polizei auch immer, so was nennt man dann also international. Ich zuckte mit den Schultern, das schien ihnen nicht zu gefallen und sie zerrten und schubsten an mir rum, als ob sie so die Papiere aus mir herausschütteln könnten. Andreas hatte seinen Ausweis abgegeben, der Polizist, der ihn mitgenommen hatte, kam wieder. Er sprach nun mit seinen Kollegen.

»Sie haben herausgefunden, dass wir zu den anderen gehören«, flüsterte Andreas.

Das war ja intelligent.

Der eine Polizist redete wieder.

»Wir sollen mitkommen«, sagte Andreas.

Zu zweit schleiften sie mich mit. Nicht jeder hat schon mal in einem spanischen Polizeiauto gesessen, dachte ich mir. Ich saß neben Andreas, vorne saßen zwei Polizisten. Sehr unvorsichtig, glaubte ich und versuchte bei einer roten Ampel die Tür aufzumachen. Es ging nicht. Die Polizisten vorne grinsten. Ich streckte ihnen die Zunge raus, da sagten sie etwas. Ich guckte Andreas an und war froh, dass er dabei war. Es ist echt blöd, in einem Land zu sein, in dem man nichts versteht. Man kommt sich vor wie ein taubstummes Gummibärchen.

»Du sollst nicht so frech sein, haben sie gesagt, sonst schlagen sie dich auf der Wache zusammen«, flüsterte Andreas.

Das waren keine guten Aussichten, aber ich glaube nicht, dass sie das durften. Irgendwo stand doch bestimmt auch im spanischen Gesetz, dass man fünfzehnjährige Mädchen nicht zusammenschlagen durfte.

Wir wurden in die Wache gebracht und setzten uns auf eine Bank. Kurze Zeit später kam Basti aus einem Verhörzimmer. Er setzte sich neben mich.

»Hi«, flüsterte ich, »alles klar?«

»Meine Eltern sind hier«, sagte er, »und du kannst ruhig laut reden, hier versteht uns eh keiner.« Er nahm meine Hand. »Da kommen sie. Sie haben sogar einen Dolmetscher mitgebracht.«

»Was machst du bloß, was machst du bloß?« Eine feine Dame stürzte sich auf Basti: »Wie haben sie dich bloß dazu gezwungen, mitzukommen, diese Banditen-Kinder?«, fragte sie schrill und kniete sich vor Basti. »Mein armer Junge.«

Banditen-Kind war ein cooler Ausdruck, so hatte mich noch nie einer genannt.

»Mich hat niemand gezwungen und ich bin kein armer Junge«, sagte Basti seelenruhig und hielt immer noch meine Hand fest.

»Was fällt dir bloß ein? Weißt du, was du deiner armen Mutter antust? Mit solchem asozialen Gesindel treibt sich mein Sohn rum, da wird die Presse sich ja freuen!«, brüllte Bastis Vater. »Ich versteh das nicht, was haben wir bloß alles falsch gemacht.«

Bastis Vater war ein großer, gut aussehender Mann mit braunen, zur Seite gekämmten Haaren, die beim Sprechen immer ins Gesicht fielen.

Basti schwieg.

Eine Tür öffnete sich und ich wurde hereingeholt. Im Zimmer waren fünf Beamte, wir schienen etwas Besonderes zu sein. Eine Frau durchsuchte mich und legte meinen Hosentascheninhalt auf den Tisch. Der bestand zum größten Teil aus Sand, ich musste grinsen. Sie sprachen zu mir, aber ich verstand kein Wort. Irgendwann merkten sie es und telefonierten. Ein paar Minuten später kam der Dolmetscher, den Bastis Eltern mitgebracht hatten.

»Sie wollen deine Daten«, übersetzte der Mann.

Ich sagte sie ihnen und konnte auf den Flur gehen. Bastis Eltern hatten sich richtig in Fahrt geredet, die Mutter kreischte weiter: »Warum tust du uns das an? Wir haben alles für dich getan. Du ziehst die ganze Familie in den Schmutz, was sollen die Leute von uns denken? Ein krimineller Sohn – hast du mal darüber nachgedacht, dass dein Vater Anwalt ist?«

Basti war fertig, man sah es ihm an.

»Können Sie ihn nicht mal in Ruhe lassen?«, fragte ich.

Die Mutter sah mich an, als wäre ich von Sinnen.

»Was will denn die dreckige Göre?«, fragte der Vater. In dem Moment öffnete sich die Zimmertür und Basti wurde hereingerufen, die Eltern kamen mit.

Basti möchte ich jetzt nicht sein, dachte ich.

Ich wurde wieder hereingeholt. Der Dolmetscher war zum Glück noch da.

»Sie sagen, dass du in Deutschland mit einem Haftbefehl gesucht wirst«, übersetzte er, »und dass ihr heute Nachmittag alle zum Flughafen gebracht und nach Deutschland geflogen werdet.«

Scheiße, ich hatte ganz vergessen, unter welchen Umständen ich aus Deutschland abgereist war. Haftbefehl – meine Zukunft sollte ich also hinter Gitterstäben verbringen und die waren leider nicht rostig. Wir gingen wieder auf den Flur, wo auch schon Danny, Tommy und Andreas saßen.

»Wo ist Alex?«, fragte ich die beiden.

»Den haben sie alleine mit dem Wagen weggeschafft, ich habe ihn noch nicht hier gesehen«, sagte Danny.

Ich machte mir Sorgen.

»Andreas, kannst du nicht mal die Polizisten fragen, wo Alex steckt?«

»Das habe ich schon gemacht, die geben keine Auskunft.«

Basti kam mit seinen Eltern aus dem Zimmer, zwei Beamte begleiteten sie. Bastis Vater schüttelte den beiden die Hand, dann gingen die Polizisten in ihr Büro zurück.

»Ich fliege mit meinen Eltern zurück«, sagte Basti und gab mir einen Kuss. »Ich kann nichts machen, sie wollen es so.«

»Die Welt ist eben doch schwarz und weiß, wir haben halt nur eine Zeit lang geglaubt, dass wir sie blau kriegen würden«, sagte ich zu ihm.

»Danke«, sagte er und gab mir noch einen Kuss. Er hatte Tränen in den Augen. »Wir werden uns wiedersehen, ich schwöre es dir«, sagte er.

Ich hasse es, wenn Jungen heulen, aber irgendwie tat er mir auch Leid.

»Es ist nicht schlimm«, sagte ich und musste gegen meine Tränen ankämpfen.

»Wir werden uns wiedersehen«, sagte er noch mal.

»Sebastian, komm endlich«, sagte sein Vater, »das Taxi wartet nicht ewig.« Er packte seinen Sohn an der Schulter und wollte ihn mitnehmen.

Basti riss sich los und brüllte: »Alles macht ihr einem kaputt, ich liebe dieses Mädchen, was kann sie dafür, dass sie so ein Scheißleben hat?«

»Du musst das verstehen, du gehörst zu uns und das ist nicht unsere Welt.« Mehr fiel seinem Vater dazu nicht ein.

Basti wischte sich die Tränen aus dem Gesicht und ging zur Tür, dort drehte er sich noch einmal um, sah mich an und hob die Hand. Das war kein Bild für Hollywood, das war die Hölle. So verloren und am Ende hatte ich selten jemanden gesehen. Es brach mir fast das Herz, aber mir fehlten die Worte.

Wir wurden mit zwei Wagen zum Flughafen gebracht und ins Flugzeug gesetzt. Ein paar Reihen vor uns saß Alex, wir begrüßten uns schweigend. Zum Abschied gab uns einer der Polizisten unseren Einkauf vom Morgen zurück. Das war eine tolle Erinnerung an den ersten Urlaub meines Lebens, dachte ich, als ich die Dose mit dem löslichen Kaffeepulver in der Hand hielt.

Am Flughafen wurden wir erwartet. Tommys Mutter stand dort mit Fässi und Andreas' Onkel. Alex' Vormund wartete abseits neben meinem Vormund, sie tranken Cola und unterhielten sich.

»Hallo!« Alle freuten sich einander wiederzusehen, bis auf unsere Vormünder.

Alex' Vormund kam auf uns zu.

»Hallo, Alex, ich habe nicht viel Zeit. Du bist aus der Jugendhilfe entlassen, wir müssen deine Sachen aus dem Heim abholen, ich wusste nicht, wohin ich sie schicken sollte. Du hast es dir selber eingebrockt, mein Junge, ich habe dich oft genug gewarnt. Aber ich war zum Schluss der Einzige auf weiter Flur, der dich behalten wollte, und du bist mir nicht ein einziges Mal entgegengekommen, jetzt ist es zu spät.«

Ich glaube, an Alex ging die ganze Rede vorüber, ohne dass er ein Wort begriffen hatte, er verabschiedete sich von uns und

Fässi sagte ihm, dass er auf jeden Fall bei ihm unterkommen könne.

»Danny, wir nehmen dich erst mal mit zu uns«, sagte Tommys Mutter. »Deiner Oma geht's nicht so gut, das Jugendamt ist einverstanden.«

»Wie, zu uns?«, fragte Tommy verwundert.

»Ja, nicht nur ihr seid gut für Überraschungen«, antwortete Fässi, »auch wir können das. Deine Mutter und ich haben uns ein Haus in der Stadt gemietet. In derselben Stadt, in der Andreas' Onkel wohnt. Mit viel Platz für uns alle.«

»Küsst euch mal, morgen ist das Baby da«, sang Danny.

Tommys Mutter musste lachen. »Nein, nein, drei Jungen reichen mir.«

»Vielleicht würde der vierte wenigstens was«, sagte Tommy traurig.

»Red nicht so einen Unsinn«, sagte Tommys Mutter und nahm ihn in den Arm.

Mein Vormund drängte: »Ich hab nicht ewig Zeit«, sagte er, »ich hab schließlich noch andere Jugendliche, um die ich mich kümmern muss!«

»Stimmt, sechsundachtzig waren es doch, oder?«, fragte ich.

Er wurde wütend.

»Jetzt komm sofort mit, du hast noch einen Termin bei der Polizei.«

»Was soll sie denn da?«, fragte Fässi.

»Auch wenn es Sie nichts angeht, aber dieses junge Fräulein hat, um aus dem Heim herauszukommen, einem Erzieher die Flasche von hinten auf den Kopf geschlagen, so dass er bewusstlos wurde, und ihm den Schlüssel geklaut. Wissen Sie, wie man das nennt?«

»Notwehr?«, fragte Fässi.

»Machen Sie sich nicht lustig, ich weiß nicht, ob das eine gute Entscheidung war, die zwei Jugendlichen in Ihre Obhut zu geben«, sagte mein Vormund.

»Also, mich müssen die nicht bewusstlos schlagen, wenn sie rauswollen«, sagte Fässi.

Mein Vormund guckte ihn böse an und sagte nichts.

»Aber was soll denn jetzt mit ihr passieren?«, fragte Andreas' Onkel.

Ich kam mir vor wie ein lebloses Schaufensterpüppchen und die anderen entschieden, an welchem Platz ich stehen sollte.

»Das weiß ich nicht, sie kann froh sein, wenn sie bis zur Gerichtsverhandlung nicht in Untersuchungshaft kommt. Ich habe heute mit fast dreißig Einrichtungen gesprochen, aber niemand war an der jungen Dame interessiert, alle haben die Befürchtung, dass das Chaos ausbrechen würde, wenn sie kommt.«

Ich grinste, das war ja echt mal 'ne Auszeichnung.

»Sie kann zu uns«, sagte Fässi, »es ist genug Platz da.«

»Dann kann ich sie ja direkt einer Terroristengruppe übergeben!«

»Passen Sie auf, was Sie sagen«, sagte Tommys Mutter.

»Wir müssen jetzt gehen«, sagte mein Vormund.

»Wenn du Hilfe brauchst, ruf mich an«, rief Fässi mir hinterher. Mein Vormund hatte mich ziemlich brutal am Arm gepackt und mitgezogen. »Meine Nummer hast du ja, oder?«

Ich drehte mich um. »Nein«, rief ich.

Normalerweise hätte ich versucht mich zu wehren, aber ich hatte schon genug Ärger am Hals, und wer weiß, wo man hingesperrt wird, wenn man seinen Vormund gegen das Schienbein tritt.

Mein Vormund ging schneller, er hatte es anscheinend sehr

eilig, und hatte meinen Arm immer noch gepackt. Ich stolperte mit Mühe und Not hinterher. Er hatte seinen Wagen vor dem Flughafengelände abgestellt, im Halteverbot. Als er das Knöllchen sah, schimpfte er auf die Jugendlichen, die ihm das Leben zur Hölle machen würden. Was konnte ich denn für das Knöllchen? Wir fuhren endlich los, mein Vormund schwieg während der fast einstündigen Fahrt, ich rauchte eine Zigarette nach der anderen.

Im Polizeirevier sagte mein Vormund, ich solle warten und mich benehmen. Er ging zu einem Beamten, fragte etwas und ging dann weg. Ich setzte mich auf einen Stuhl und benahm mich. Was hätte ich sonst tun sollen? Schmutzige Witze erzählen, mich nackt ausziehen oder gegen die Wände spucken? Nach einer halben Ewigkeit kam er mit zwei Beamten zurück.

»Tja«, sagte der eine Polizist mit gezwirbeltem Schnauzer, »das sieht ja nicht so gut aus.«

Dann kam nichts mehr, ich hasse es wirklich, wenn Erwachsene so reden. Was sah nicht gut aus, das Wetter, meine Zukunft oder meinte er meine Frisur? Ich hielt die Klappe, mein Vormund natürlich nicht.

»Sagen Sie ihr das ruhig, auf mich hört sie ja nicht!«

»Vielleicht ist es ja besser, wenn wir uns mal alleine mit ihr unterhalten«, sagte sein Kollege. »Würden Sie dann vielleicht draußen Platz nehmen?«

Mein Vormund ging nach draußen.

»Und wie war's in Spanien?«, fragte mich der andere Polizist, er trug eine Brille.

Ich zuckte mit den Schultern, sie sollten zur Sache kommen. Oder vielleicht lieber doch nicht? Ich hatte furchtbare Angst und sah meine Zukunft … hinter Gittern.

»Na, dann erzähl mal, wie dir deine Flucht gelungen ist.«
»Ach, ich habe die Wasserflasche genommen, sie dem Erzieher auf den Schädel gehauen, und als der sich nicht mehr rührte, hab ich mir den Schlüssel genommen und bin abgehauen.«
»Und das hast du ganz allein gemacht?«, fragte der Schnauzer.
»Ja.«
»Und der Erzieher war alleine?«
»Ja, sein Kollege hat mit seiner Frau im Büro telefoniert.«
»Woher weißt du das?«
»Ich hab das Gespräch der beiden gehört, vorher.«
»Weißt du noch, wie spät es war?«
»Kurz vor eins.«
»Bist du sicher?«
»Ja.«
»Die Wasserflasche, war die gefüllt oder leer?«, fragte mich der mit der Brille.

Ich zündete eine Zigarette an und dachte nach, es fiel mir nicht mehr ein. Ich hätte schreien können vor Wut, irgendwas sagte mir, dass da was war, aber ich wusste nicht mehr, was. Wie konnte man nur so doof sein wie ich und so etwas vergessen.

»Sie war leer«, sagte ich nach einer Weile.
»Bist du sicher?«
»Nicht so ganz.«
»Du musst doch wissen, ob die Flasche leer oder voll war. Eine leere Flasche ist doch viel leichter als eine volle.«

Da erinnerte ich mich daran, was Eric damals zu Pit gesagt hatte. Ich musste an eine Bibelstelle denken, die ich mal gelesen hatte: *Und nach dem dritten Hahnenschrei erinnerte sich*

Petrus. Ich wusste nicht mehr, um was es da ging, aber diese Bibelstelle schwirrte in meinem Kopf. Ich konnte nicht mehr, ich wollte hier raus.

»Also?«, fragte mich der Schnauzer.

»Sie war voll.«

»Bist du sicher?«

»Ja.«

»Und wieso hast du erst gesagt, dass sie leer war?«

»Ich hab nicht richtig nachgedacht.«

»Und du hast das alles allein gemacht?«

»Sagte ich doch schon.«

»O. K.«

Ich unterschrieb ein Papier, das ich mir nicht durchlas.

»Dann geh schon mal raus, wir müssen uns noch einmal mit deinem Vormund unterhalten.«

Ich setzte mich draußen an die Wand direkt neben der Tür und verstand jedes Wort.

»Wie hoch ist die Fluchtgefahr?«, fragten sie meinen Vormund.

»Die haut ab, wenn sie nur die geringste Chance hat. Außerdem ist der Anführer der Clique, wir haben ihn aus der Jugendhilfe rausgeschmissen, ein ziemlich schwerer Junge. Wenn der hört, dass sie hier Schwierigkeiten hat, kommt er und hilft ihr. Und die anderen der Clique sind auch nicht zu verachten. Ich bin froh, dass wir die los sind.«

»Dafür haben wir sie bald auf dem Hals«, brummte der Schnauzer. »Wir werden sie heute Nacht hier behalten und morgen dem Haftrichter vorführen. Ich denke, er willigt ein sie in Untersuchungshaft zu bringen, wegen Fluchtgefahr.«

»Vielen Dank«, schleimte mein Vormund, »mir fällt ein großer Stein vom Herzen. Ich hätte echt nicht gewusst, wohin mit ihr. Sogar ihre alte, geschlossene Einrichtung wollte sie nicht mehr haben. Sie wäre da nach dieser Geschichte die absolute Heldin, hat der Arzt zu mir gesagt.«

20

Ich wurde in eine Gefängniszelle gebracht und schlief sofort ein. Am nächsten Mittag bekam ich einen Pflichtverteidiger, eine halbe Stunde bevor ich dem Haftrichter vorgeführt wurde. Er war ein kleines, nervöses Hemd, das sich nicht traute mir in die Augen zu gucken, dafür schenkte er mir ein Päckchen Zigaretten. Er blätterte in einer Akte rum und sagte ab und zu »mmh – mmh«.

Dann klappte er die Akte zu, auf der mein Name stand, und sagte: »Da kann man wohl nicht so viel machen.«

Das war ja sehr ermutigend.

»Hoffentlich ist dein Richter pünktlich, ich hab heute noch fünf andere Fälle. Die sind genauso hoffnungslos.«

Das war's dann wohl.

Von der Verhandlung bekam ich nichts mit. Ich stand neben mir. Irgendwie war das alles nicht mehr so lustig, ich fühlte mich schrecklich allein. Im Gefängnisbus dachte ich nach. Alex hätte das alles locker genommen. Danny und Tommy ließen sich verwöhnen und Andreas tüftelte bestimmt an irgendwas herum, und Basti, was mit dem war, wusste ich nicht. Sie würden mich alle vergessen und irgendwann würde ich im Gefängnis sterben. Es würde keiner mehr meinen Namen wissen.

»Wie die heißt, wissen wir nicht«, würde die Gefängniswärterin dann sagen, »die kam vor zwanzig Jahren hier an, die hat niemand besucht und die hat auch keine Post bekommen.«

»Ach, dann braucht sie auch kein Grab«, würde der Pfarrer sagen.

Reiß dich am Riemen, dachte ich. Denk an was anderes, niemand wird für zwanzig Jahre eingesperrt. Aber wenn man mich da vergessen würde? Ich biss mir in die Hand, bis ich fast vor Schmerzen schrie. Was tat man mit Leichen, die man nicht vergrub und die keiner haben wollte? Vielleicht schmiss man die ins Meer. Wir kamen im Gefängnis an und ich wurde in eine Zelle gelegt, in der schon ein Mädchen war. Sie war groß und viel älter als ich und sie sah sehr, sehr stark aus.

Wir mussten den ganzen Vormittag in der Zelle bleiben und auch dort essen. Das Essen schmeckte grausam. Am Nachmittag hatten wir eine Stunde Freigang im Hof. Mir ging es immer dreckiger. Wie lange ich wohl hier bleiben musste? Angela, das Mädchen aus meiner Zelle, meinte, bis zur Gerichtsverhandlung, das würde so drei Monate dauern. Drei Monate mit ihr in der Zelle, allein die Vorstellung war die reinste Hölle. Das war die Strafe für Verbrecher, aber ich fühlte mich nicht als Verbrecher. Verbrecher waren doch nicht so jung und hilflos.

In den nächsten Tagen lernte ich Zigarettendrehen und konnte irgendwann Angela nicht mehr sehen. Tagtäglich, Stunde um Stunde Angela, es war furchtbar. Ich schlief viel und las die Bibel, was anderes gab's nicht. Einmal am Tag durfte man sich für zwei Stunden in andere Zellen einschließen lassen, aber das wurde auch langweilig. Es waren immer die gleichen Geschichten. Nach zweieinhalb Wochen bekam ich Besuch.

»Dein Anwalt«, sagte der Wärter.

»Was will der denn?«, fragte ich.

Ich dachte an meinen Pflichtverteidiger. Im Besuchsraum saß ein Mann, ich schätzte ihn auf Ende dreißig, mit einer runden Brille. Ich dachte, für den Job müsste man schütteres oder graues Haar haben.

»Hallo, schöne Grüße von Fässi.«

Sie hatten mich doch nicht vergessen.

»Wie geht's dir?«

Das war die richtige Frage am falschen Ort, ich schwieg.

»Es hat ein wenig gedauert, bis ich die Akte hatte, wenn du willst, kümmere ich mich jetzt um dich.«

»Aber ich hab kein Geld«, sagte ich.

»Aber du hast Freunde. Ich denke, dass ich dich hier, so wie ich das in der Akte sehe, in zwei, drei Tagen draußen habe. Deine Freunde sind bereit, für dich eine Kaution zu bezahlen. Du darfst dann bis zur Gerichtsverhandlung bei Fässi bleiben. Dein Vormund ist damit einverstanden, ich habe heute mit ihm zwei Stunden telefoniert.«

Ach, auf einmal ging es also doch.

»Ich muss dir leider noch etwas Trauriges mitteilen!«

Der Anwalt sah mich durch seine runde Brille an.

»Ja?«

»Dein Freund Basti hat sich gestern umgebracht.«

Ich schluckte.

»Es tut mir Leid«, sagte er.

Wieso tat ihm das Leid, hatte er ihn umgebracht? Denk nicht dran, sagte ich mir hunderttausend Mal, wenn das alles hier vorbei ist, würde ich nachdenken.

»Sagen Sie, wie lange muss ich ins Gefängnis?«

»Das kommt darauf an. Du sagst, du hättest die Tat alleine begangen, die Polizei bezweifelt das!«

»Ich war's aber alleine.«

»Vielleicht wäre es ganz gut, wenn du an den Erzieher einen Brief schreiben würdest, in dem du dich entschuldigst. Meinst du, du schaffst das?«

»Ich werde es versuchen.«

»Ich werde dich dann hoffentlich in spätestens drei Tagen abholen«, sagte er und stand auf.

Ich ging zurück in meine Zelle, auf dem Weg fragte ich den Wärter nach einer Zeitung.

»Du weißt doch, dass ich das nicht darf.«

»Ich dachte nur, ach, ist auch egal.«

Zum Mittagessen bekam ich drei Päckchen Zigaretten, eine Zeitung, Papier und einen Kuli. Ich blätterte die Zeitung durch, auf der vorletzten Seite – es war nicht so ein Klatschblatt – fand ich, was ich suchte.

Sohn des berühmten Millionärs Rechtsanwalt Peters erhängte sich in der elterlichen Villa

Gestern Abend gegen 18 Uhr machte die Frau des Rechtsanwaltes Peters einen grausigen Fund. Sie fand ihren eigenen Sohn Sebastian (16) erhängt im Dachstuhl. Die Eltern erlitten einen Schock. Die Gründe für den Selbstmord liegen im Dunklen. Der Vertreter der Familie dementierte Gerüchte, dass die Tat im Zusammenhang mit Kontakten des Jugendlichen zu einer kriminellen Jugendbande stünde. Anfang Juni hatte Sebastian gemeinsam mit der Jugendgang das Auto des Vaters gestohlen. Mit einem der beteiligten Mädchen hatte Sebastian eine Liebesbeziehung. Nach zwei Tagen Flucht wurden die Jugendlichen in Spanien von der Polizei aufgegriffen. An-

schließend hatte Peters seinem Sohn jeglichen Kontakt zu der Gang verboten. Das Mädchen sitzt bis heute in der Bundesrepublik in Untersuchungshaft, die anderen sind auf freiem Fuß.

Ich legte mich aufs Bett und betrachtete meinen Ring.

Basti war tot und ich war schuld. Hätte ich ihm *doch* sagen sollen, dass ich ihn liebte? Ich sah noch genau die Situation vor mir, wie er sich mit seinem Vater gestritten hatte. Dieser Blick von ihm auf dem spanischen Polizeirevier, so verloren und einsam. Das würde mich den Rest meines Lebens verfolgen. Basti war ein Träumer gewesen, er hatte einen falschen Traum in einer Welt, in die Träume nicht passten.

Unsere Welt, die Welt der Jungen und Mädchen aus den Heimen, hatte keinen Platz für Träume, sie ließ uns keine Zeit dazu. Wir lebten wie batteriebetriebene Männchen. Solange die Batterie voll war, liefen wir, wenn die Batterie leer war, waren wir tot.

Ich weiß nicht, wie es in Bastis Welt war, aber ich glaube, Träumer konnte man dort auch nicht gebrauchen. Vielleicht hätte er sich nicht umgebracht, wenn er uns nicht kennen gelernt hätte, wir waren viel zu real für ihn.

Träumer glauben an Gerechtigkeit, zumindest Basti hatte daran geglaubt. Als er uns kennen lernte, musste sein Glaube zusammengebrochen sein. Ich glaube, das hat ihn auch das Leben gekostet.

Ich war fertig, jetzt hatte ich noch einen Menschen auf dem Gewissen.

Um mich abzulenken, versuchte ich den Brief an den Erzieher zu schreiben.

»*Sehr geehrter Erzieher, ich soll Ihnen schreiben, dass es mir Leid tut mit der Flasche auf Ihrem Kopf.*«
Mist, ich wusste noch nicht mal, wie der Typ hieß.

»*Sehr geehrter Herr Erzieher, es tut mir Leid, dass ich Ihnen die Flasche auf den Kopf gehauen habe, aber es ging nicht anders. Ich brauchte den Schlüssel. Nehmen Sie es nicht persönlich, es hätte auch jeden anderen treffen können.*«
Das hörte sich auch doof an, ich zerknüllte den Zettel.

»*Sehr geehrter Herr Erzieher, es tut mir Leid, dass ich Ihnen die Flasche auf den Kopf gehauen habe. Ich habe gehört, dass es Ihnen wieder gut geht, und so schlimm habe ich ja gar nicht zugehauen. Meine Freundin Angela hat gesagt, wenn man richtig feste zuhauen würde, könnte der andere sterben.*«

Ich nahm die beiden anderen Zettel und legte sie zusammen, sollte sich der Anwalt den besten aussuchen. Die nächsten Tage lag ich nur im Bett, sagte nichts, aß nichts und trank nichts. Ich konnte einfach nicht mehr. So langsam konnte ich Alex verstehen, warum er damals fast ein halbes Jahr geschwiegen hatte. Ich fühlte mich einfach tot, leblos wie eine Puppe. Am dritten Tag kam abends der Gefängnispsychologe in unsere Zelle.
»Du wirst morgen früh entlassen«, sagte er, »aber wenn du reden willst, ich hab jetzt ein wenig Zeit.«
»Nein, gehen Sie zu denen, die es nötiger haben«, sagte ich.
Am nächsten Morgen wurde ich aus der Zelle geholt, ich durfte mich von den anderen verabschieden.

»Schreib mir mal«, sagte Angela.

Ich versprach es, aber ich wusste, dass ich es nicht tun würde, und sie wusste es auch.

Im Gefängnisbüro wartete mein Anwalt. Ich zog mir meine Klamotten an, die mir zurückgegeben wurden, und nahm meine Dose mit dem spanischen löslichen Kaffee entgegen.

»Mehr hattest du nicht?«, fragte mein Anwalt.

»Nein.«

»Das wird aber ein wenig kalt«, sagte er und sah mich an. Ich trug meine abgeschnittene Armeehose, ein T-Shirt und die Militärmütze.

»Egal«, sagte ich.

»Draußen warten Journalisten, du bist ein wenig berühmt, weißt du das? Du musst ihnen keine Fragen beantworten und verdecke am besten dein Gesicht!«

Er gab mir seine Anzugjacke. Draußen stürzten sich wirklich die Journalisten auf mich. Sie machten eine Menge Fotos, ich konnte fast nichts sehen, da ich die Jacke über meinem Kopf hatte, sie schrien mir Fragen entgegen. Eine Journalistin kam ganz nah an mich heran und schrie hysterisch.

»Stimmt es, dass du ein Verhältnis mit Sebastian Peters gehabt hast?«

Ob Danny, wenn sie erwachsen war, wohl auch so klingen würde? Mein Anwalt zog mich weg und wir erreichten das Auto. Sie klebten sogar noch an der Windschutzscheibe, erst als mein Anwalt den Motor anließ und losfuhr, stoben sie auseinander.

»Wie lange wird das denn so gehen?«, fragte ich ihn.

»Ach, so was ist nicht von langer Dauer, es ist halt eine Aschenputtelstory, nur mit einem traurigen Ende. Ein paar Wochen vielleicht. In zwei Stunden ist die Beerdigung von Sebastian, deine Freunde wollen dorthin, du auch?«

»Ich glaube schon«, sagte ich.

»Sollen wir vielleicht erst mal was frühstücken gehen?«, fragte der Anwalt mich.

»Haben wir denn so viel Zeit?«, fragte ich.

Er hatte bestimmt auch nur so hoffnungsvolle Fälle wie der Pflichtverteidiger.

»Ja, mach dir darüber keine Gedanken, wenn ich sie nicht hätte, würde ich sie mir einfach nehmen!«

Ich stellte mir einen kleinen, pickligen Jungen vor, der sehnsüchtig im Gefängnis auf seinen Anwalt wartet.

»Aber wartet nicht irgendein anderer Fall noch auf Sie?«

»Erst in drei Stunden und da kann ich ruhig später kommen, er wartet nicht im Gefängnis auf mich. Die meisten meiner Klienten haben so viel Geld, dass sie nicht im Gefängnis sitzen müssen.«

Wir hielten an einem Café an, ich hatte die Anzugjacke meines Anwalts an. Das sah wohl komisch aus, aber es war mir egal. Die Bedienung war sehr nett, sie brachte mir eine Riesentasse Kaffee mit einem Schluck Kakao und warme Brötchen. Ich aß so viel wie lange nicht mehr, mit jedem Brötchen mehr merkte ich, was ich eigentlich für einen Hunger hatte. Nach dem sechsten Brötchen konnte ich nicht mehr und dann fiel mir ein, dass ich gar kein Geld hatte. Das war echt peinlich, ich meine, außer dass er mein Anwalt war, kannte ich diesen Typen doch überhaupt nicht.

»Ähem, Entschuldigung, können Sie mir vielleicht ein wenig Geld leihen, ich hab grad keins bei mir. Sie kriegen es später zurück, wirklich.« *Ich hab grad keins bei mir*, ich hatte nie Geld bei mir, außer wenn ich welches geklaut hatte.

»Mach dir keine Sorgen«, sagte er, »ich setz das von der Steuer ab.«

»Was, heißt das, dass Sie das hier nicht bezahlen müssen?«, fragte ich,

»Stimmt ja, du bist ja erst fünfzehn. Wenn man sich dein Leben so anschaut, denkt man, man müsste dir nichts mehr erklären.«

»Erklären Sie es mir bitte trotzdem, aber nicht so kompliziert«, bat ich ihn.

»Ich bekomme das Geld nachher wieder, vom Staat. Man nennt das, was wir hier machen, Geschäftsessen.«

»Was haben eigentlich die reichen Leute gemacht, wenn sie einen Anwalt brauchen?«, fragte ich.

»Ach, meistens geht es um Geld.«

»Wie, die machen auch Einbrüche?«

»Nein, die machen das anders. Sie füllen Papiere falsch aus, damit der Staat nicht merkt, dass sie so viel Geld haben!«

»Das versteh ich nicht.«

»Die reichen Leute müssen mehr Steuern an diesen Staat zahlen als die Armen. Jeder Erwachsene muss am Ende des Jahres eine Steuererklärung ausfüllen, in der drinsteht, was er im Jahr verdient hat. Dann sagt das Finanzamt ihm meistens, dass er nicht genug gezahlt hat, aber manchmal auch, dass er was wiederbekommt!«

»Ach, und die reichen Leute schreiben dann die falschen Zahlen hin, damit sie nichts bezahlen müssen.«

»Zum Beispiel, aber es geht auch anders. Die sind manchmal sehr raffiniert, doch zum Glück machen das nur ein paar, die meisten sind ehrlich oder werden nicht erwischt. Ein paar ziehen in Länder, wo das Finanzamt nichts von ihnen haben will.«

Das hörte sich echt kompliziert an, wahrscheinlich stellten die reichen Leute extra jemand ein, der so was austüftelte, und der kostete dann mehr als das, was die reichen Leute eigentlich zahlen müssten. Auch egal, zumindest mir konnte es egal sein.

»Ach, ich hab das für den Erzieher geschrieben, drei Sachen, das Beste können Sie sich ja dann aussuchen und ich schreib es ordentlich ab!« Ich gab ihm die zerknüllten Blätter, er strich sie glatt und las sie. Dabei grinste er.

»Wir reden später darüber. Wenn du pünktlich zur Beerdigung willst, müssen wir jetzt los. Wir fahren noch mindestens eine Stunde.«

»Sie wollen mich zur Beerdigung fahren?«

»Ja, wie willst du denn sonst dahin kommen?«

»Ich dachte, Sie sagen mir, wo sie ist, und ich trampe dann dorthin.«

»Mit meiner Anzugjacke?«

»Die kriegen Sie doch jetzt wieder.«

»Meinst du, ich hab dich aus dem Gefängnis rausgeholt, damit du an einer Lungenentzündung stirbst?«

»Ach, ich klau mir einfach eine neue Jacke.«

»Verstehst du das nicht? Du sollst weder klauen noch sterben, O. K.?«

»Aber kein Richter der Welt verurteilt mich, nur weil ich eine Jacke klaue, wenn es mir kalt ist. Das ist ein Menschenrecht.«

»Bist du immer so kompliziert?«

»Ich glaube, für Erwachsene schon.«

»Na komm, lass uns fahren, du Nervenmonster.«

Wir stiegen ins Auto und fuhren los, irgendwann war er auf der Autobahn. Er hatte das Radio angemacht und sang mit. Ein verrückter Kerl, wirklich.

»Sei mal bitte kurz ruhig«, sagte er.

Ich hatte schon seit einer Dreiviertelstunde nichts mehr gesagt. Er machte die Musik aus und telefonierte.

»Ja, tut mir Leid, Herr Breitenbach, aber ich muss den Termin heute absagen, mir sind wichtige Termine dazwischengekommen.«

Dann sagte er eine Weile gar nichts.

»Ihnen ist das auch recht, ja, dann passt das ja. Rufen Sie doch in den nächsten Tagen in meiner Kanzlei an und vereinbaren Sie einen Termin, ja?« – »Idiot«, sagte er, als er aufgelegt hatte.

»Was für wichtige Termine haben Sie denn?«, fragte ich.

»Ach, ich habe mir gedacht, ich komme mit zur Beerdigung. Erstens deinetwegen und zweitens möchte ich meinen alten Kumpel Fässi noch mal sehen.«

»Woher kennen Sie den eigentlich?«

»Ach, Fässi ist ein alter Freund von mir, er ist zwar ein Spinner, aber ein liebenswerter.«

»Ihr seid Freunde?«, fragte ich und schaute ihn irritiert an. Dieser Anwalt und Fässi, ich konnte mir keinen größeren Unterschied ausmalen.

»Ja, guck nicht so ungläubig. Wir verstehen uns sogar sehr gut, obwohl mich Fässi oft beschimpft und ich ihn für einen Spinner halte. Du und Basti seid euch ja auch nicht ähnlich gewesen, oder?«

Das stimmte.

»Ich mag Fässi, er macht nur das, was er wirklich will, egal was dabei herauskommt und was die Leute davon halten.«

Mein Anwalt parkte sein Auto und wir gingen zum Friedhof hinüber. An der Friedhofsmauer standen meine Freunde. Fässi war auch dort.

Sie hatten ein Bettlaken dabei, auf dem stand: Basti, in unseren Herzen stirbst du nie. Das kam bestimmt aus irgendeiner von Dannys Zeitschriften. Ich fand das superkitschig. Alex stand auch dabei, ich hatte ihn erst nicht erkannt. Die Haare hingen ihm ins Gesicht und er hatte abgenommen. Er nahm mich in den Arm und sagte nichts. Wir blieben lange so dort stehen.

»Lass uns gehen«, sagte Danny, »sonst verpassen wir die gesamte Begräbnisfeier.«

»Ich glaube, Basti wäre das egal«, sagte Tommy.

»Mir aber nicht«, sagte ich, dann gingen wir los.

Der Friedhof war nicht sehr groß und wir sahen schon von weitem die Beerdigung. Danny und Tommy gingen mit dem Transparent voraus und wir anderen trotteten hinterher. Als wir ankamen, drehten sich alle nach uns um. Wir gingen einmal um die gesamte Beerdigungsgesellschaft herum und stellten uns am anderen Ende des Halbkreises auf. Ich erkannte Klassenkameraden von Basti wieder, ein paar von ihnen stellten sich zu uns, sehr zur Missbilligung von Bastis Mutter. Sie schaute uns während der ganzen Beerdigungszeremonie verächtlich an. Natürlich war allen anderen auch aufgefallen, dass hier etwas nicht stimmte, und es wurde unter der vornehmen Gesellschaft getuschelt. Ich versuchte dem Pfarrer zuzuhören und Alex hielt mich immer noch im Arm.

»Ihr habt meinen Sohn in den Tod getrieben«, schrie Bastis Mutter nach der Feier und zeigte auf uns. »Ihr Asozialen, er war so ein Lieber, und nur weil er euch kannte, ist er jetzt tot. Wieso nicht einer von euch? Euch vermisst doch eh keiner, ihr seid Abschaum! Mein armer, kleiner Basti, warum du nur, du mein einziges Kind?«

»Hören Sie doch auf, das sind doch noch fast Kinder, die trauern doch auch«, versuchte der Pfarrer zu beruhigen.

»Kinder«, schrie Bastis Mutter hysterisch, »das sind Verbrecher. Wegsperren sollte man die!«

Ich glaube, langsam wurde es Bastis Vater zu viel, er nahm seine Frau und zerrte sie fort. Nach und nach gingen jetzt auch die anderen Leute, nicht ohne uns vorher noch einen giftigen Blick zugeworfen zu haben.

Nachdem sich die Internatsschüler verabschiedet hatten, waren wir unter uns. Tommys Mutter war auch gekommen, ich hatte es gar nicht gemerkt. Wir setzten uns auf die Bänke, die genau gegenüber von Bastis Grab standen. Das Transparent hatten wir auf das Grab gelegt. Wir schwiegen und ich rauchte eine Zigarette nach der anderen.

»Versprecht mir eins«, sagte Alex, »dass sich niemand von euch umbringt. Ich würde es nicht ertragen, noch einen Menschen zu verlieren. Verdammt, ich bin noch nicht einmal siebzehn Jahre alt und ich war auf so vielen Beerdigungen wie manche Leute ihr Leben lang nicht.«

Wir versprachen es ihm.

»Was passiert eigentlich mit euch beiden?«, fragte Andreas mich und Alex.

»Ach, die kommen zu uns, stimmt's, Mutti?«, fragte Tommy.

Sie sagte nichts.

»Das ist doch kein Problem, oder, Fässi?«, fragte Danny. »Wir haben doch genug Platz, du hast es selber gesagt.«

»Wir werden zu Hause darüber reden«, sagte Fässi.

Mir war kalt, ich hatte die Anzugjacke meinem Anwalt wiedergegeben, der komischerweise immer noch da war. Es war eh alles seltsam. Was machte Tommys Mutter hier? Die kannte Basti doch gar nicht.

»Wo warst du die ganze Zeit?«, fragte Andreas Alex. »Und woher wusstest du von der Beerdigung?«

»Bei Kumpels und ich lese Zeitung, noch Fragen?«

»Aber wo willst du hin?«, fragte ich.

»Ach, ich komm schon unter«, sagte Alex.

»Na klar«, sagte Danny, »du kommst zu uns, stimmt's, Fässi?«

»Ich hab doch gesagt, dass wir zu Hause darüber reden«, sagte Fässi ungehalten.

Ich stand auf und ging zu Bastis Grab, dann drehte ich mich um und sah zu Fässi. Neben Fässi saß Tommys Mutter und auf der anderen Seite von Fässi saß Danny. An der Seite von Tommys Mutter saß Tommy. Die anderen saßen auf der anderen Bank. Ich sah Fässi immer noch an, die ganze Zeit hatte ich seine Worte im Ohr: »Das werden wir zu Hause bereden.«

Ich sah die Bank, die Menschen auf dieser Bank und ich wusste, dass kein Platz für mich dort war.

Es gab Leute, die überlebten. Die, die weich waren, brachten sich um, die harten wurden umgebracht. Ich drehte mich zu Bastis Grab und kippte um.

»Das war wohl ein klein wenig zu viel«, hörte ich noch eine Stimme sagen.

21

Als ich aufwachte, hatte ich das Gefühl, als hätte mir jemand den Boden unter den Füßen weggezogen. Danny und Andreas standen vor meinem Bett, ich wusste nicht, wo ich war.

»Alex ist weg«, sagte Danny.

Ich schloss die Augen, ich werde einfach nicht mehr aufwachen, dachte ich mir, ich werde nur noch träumen. Ich schlief ungefähr eine Woche, zwischendurch weckte mich Danny und brachte mir eine Tasse furchtbar süßen Tee.

Als ich aufwachte, fiel mir die grelle Sonne ins Gesicht, ich zog mir die Decke über den Kopf und wartete, aber irgendwie kam kein neuer Traum. Langsam stand ich auf, ich war noch etwas wackelig auf den Beinen, aber nach einer Weile ging es. Ich ging zum Fenster und schaute raus in einen Garten. Ich befand mich im ersten Stock. Um einen Tisch herum, auf einer Terrasse, saßen Tommy, Danny, Andreas, sein Onkel, Fässi und Tommys Mutter. Ich wusste nicht, wo ich war. Langsam öffnete ich die Zimmertür und ging hinunter, die Tür zur Terrasse war offen. Die anderen hatten mich offensichtlich nicht gehört.

»Aber wo soll sie denn hin?«, fragte Andreas gerade.

»Sie hat doch einen Vormund, der muss sich um sie kümmern«, sagte Fässi. Sie sprachen offensichtlich von mir.

»Aber das ist nicht fair«, sagte Tommy, »du hast selber gesagt, dass genug Platz für uns alle ist.«

»Ja, aber es ist eine neue Situation, sieh mal, deine Mutter und ich haben uns entschlossen zusammenzuziehen und dich und Danny zu uns zu nehmen. Es ist eine neue Situation für uns beide und du weißt, dass es deiner Mutter nicht so gut geht.«

»Aber wir benehmen uns doch«, sagte Danny.

»Ja, ihr zwei, aber ich glaube, sie ist ganz anders«, sagte Tommys Mutter, »ich glaube, das passt nicht.«

»Ich hab ja versucht sie zu uns zu holen«, sagte Andreas' Onkel, »aber der Vormund war dagegen, mit der Begründung, ich hätte keine pädagogischen Kenntnisse.«

»Als wenn das diese Trottel im Heim gehabt hätten«, regte sich Andreas auf.

»Aber was soll aus ihr werden«, fragte Tommy und seufzte, »sie hat doch außer uns niemanden.«

»Macht euch keine Sorgen«, sagte ich und kam auf die Terrasse.

»Wie lange stehst du schon da?«, fragte Tommys Mutter entsetzt.

»Lange genug, um zu hören, dass ihr mich nicht haben wollt.«

»Ach bitte«, sagte Fässi, »versteh das doch nicht falsch.«

»Was gibt es denn da falsch zu verstehen?«, fragte ich.

»Wir können auch nicht an dem ganzen Elend dieser Welt was ändern«, sagte Tommys Mutter.

Ich wusste noch gar nicht, dass ich ein Elend war.

»Wo ist Alex?«, fragte ich.

»Er ist weg, verschwunden, ohne eine Nachricht zu hinterlassen oder irgendjemandem Bescheid zu sagen«, erklärte Tommy.

»Warum?«

»Wir wissen es nicht. Wir haben ihm erklärt, dass er nicht bei uns bleiben kann, und haben ihm ein Zimmer in der Stadt besorgt, aber er wollte nicht, und statt mit uns zu reden ist er einfach abgehauen«, regte sich Fässi auf.

»Wahrscheinlich wollte er euch nicht zur Last fallen«, sagte ich.

»Ein Zimmer«, fauchte Danny und fuhr wütend fort, »das war kein Zimmer, das war ein kleines Drecksloch mit einem angeschraubten Bett und einem Fenster, aus dem man aus dem sechsten Stock auf einen dunklen Hof gucken konnte. Die Dusche war auf dem Flur und sie funktioniert nur, wenn man ein Eurostück hineinschmeißt, und bei den Toiletten hab ich Ekelanfälle bekommen.«

»Wieso muss man denn für die Duschen Geld bezahlen?«, fragte ich.

»Na, das ist ein großes Haus und in jedem Stockwerk haben acht Leute gewohnt. Aber frag nicht, was für Leute, auf Alex' Flur haben nur Junkies und zwei alte Alkoholiker gewohnt. Einer der Junkies hat mir erzählt, man würde sehen, wenn die Alkis am Ende des Monats Geld bekommen, weil nämlich dann der ganze Flur voll gekotzt ist.«

»Aber ich hab gedacht, er hätte gar nicht dort gewohnt?«, fragte ich. Ich war, glaub ich, noch nicht ganz auf der Höhe.

»Doch, vier Tage«, sagte Danny, »und in den vier Tagen sind sie zwei Mal in sein Zimmer eingebrochen und haben ihm alles geklaut. Zum Schluss haben sie sogar versucht das Bett abzuschrauben. Dann ist er ja noch mal zu uns gekommen und hat gesagt, dass er das dort nicht aushalten würde, aber niemand konnte, nein, wollte ihm helfen.«

»Weißt du denn, wie schwierig es ist, für so einen Typen wie Alex was zu finden? Meinst du, die Vermieter schreien Hurra, wenn sie so einen Typen sehen? Ich meine, ich kenn ihn und weiß, dass er ein ganz netter Kerl ist, nur das wissen die Vermieter doch nicht«, erklärte Fässi.

»Du findest, dass Alex ein netter Kerl ist. Du hast ihn trotzdem nicht aufgenommen, dabei sind bei uns im Haus noch mindestens vier Zimmer frei«, sagte Danny.

»Wir haben doch die letzten Tage so oft darüber gesprochen, das muss jetzt wirklich nicht sein«, sagte Tommys Mutter. »Wie geht's dir überhaupt?«, fragte sie mich.

»Danke, sehr gut«, sagte ich. Ich fühlte mich wie von einem Rasenmäher überfahren. »Aber wo bin ich hier eigentlich?«

»Bei deinem Anwalt, benimm dich bitte, er war so nett, dich aufzunehmen«, sagte Fässi.

»Ich habe ihn doch nicht dazu gezwungen.«

»Ich glaube, wir gehen mal lieber«, sagte Tommys Mutter, anscheinend hatte ich sie mit dieser Bemerkung beleidigt.

»Ja, eigentlich waren wir hier zum Kaffeetrinken eingeladen, mein alter Kumpel, also dein Anwalt, wollte nur mal kurz weg, das ist aber jetzt schon zwei Stunden her«, sagte Fässi und erhob sich.

Andreas' Onkel klopfte mir auf die Schulter. »Wird schon wieder«, brummte er.

Was wurde schon wieder? Dann waren die Erwachsenen verschwunden.

»Es tut mir Leid«, sagte Andreas.

»Es kann halt nicht jeder Glück haben«, sagte ich.

»Ich würde sofort wieder mit euch abhauen«, sagte Tommy, »aber meine Mutter, du weißt doch.«

»Es ist schon gut, ich weiß alles«, sagte ich.

»Es ist egal, was jetzt los ist«, versuchte Danny zu vermitteln. »Wir werden immer Freunde bleiben und zueinander halten.«

»Klar«, sagte ich. Es war nichts klar, außer dem Wasser in dem Glas, das ich in der Hand hielt. Die drei standen mir gegenüber, ich lehnte an der Terrassentür und guckte sie an. Drei Freunde, die nach einer langen, stürmischen Fahrt irgendwo anders angelegt hatten als ich. Obwohl sie mir gegenüberstanden, waren sie meilenweit weg, zu dritt, und ich war allein zurückgeblieben. Würden sie es sehen, wenn ich ihnen jetzt mit einem Taschentuch winken würde. Verdammt, wo war Alex?

»Vielleicht gehst du erst mal duschen und ziehst dir was anderes an«, sagte Danny.

Ich sah an mir herunter, ich hatte einen viel zu großen Herrenschlafanzug an.

»Und iss mal was«, sagte Andreas, »du siehst schrecklich aus, wir können ja morgen noch mal nach dir gucken kommen.«

»Ich soll dir was von Alex geben«, sagte Tommy und drückte mir das Handy in die Hand, »er braucht es nicht mehr, hat er gesagt. Das ist echt cool, da sind sogar Spiele drauf. Du musst es alle zwei Tage aufladen, ich habe dir noch ein Aufladegerät besorgt.«

»Danke.«

Dann gingen sie. Ich holte meine Klamotten aus dem Zimmer, alles war frisch gewaschen, und ich suchte das Badezimmer. Es gab eine riesengroße Badewanne, ich ließ heißes Wasser einlaufen, goss ein wenig von einem gut riechenden Badeschaum dazu und legte mich hinein. Zwei Minuten später war ich eingeschlafen. Ich wachte auf, weil ich fror, natürlich, das Badewasser war kalt geworden. Ich duschte mich noch einmal heiß ab, dann stieg ich in meine Klamotten und ging hinunter.

»Das hat aber lange gedauert.« Fässi saß auf der Terrasse, »ich sitze hier mindestens schon eine Stunde.«

»Ich bin eingeschlafen«, sagte ich. Ich setzte mich auf die Erde.

»Ich habe dir was zu essen mitgebracht«, sagte Fässi, er drückte mir eine Schale in die Hand und setzte sich neben mich. Ich machte die Alufolie ab, es war Gyros mit Pommes, mir wurde schlecht und ich sah das Zeug angeekelt an.

»Du musst was essen«, sagte Fässi, »ich kann dir auch was anderes holen.«

»Nein, ist schon O. K.«

Nach der fünften Pommes merkte ich, dass mir schlecht vor Hunger war, und ich stopfte alles in mich hinein. Langsam ging es mir besser.

»Willst du noch was?«

Ich nickte.

»Na, dann gucken wir mal, was unser Yuppieanwalt so im Kühlschrank hat.«

Die Küche lag direkt an der Terrasse.

»Joghurt? Müsli? Oder Tiefkühlpizza?«, rief Fässi.

»Tiefkühlpizza«, rief ich zurück.

»Hier ist noch ein Päckchen Nudeln mit Sauce, das muss man nur in die Mikrowelle tun für ein paar Minuten.«

»Dann nehme ich das.«

Er brachte es mir ein wenig später und es schmeckte scheußlich. Als ich fertig gegessen hatte, ging ich in die Küche und fand im Kühlschrank eine Dose Bier.

»Ich weiß nicht, ob ich zulassen sollte, dass du in deinem Zustand Alkohol trinkst«, sagte Fässi zu mir, als ich wieder auf die Terrasse kam.

»Kümmere dich um deinen eigenen Scheiß«, sagte ich und nahm einen tiefen Schluck aus der Bierdose, es schmeckte widerlich, ich setzte mich wieder auf die Erde, lehnte mich gegen die Hausmauer und schloss die Augen.

»Es tut mir Leid«, sagte Fässi und setzte sich neben mich, »ich hoffe, du verstehst das?«

»Was soll ich verstehen? Dass du mich nicht zu dir nehmen kannst und stattdessen die ach so liebe Danny nimmst?«

»Ich nehme zwei deiner Freunde«, sagte er verärgert.

»Ach, zu Tommy kriegst du doch seine herrliche Mama, zu ihr ist er doch praktisch nur der Beipackzettel.«

»Jetzt sei doch nicht sauer, was soll ich denn machen? Sieh mal, Tommys Mutter und ich, das ist noch ganz am Anfang. Ich hätte nie gedacht, dass ich mich noch einmal so verlieben würde, und ich glaube, Tommys Mutter geht's genauso, und ich werde alles dafür tun, dass dieses Glück nicht von außen zerstört wird.«

»Du glaubst, dass ich euer Glück zerstören würde?«

»Du würdest zu viel Unruhe hineinbringen und das würde letztendlich dazu führen, dass unser Glück zerstört würde, verstehst du das?«

»Klar!« Ich verstand gar nichts, aber ich wollte auch nichts verstehen, ich wollte nichts mehr hören. Wieso verschwand er nicht einfach? Ich sah ihn an und wusste Bescheid, er hatte schlicht und ergreifend ein schlechtes Gewissen.

»Ich werde immer für dich da sein, nur weil du nicht bei uns wohnen kannst, heißt das ja nicht, dass wir keine Freunde mehr sind. Ich mag dich wirklich gerne, das weißt du doch.«

»Tja, nur mein Pech, dass du Tommys Mutter lieber hast und Danny einfach schneller war als ich.«

Ich wusste, dass ich unfair war, aber das war mir egal, schließlich war ich der Verlierer in dieser ganzen Geschichte und als Verlierer durfte man unfair werden. Ich hatte Fässi schließlich nicht dazu gezwungen, sich neben mich zu setzen, er hätte einfach wegbleiben sollen.

»Du weißt, dass du nicht fair bist. Ich liebe Tommys Mutter, das hat nichts mit dir zu tun, und Danny war nicht schneller, sie ist halt einfach nur ein anderer Typ. Pflegeleichter, weißt du.«

Pflegeleicht war sie also, und was war ich? Kochwäsche?

»Tust du mir bitte einen Gefallen!«, sagte ich zu Fässi. »Verschwinde.«

Fässi erhob sich. »Vielleicht bist du einfach noch zu jung dafür, um das alles zu verstehen.«

»Ich glaub, ich habe das alles verstanden. Wer hat dich denn entdeckt, das war doch wohl ich, oder? Und nicht Tommy oder

Danny. Du warst ein Freund von mir, ich meine, Danny und Tommy, du kanntest sie doch gar nicht. Doch, ich glaube, ich versteh sogar sehr gut. Es gibt Verlierer und Gewinner bei solchen Geschichten, wer der Verlierer hierbei ist, ist ja nicht so schwer zu erraten!«

»Es ist nicht alles schwarz oder weiß, und du bist auch nicht das arme Häschen, gegen das sich alles verschworen hat.«

»Kannst du nicht einfach gehen?«

Als er endlich weg war, ging ich noch mal in die Küche, es lag tatsächlich eine ganze Stange Zigaretten auf dem Tisch. Ich schaute in den Kühlschrank und holte eine Flasche Sekt raus, dann setzte ich mich in einen Liegestuhl auf der Terrasse und sah mir den Sonnenuntergang an.

»Hast du eigentlich einen Knall«, brüllte mich jemand an. »Weißt du, was du da trinkst?«

Ich rieb mir die Augen. Vor mir stand mein Anwalt.

»Reg dich nicht auf, ich klau dir morgen im Supermarkt eine neue Flasche Sekt.«

»Das ist kein Sekt, das ist Champagner.«

»Dann klaue ich dir halt eine neue Flasche Champagner!«

»Den gibt's nicht im Supermarkt, der kostet über hundertfünfzig Euro und den hab ich von einem dankbaren Mandanten bekommen, mit der Auflage, ihn zu einem besonderen Anlass zu trinken.«

»Das konnte ich doch der Flasche nicht ansehen«, sagte ich.

»Ach du«, brüllte er und stürmte ins Haus.

Ich nahm noch einen Schluck, ich hasse sonst so ein Kribbelzeug und hätte höchstens ein halbes Glas getrunken, aber jetzt, wo ich wusste, wie kostbar dieses Zeug war, musste ich zuschlagen. Wer weiß, ob ich so etwas jemals im Leben wieder zu trinken bekäme.

Eine halbe Stunde später kam mein Anwalt wieder auf die Terrasse.

»Es tut mir Leid«, sagte ich, »wenn ich mal viel Geld habe, kauf ich dir ein paar Kisten von dem Zeug.«

»Hast du Fässi noch getroffen?«, fragte er mich.

»Ich hab sie alle getroffen. Fässi ist dann später noch mal alleine wiedergekommen.«

»Und hat er dir das erzählt?«

»Was, dass ich nicht bei ihnen wohnen kann?«

Mein Anwalt nickte.

»Ja, hat er.«

»Und?«

»Was soll ich dagegen machen? Nichts, gegen so was kann man nichts machen.«

»Bei mir kannst du bis zur Gerichtsverhandlung bleiben, danach geht das auch nicht mehr. Ich bin beruflich so eingespannt, dass ich manchmal wochenlang weg bin. Da kann ich mich nicht noch um ein fünfzehnjähriges Mädchen kümmern. Ich hoffe, du verstehst das.«

»Ja klar.«

Irgendwie warben heute alle um mein Verständnis. Das war wie in einem schlechten Film, dachte ich mir. Leider müssen wir Ihnen eine Kugel durch den Kopf schießen. Wir hoffen, Sie verstehen das. Da würde ich wahrscheinlich auch noch *Ja klar* sagen. Mein Anwalt hatte mittlerweile noch eine Flasche Wein aufgemacht. Ich erzählte ihm, wie ich Fässi kennen gelernt hatte und dass wir uns Sorgen um Alex machten.

»Und was habt ihr vor?«, fragte er mich.

»Ich weiß nicht, ich muss nachdenken«, sagte ich, »er kann überall hängen, auch an einem Strick.«

»Meinst du, Alex würde sich was antun?«, fragte er.

»Ich glaube nicht, er ist zu hart. Umbringen tun sich nur die, die es nicht aushalten.«

Das erinnerte mich an Basti. Mist.

»Tu mir einen Gefallen«, bat er mich.

»Was denn?«

»Mach bitte keinen Mist bis zur Gerichtsverhandlung! Versprochen?«

»Geht klar.«

Wir unterhielten uns noch etwas und dann schlief ich ein. Irgendwie ging's mir immer noch nicht so gut.

In den nächsten Tagen traf ich mich öfters mit Tommy und Danny, aber es war nicht mehr so wie früher. Tommy hatte immer Angst, seine Mutter zu enttäuschen oder wieder ins Heim geschickt zu werden, so dass er sich gar nichts mehr traute.

Ich blieb daher oft allein und zappte mich durchs Fernsehprogramm. Als ich an einem Abend bei einem Märchenfilm hängen blieb und irgendwann zur Zimmertür blickte, sah ich dort meinen Anwalt stehen. Er schaute mich an und schüttelte dabei den Kopf. Ich wusste nicht, was er hatte, ich tat ja nichts Anstößiges. In der einen Hand hatte ich eine Flasche Bier, in der anderen eine Zigarette und ich sah mir einen Märchenfilm an, völlig harmlos also, und es gab nicht den geringsten Grund, mich so anzugucken. Versteh das einer mal, aber so sind sie, die Erwachsenen: unverständlich.

22

An einem Montagmorgen weckte mich mein Anwalt.

»Los, raus aus den Federn, du hast einen Termin bei deinem Vormund!« Er stellte mir eine Tasse Kaffee an das Bett. »Ich habe unten schon den Frühstückstisch gedeckt, wenn du wieder unter den Lebenden bist, kannst du frühstücken kommen.«

Ich trank ein wenig vom Kaffee, dann richtete ich mich mit einer Katzenwäsche wieder menschlich her. Mein Anwalt saß versteckt hinter einer Zeitung am Frühstückstisch und hielt die Klappe, das war mir ganz recht, ich hatte einen Horror vor Menschen, die mir morgens früh schon Romane erzählen.

Nach einer halben Stunde legte er seine Zeitung weg: »Bist du fertig? Wir müssen los!«

»Kein Problem«, sagte ich, denn ich hatte mein Koffeinsoll erfüllt.

»Was will denn mein Vormund von mir?«, fragte ich, als wir im Auto saßen.

»Ich weiß nicht, er ist nicht mit der Sprache rausgerückt.«

»Ach, dann erzählt er wahrscheinlich irgendwas darüber, wie schlimm ich bin und wie furchtbar das alles mit mir enden wird.«

»*Dafür* stellen die Leute ein? Das erzähle ich dir kostenlos«, grinste mein Anwalt.

Er stoppte ziemlich unsanft vor einem Haus und zeigte darauf.

»Du musst dort in den ersten Stock und dich im Sekretariat melden.«

Er steckte mir seine Visitenkarte zu.

»Wenn du fertig bist, ruf mich auf meinem Handy an, die Nummer steht auf der Karte, ich hole dich dann ab.«

»Danke.«

»Nicht danke, wehe, du hast keinen Heiligenschein, wenn ich dich wieder abhole, und wehe, du erzählst mir nicht, dass du dich ab sofort schminken und Minikleider tragen wirst.«

Er lachte, gab mir noch ein Päckchen Zigaretten und brauste davon. Ich ging durch die Eingangstür in den ersten Stock. Dort war eine Glastüre, die verschlossen war, dahinter sah man eine Sekretärin hinter einem Schreibtisch in Papieren blättern. Ich drückte auf einen Klingelknopf, die Tür öffnete sich automatisch.

»Hallo, ich habe einen Termin ...«

»Ich weiß«, unterbrach sie mich, »geh durch die zweite Tür links, da bist du richtig.«

Mein Vormund saß hinter einem alten großen Schreibtisch.

»Setz dich«, sagte er, »du willst bestimmt wissen, warum ich dich bestellt habe?«

Ich sagte nichts.

»Auch wenn es dich nicht interessiert, ich erzähle es dir trotzdem. Ich höre auf, ich habe keinen Bock mehr. Diesen Job mache ich seit dreißig Jahren und mich kotzt er seit zwanzig Jahren an, kannst du das verstehen?«

»Ich denke schon«, sagte ich. Also, vierzig, fünfzig von meiner Sorte, nein danke.

»Der Job ist sinnlos, weißt du das? Man lernt seinen Fall kennen und weiß, dass jegliche Arbeit vergebliche Liebesmühe ist, man kann es direkt sein lassen. Ihr braucht keinen Vormund, ihr macht doch eh, was ihr wollt. Komm mal mit!«

Er stand auf und führte mich zu einem Schrank, der voller Akten war. Es gab drei Fächer. Das mittlere Fach war zugestopft, unten und oben lagen nur ein paar Akten.

»Das sind meine Fälle aus den letzten zehn Jahren. Oben sind die Fälle, die es nicht mehr gibt, das heißt, sie sind tot, in der Mitte sind die kaputten Fälle: Drogen, Knast, schwanger und so weiter – das ganze Elend. Jetzt rate mal, was da unten die Akten bedeuten.«

Ich zuckte mit den Schultern.

»Das sind die Fälle, die es geschafft haben, und weißt du, wie viele das sind?«

»Nein.«

»Dreizehn, und weißt du, wie viele Akten in diesem Schrank sind?«

»Hundert?«

»Doppelt so viele, und das sind nur die Fälle, die ich länger als drei Jahre hatte, den Rest habe ich nicht hier.«

Er ging zurück zu seinem Sessel, lehnte sich zurück und schloss die Augen. Ich sah zum ersten Mal, dass er schon ziemlich alt war, ich meine nicht wirklich alt, Fässi war ja auch schon alt, aber dieser Mann, der mir gegenübersaß, war fertig mit seinem Leben. Ich sah mich um: Dreißig Jahre in diesem Büro, ich konnte mir echt was Schöneres vorstellen. Es sah anders aus als in den Western, die ich in letzter Zeit so gerne im Fernsehen sah, in denen alte Männer nach einer letzten siegreichen Schlacht zurückkehren und, nachdem sie von der Menge gefeiert wurden, bei einem Glas Whisky im Sessel die Augen schließen.

Aber vielleicht hatte dieser Mann mir gegenüber keine Schlacht geschlagen. Ich wusste es nicht und ich konnte mich nicht mit den Problemen eines alten Mannes befassen, irgendwann würde ich es tun, wenn eine Zeit in meinem Leben anbrechen würde, in der Ruhe herrschte.

»Warum erzählen Sie mir das alles?«, fragte ich.

Er öffnete die Augen.

»Weil ich mal Hoffnung in dich gesetzt habe, ich habe wirklich geglaubt, dass du es packen würdest. Du hattest immer so einen verdammten Stolz und hast das gemacht, was du für richtig gehalten hast, und manchmal hast du tatsächlich das Richtige für richtig gehalten. Wenn du etwas für richtig gehalten hast, dann hast du dafür alles gegeben.«

»Und jetzt?«

»Das ist vorbei, du funktionierst so, wie die Gesellschaft es von euch denkt: asozial und schwer erziehbar. Deshalb wird deine Akte auch irgendwann in den obersten zwei Fächern enden.«

Ich konnte mir also immerhin aussuchen, wie ich enden würde.

»Nach deiner Gerichtsverhandlung nächste Woche nimmt dich dein neuer Vormund in Empfang, es ist eine junge Frau, die gerade mit ihrem Studium fertig ist und noch voller Idealismus steckt. Du bist ihr erster Fall, das ist nicht so schlecht, vielleicht begreift sie ja dann direkt die Sinnlosigkeit ihres Berufes und hört auf.«

Ich stand auf, ich hatte genug gehört.

»Du willst gehen?«, fragte mich mein Vormund.

»Ja, ich glaube, mir reicht es.«

»Ich wünsche dir alles Gute für deine Zukunft.«

Er konnte lügen ohne rot zu werden. Er lehnte sich wieder zurück und schloss die Augen. Ich verließ das Büro und ging zur Sekretärin.

»Darf ich mal telefonieren?«

»Aber selbstverständlich«, sagte sie.

Ich rief meinen Anwalt an, der mir versprach mich in einer halben Stunde abzuholen. In meiner Hosentasche fand ich etwas Kleingeld, was mich sehr verwunderte. Ich zog mir im Erdgeschoss am Automaten einen Milchkaffee, setzte mich auf die Treppenstufen des Hauseinganges und wartete.

23

»Und, war es schlimm?«, fragte mich mein Anwalt, als ich bei ihm im Auto saß.
»Nee, aber ich weiß nicht so genau, was er von mir wollte.«
»Was hat er denn erzählt?«
»Ach, viel, und dass ich einen neuen Vormund kriege, er geht in Frührente.«
»Deinetwegen?«, fragte mein Anwalt lachend.
»Nee, so gut war ich nicht.«
Er musste noch mehr lachen. »Hast du Lust, essen zu gehen, so richtig nobel?«
Der letzte Mensch, der mich zu einem noblen Essen eingeladen hatte, war tot.
»Ich glaube, ich mag kein nobles Essen.«
»So nobel meine ich das doch nicht, wir gehen zum Italiener, das ist ein Freund von mir. In seine Spaghettis wirst du dich verlieben.«
»Komme ich mit meinen Klamotten da überhaupt rein?«
»Wir müssen eh neue Klamotten für dich kaufen, so kannst du nicht zur Gerichtsverhandlung erscheinen. Du brauchst solche Klamotten, wie deine Freundin Danny sie trägt.«

»Erstens ist Danny keine Freundin mehr von mir und zweitens will ich keine neuen Klamotten.«
»Du brauchst aber welche.«
»Ich will aber keine!«
Er seufzte.
»Sieh mal«, sagte er und schaute mich von der Seite an, wie ein kleines Kind, das nicht begriff, warum es keinen Lolli mehr bekommt. »Die Gerichtsverhandlung ist morgens früh um acht. Weißt du, wie du morgens früh um acht aussiehst, ich könnte dich an eine Nobelvilla vermieten, die dich vor die Haustür stellen könnte. Sie hätten sich dann den Wachhund und die Alarmanlage erspart. Wenn du dann noch Klamotten anhast, in denen du aussiehst, als wolltest du in den nächsten Großstadtkrieg ziehen, dann kannst du dir doch selber ausmalen, was der Richter von dir denkt.«
»Aber du bist doch mein Verteidiger.«
»Ich kann aber keine Wunder vollbringen, also würdest du mir bitte den Gefallen tun und auf die Ratschläge deines Anwaltes hören!«
Ich gab mich geschlagen. Wir fuhren in die Stadt und kauften Klamotten für mich ein. Ich bekam eine bunte Hippiehose und eine weiße Rüschenbluse. Das gefiel mir, sogar beides. Die Bluse hatte etwas von einem Piraten.
Dann schleppte mich mein Anwalt noch zum Friseur. Die Frau, die mir die Haare schneiden sollte, bekam einen Schlag, als sie mich sah.
»Da gibt's nur eins: Haare ab!«, sagte sie.
»Sie sollen ihr keine Glatze schneiden, das könnte ich auch, sondern sie zu einem süßen kleinen Mädchen machen«, sagte mein Anwalt.
»Ich werde mein Bestes versuchen«, sagte die Friseurin.

Sie bugsierte mich auf einen Stuhl und wusch mir die Haare mit Plastikhandschuhen, wahrscheinlich hatte sie Angst, ich hätte Läuse.

»Wann warst du das letzte Mal bei einem Friseur?«, fragte sie mich.

»Ich glaube, ich war noch nie bei einem Friseur.«

Die Damen, die links und rechts von mir saßen und frisiert wurden, sahen mich von der Seite an, als käme ich aus dem Urwald.

»Wer hat dir denn bisher die Haare geschnitten?«

»Meine Kumpels.«

Ihren Gesichtsausdruck konnte ich im Spiegel sehen, sie schien mich und meine Kumpels für kannibalische Monster zu halten, und das war noch nett ausgedrückt.

Es stimmte aber wirklich, Alex hatte mir immer die Haare geschnitten, obwohl er sagte, dass das bei meinen widerspenstigen Haaren vergebliche Liebesmühe sei. Meine Fingernägel schnitt er mir auch, weil ich dafür irgendwie zu doof war. Mindestens an der linken Hand scheiterte ich immer kläglich. An meinen Fingernägeln konnte ich feststellen, wie lange ich Alex schon nicht mehr gesehen hatte. Ich vermisste ihn wahnsinnig.

Die Friseuse war fertig, anscheinend war sie sehr beeindruckt von ihrem Werk, denn sie verlangte vierzig Euro. Ich betrachtete mich in einem großen Spiegel: Mit meinen neuen Klamotten – ich hatte sie direkt anbehalten – und meiner Kurzhaarfrisur sah ich aus wie ein kleines, verschüchtertes Mädchen, das zu einem Kostümball wollte.

»Ich habe eine Überraschung für dich«, sagte mein Anwalt, als wir wieder im Auto saßen.

»Ich glaube, ich habe von Überraschungen erst mal die Schnauze voll«, sagte ich und wir fuhren los.

Eine wichtige Frage hatte ich aber noch.

»Sag mal, wer bezahlt das alles?«

»Ach, so ein Mafioso, einer meiner Mandanten, ich habe ihm deine Geschichte erzählt und er sagte, ich solle alles bei ihm auf die Rechnung setzen, junge Talente würde er fördern.«

»Ha, ha, ha, das glaubst du ja wohl selber nicht.«

»Vielleicht mache ich es auch umsonst, um mein schlechtes Gewissen zu beruhigen, weil ich sonst nur abgehalfterte Typen vertrete.«

»Das würde ich dir gar nicht zutrauen.«

»Nein? Schade! Mach dir einfach keine Gedanken darum, ich verhungere schon nicht.«

Wir kamen zu dem Restaurant, in dem Tommy, Danny und Andreas saßen. Das war mir peinlich. Mein Anwalt verschwand, nachdem er für uns bezahlt hatte, mit der Bemerkung, wir hätten uns bestimmt einiges zu erzählen. Das hatte er ja gut eingefädelt.

»Habt ihr was von Alex gehört?«, fragte ich.

»Nein«, sagte Danny, »aber langsam mache ich mir Sorgen.«

»Damit fängst du ja früh an.« Ich wusste, dass das gemein war, aber manchmal bin ich so.

»Du weißt doch, wie Alex ist«, sagte Tommy, »der haut halt ab, wenn es ihm passt.«

»Das ist doch nicht wahr.«

»Wir wissen wirklich nicht, wo er ist«, sagte Andreas, »und glaub uns bitte, wir machen uns wirklich Sorgen.«

»Was machen denn andere Menschen, wenn sie jemanden vermissen?«, fragte ich.

»Die gehen zur Polizei, das weißt du doch selber, wie oft die Erzieher Vermisstenmeldungen wegen uns gemacht haben«, belehrte mich Danny.

»Warum machen wir das dann nicht?«, fragte Tommy.

Wir sahen uns an, standen auf und verließen das Lokal. Danny fragte einen Taxifahrer nach dem Weg zum nächsten Polizeirevier. Als wir dort ankamen, gingen wir in das Anmeldungszimmer, das uns der Pförtner gezeigt hatte.

Auf der lang gezogenen Theke war eine Klingel, die wir drückten. Die Polizisten kamen zu zweit; ich bin echt mal auf den Tag gespannt, an dem ich einen von ihnen alleine sehe.

»Ja«, sagte der eine von ihnen, »womit können wir helfen?«

Ein Spruch, den ich von dieser Berufsgruppe noch nicht gehört hatte.

»Wir wollen eine Vermisstenmeldung machen«, sagte Andreas.

»Ist die Person mit euch verwandt?«

Wir schüttelten den Kopf.

»Vermisstenmeldungen können nur von Verwandten gemacht werden.«

»Aber er hat keine Verwandten«, erklärte Danny.

Ich durfte nichts sagen, Tommy hatte es mir mit der Begründung verboten, dass ich mich zu schnell aufregen würde. Das stimmte. Am liebsten wäre ich jetzt schon über die Theke gesprungen.

Mich kann man total leicht provozieren, ich rege mich total leicht auf und hänge sofort an der Decke. Dafür rege ich mich aber nie lange auf und vergesse schnell wieder, über was ich mich eigentlich aufgeregt habe.

»Wie alt ist denn der Mensch, den ihr vermisst?«

»Sechzehn«, sagte Danny.

»Dann muss doch jemand für ihn zuständig sein«, sagte einer der beiden Beamten irritiert.

»Sie haben ihn vor ein paar Wochen aus der Jugendhilfe

rausgeschmissen, es ist niemand mehr für ihn zuständig«, erklärte Danny.

»Wie heißt denn die Person, die ihr vermisst?«

»Alex«, antwortete ich und fing mir einen bösen Blick von Tommy ein.

»Und weiter?«

Das wusste zum Glück Danny, die sogar das Geburtsdatum wusste. Ich konnte mich nicht daran erinnern, jemals Alex' Geburtstag gefeiert zu haben. Er hatte genau am Tag meiner Gerichtsverhandlung Geburtstag.

»Ich schau mal nach, vielleicht haben wir ja was«, sagte der eine Beamte.

Zehn Minuten später kam er wieder.

»Tut mir Leid, keine Hinweise. Scheint ja ein ziemlich schwerer Kerl zu sein, euer Alex, sagt zumindest unser Computer.«

»Er ist O. K.«, verteidigte ihn Andreas, »er hat nur ein wenig Pech im Leben gehabt.«

Wenig Pech war gut, man hätte vielleicht eher *wenig Glück* sagen können.

»Habt ihr eine Telefonnummer, unter der wir euch erreichen können, vielleicht hilft uns ja Kommissar Zufall ein wenig?«

»Also, Tommy, ich glaube, deine Mutter bekommt einen Anfall, wenn die Polizei bei uns anruft und sie zufällig ans Telefon geht«, meinte Danny.

»Mein Onkel wäre auch nicht begeistert«, sagte Andreas.

Ich gab ihnen meine Handynummer.

»Aber bitte nicht vor zehn Uhr anrufen«, bat ich, »sonst bekomme *ich* nämlich den Anfall.«

»Wieso ist die Polizei so erschreckend für dich?«, fragte mich einer der Polizisten amüsiert.

»Dazu will ich mich lieber nicht äußern«, erwiderte ich.
Danny bedankte sich bei den Polizisten. Ich fragte mich, für was, und wir verließen die Polizeistation.
»Und was machen wir jetzt?«, fragte ich.
»Ich glaube, ich fahre nach Hause«, meinte Andreas.
»Ach Quatsch, lass uns einen trinken gehen, so jung sehen wir uns nicht mehr wieder«, schlug Tommy vor.
»Deine Mutter wird aber nicht davon begeistert sein«, sagte Danny.
»Hach, ich kann das nicht mehr hören«, regte sich Tommy auf, »nichts darf man mehr. Es wird doch wohl kein Verbrechen sein, mit alten Freunden einen trinken zu gehen.«
Wer weiß, was in diesen komischen Zeiten als Verbrechen galt. Wir gingen in eine Kneipe und mir fiel ein, das ich kein Geld dabeihatte.
»Ich glaube, ich kann nichts trinken«, sagte ich zu Andreas, als er für uns am Tresen bestellen wollte.
»Warum denn nicht?«, fragte mich Tommy.
Es war echt komisch, mir war es noch nie peinlich gewesen, kein Geld zu haben, vor allen Dingen nicht vor meinen Freunden, aber es hatte sich in letzter Zeit viel verändert und ich schämte mich.
»Ach, ich habe keinen Durst«, sagte ich.
Danny ging zum Tresen und kam mit vier Bieren wieder.
»Wenn du noch einmal so eine blöde Ausrede bringst, war ich die längste Zeit deine Freundin, es ist doch egal, dass du kein Geld hast, wozu hast du denn Freunde?«, sagte sie.
Jetzt schämte ich mich wirklich.
»Ich weiß halt nicht genau, ob ihr noch meine Freunde seid.«
»Ach, und warum das nicht?«, fragte Andreas mich.
»Ich weiß nicht, aber irgendwie ist alles anders geworden.«

»Aber nur weil Tommy und ich jetzt nicht mehr im Heim sind, keine Schlägereien mehr haben und keine Brüche mehr machen, ist doch unsere Freundschaft nicht zu Ende«, sagte Danny.

»Darum geht es doch gar nicht«, erwiderte ich.

»Um was geht's denn dann?«, fragte Tommy. »Du bist immer noch meine Freundin und daran wird sich nichts ändern, egal was aus uns wird. Ich verstehe das nicht.«

»Ich weiß nicht, wie ich das erklären soll, aber ich habe das Gefühl, dass ich auf der Strecke geblieben bin, versteht ihr?«

Sie sahen mich verständnislos an.

»Ich wünschte, Alex wäre hier, der würde das verstehen«, sagte ich.

»Natürlich!«, meinte Danny. »Dieser Gefühlskrüppel hätte bestimmt verstanden, was du damit meinst, auf der Strecke geblieben zu sein. Versteh mich nicht falsch, aber Alex ist doch eher der Typ der klaren Worte.«

»Willst du nicht versuchen es uns zu erklären?«, bat mich Andreas.

»Ich habe halt gedacht, wir bleiben zusammen, bis wir alle aus dem Heim herauskommen, und ziehen dann zusammen, stattdessen haut Alex ab, ihr zwei macht einen auf brave Kinder in einer glücklichen Familie und Andreas zieht zu seinem Onkel. Nur ich muss zurück ins Heim. Ihr seid alles, was ich habe, und jetzt verliere ich auch euch.«

Fast hätte ich angefangen zu heulen, ich hasste es, dass ich so hilflos war.

»Quatsch«, sagten Tommy und Andreas zugleich.

»Was sollen wir denn machen?«, fragte Danny. »Einfach wieder ins Heim gehen, das können wir Fässi und Tommys Mutter doch nicht antun, es würde ihnen das Herz brechen.«

»Das habe ich gar nicht verlangt, vergesst einfach, was ich gesagt habe. Ich schwöre euch eins, sobald meine Gerichtsverhandlung vorbei ist, werde ich Alex suchen gehen.«

»Wir werden dir helfen«, sagte Tommy.

»Ich werde dich daran erinnern«, drohte ich.

Mittlerweile war es schon ziemlich spät geworden und die vernünftige Danny erinnerte uns daran, dass wir die Bahn nicht verpassen durften. Wir hechteten zum Bahnhof und erwischten gerade noch die letzte Bahn.

Nach der zweiten Station stiegen Kontrolleure dazu, niemand von uns hatte einen Fahrschein. Wir standen auf und gingen zur Tür, man konnte ihnen in keine Richtung ausweichen, da die Kontrolleure sich aufgeteilt hatten und am jeweils anderen Ende anfingen zu kontrollieren. Ich sah, dass es Andreas mit der Angst zu tun bekam. Danny setzte ihr schleimiges Lächeln auf, ich bezweifelte, dass es hier was half. Sie kamen uns immer näher. Wieso kam nicht eine dieser verdammten Haltestellen?

»Eure Fahrausweise bitte!« Sie standen zu zweit vor uns. Niemand von uns reagierte.

»Hört ihr schlecht, wir wollen eure Fahrausweise sehen.«

Tommy fing an an seinen Fingernägeln zu kauen, Andreas drückte nervös die Stopptaste und ich schaute auf die Erde.

»Dann holen wir jetzt die Polizei, vielleicht redet ihr ja mit denen.«

Mittlerweile waren auch die anderen beiden Kontrolleure gekommen. Das hieß vier gegen vier. Ich betrachtete unsere Gegner mit einem Seitenblick. Sie sahen so aus, als könnten sie uns zu Apfelmus schlagen.

»Wir zählen bis drei. Eins, zwei …!«

Bis drei kamen sie nicht mehr. Wir hielten an einer Station, die Tür ging auf und wir sprangen heraus. Das heißt, ich versuchte es, aber die Kontrolleure hielten mich von hinten an der Bluse fest. Danny und Tommy, die draußen waren, zerrten an mir und endlich gab die Bluse nach. Wir liefen ein Stück, und als wir uns umdrehten, sahen wir, wie die Bahntür sich hinter den Kontrolleuren schloss. Einer von ihnen hatte noch ein Stück meiner Bluse in der Hand. Meine nagelneue Piratenbluse hatte aber schnell nachgegeben. Hoffentlich hatten die früher einen besseren Stoff.

»Toll, und was machen wir jetzt?«, sagte Danny. »Das war unser letzter Zug.«

»Wie lange brauchen wir denn zu Fuß?«, fragte Andreas.

»Ich denke mal, so anderthalb Stunden«, schätzte Tommy.

»Lass uns erst mal hier verschwinden, wer weiß, ob diese Drecksäcke nicht doch noch die Polizei holen«, schlug ich vor.

Vor dem Bahnhof stand eine Clique Jugendlicher, die Ärger suchten. Das sah man sofort. Sie waren zu sechst, ich schätzte sie auf achtzehn: vier Jungen und zwei Mädchen. Zum Glück bemerkte Andreas noch nichts. Wer weiß, was er in seiner Panik gemacht hätte.

»Lass uns einfach vorbeigehen und so tun, als ob wir sie nicht sehen würden«, flüsterte mir Tommy zu. Das bekam leider auch Andreas mit. Ich sah, dass er begriff, was los war.

»Lass uns umkehren«, flüsterte er.

»Das wäre das Dümmste, was wir tun könnten«, sagte ich zu ihm, »lass uns einfach weitergehen, vielleicht lassen sie uns in Ruhe.«

Die Gruppe beobachtete uns, wir waren nur noch ein paar Schritte von ihnen entfernt. Man sah uns an, dass wir Angst hatten, das wusste ich aus eigener Erfahrung. Man riecht es einfach und man sieht es an der Art, wie der andere sich bewegt.

Man sollte sich aber nicht bei einem Gegner, der Angst hat, im Vorteil sehen. Manchmal macht Angst einen Menschen stärker, sie kann ungeahnte Kräfte freisetzen.

Ich hatte einmal in einem Heim gesehen, wie zwei richtige Muskelpakete versucht hatten einen kleinen Jungen fertig zu machen. Wenn ich es selber nicht gesehen hätte, ich hätte es nicht geglaubt: Die zwei Kraftprotze haben den Kleinen nicht geschafft. Nach der Schlägerei habe ich den kleinen Jungen gefragt, ob er Kampfsport mache. Er schüttelte den Kopf und sagte, nein, er hätte nur Angst gehabt.

Wir waren bei der Gruppe angelangt und sie umzingelte uns.

»Hey, was haben wir denn da für eine geile Schnalle!«, sagte einer der Typen und packte Danny an den Haaren, dafür kassierte er eine Ohrfeige von ihr.

»Nicht so stürmisch, wir können das doch hier nicht in aller Öffentlichkeit machen«, meinte der Typ und drückte Danny einen Kuss auf den Mund.

»Lass sie los, ja!«, drohte Tommy.

»Ist das deine Freundin?«, fragte der Typ.

»Ja«, antwortete Tommy.

»Dann sei froh, dass du sie los bist, solche Weiber wollen eigentlich nur so tolle Typen wie mich.«

»Ey, guckt mal«, brüllte eine der Tussen hinter mir, »sie scheinen im Bahnhof schon wilde Spielchen getrieben zu haben, ihre Bluse ist ganz zerfetzt.«

Ein Typ kam auf mich zu und beugte sich zu mir herunter, er roch nach Schnaps und versuchte mich zu küssen.

»Du scheinst ja eine ganz heiße Braut zu sein«, lallte er dabei. Ich versuchte mich wegzuwinden, doch der Typ hielt mich fest, es war ekelhaft.

»Lass sie in Ruhe!«, brüllte Andreas und versuchte den Typen von mir wegzuziehen, doch der lachte ihn nur aus.

»Aus welcher Klosterschule bist du denn weggelaufen?«, fragte er Andreas.

In dem Augenblick machte es bei Andreas Klick und er schlug dem Typen mit der Faust ins Gesicht. Das war das Startsignal für alle anderen und eine wüste Schlägerei ging los. Der Typ, den Andreas ins Gesicht geschlagen hatte, ließ mich erst los, als ich ihm in die Hand biss.

Das Ganze dauerte höchstens fünf Minuten, dann hörten wir Sirenengeheul.

»Los, weg hier!«, brüllte der Typ, der nach Schnaps roch.

Sie rannten davon, wir hoben Andreas und seine kaputte Brille auf und sahen zu, dass wir das Weite suchten. Nachdem wir versucht hatten mit dem halb blinden Andreas und einer jammernden Danny zu laufen, gaben wir nach einer Viertelstunde auf und setzten uns vor eine Tankstelle.

»Ich glaube, du kriegst ein hübsches blaues Auge«, sagte Tommy zu mir.

»Du siehst nicht viel besser aus, und ob Danny mit ihrer aufgeplatzten Lippe besser bei den Jungen ankommt, bezweifle ich«, sagte ich.

»So eine Scheiße!«, jammerte Danny »Wie sollen wir das bloß zu Hause erklären?«

»Das ist doch eure eigene Schuld. Früher hattet ihr immer was zur Verteidigung dabei, aber jetzt müsst ihr ja brav sein«, erwiderte ich.

»Du hast ja selber nichts dabeigehabt«, entgegnete mir Danny.

»Ja, aber nur weil ich die falschen Klamotten anhabe, um genauso schleimig auszusehen wie du.«

»Könnt ihr nicht aufhören?« Andreas fing an zu heulen. »Ich ertrage das nicht, wenn ihr euch streitet.«
»Hey, hey, alter Junge!« Ich setzte mich neben ihn. »Du bist doch keine Memme!«
»Bin ich wohl!« Andreas heulte noch mehr.
»Ach Quatsch, wie du dem Typen eine gesemmelt hast, als er versucht hat mich abzuknutschen, ich glaube, das hätte sich noch nicht mal Alex getraut«, log ich.
Alex hätte den Typen zu Brei geschlagen, dessen war ich mir sicher.
»Wirklich?« Andreas hörte auf zu heulen und sah mich an, das heißt, er versuchte es, denn da er keine Brille aufhatte, schielte er an mir vorbei.
Tommy holte Andreas' Brille aus seiner Jackentasche. Ein Brillenglas war zersprungen und das Gestell verbogen. Andreas setzte sie trotzdem auf und schielte jetzt wenigstens auf einem Auge nicht mehr. Ich winkte vor seiner Brille mit meinen Händen und schnitt dazu komische Grimassen.
»Huhu, Andreas, wir sind es, deine Kumpels – immer noch die gleichen Asis.«
Er lachte.
»Ihr seid keine Asis, ihr seid meine Freunde.«
Tommy kaufte uns an der Tankstelle Bier und setzte sich zu uns dreien auf den Bordstein. Ein Polizeiwagen stoppte vor uns und zwei Beamte stiegen aus.
»Was ist denn mit euch passiert?«
»Nichts! Was soll mit uns passiert sein?«, fragte Danny zurück.
»Na ja, ihr seht etwas lädiert aus.«
»Nein, es ist alles O. K., wir hatten heute Abend ein Fußballspiel und sitzen jetzt nur hier, weil wir auf meine Mutter war-

ten, die uns mit dem Auto abholt, weil wir den letzten Zug verpasst haben. Das dauert ein wenig länger, Sie wissen ja, Frauen am Steuer«, erklärte Tommy grinsend.

»Dann ist ja alles klar.« Sie stiegen ins Auto und fuhren davon.

Ich fragte mich, was daran O. K. war, dass vier Jugendliche, so zugerichtet wie wir, nachts an einer Tankstelle saßen und Bier tranken. Vielleicht musste man Erwachsenen solche Situationen einfach als das Normalste und Selbstverständlichste der Welt erklären und dann schluckten sie es.

»Das mit den Frauen am Steuer hättest du dir echt sparen können«, motzte Danny.

»Ach, der meint das doch nicht so«, nahm ich Tommy in Schutz.

»Natürlich musst du ihn verteidigen, der Spruch war auch gegen uns beide gerichtet.«

»Wieso, wir fahren doch gar kein Auto. Außerdem weiß Tommy ganz genau, dass wir uns genauso gut prügeln können wie er. Stimmt doch, Tommy?«

Er nickte.

»Wie kommen wir jetzt nach Hause?«, fragte Andreas.

»Ach, wir rufen einfach Fässi an, der holt uns schon ab«, sagte Tommy.

»Bist du wahnsinnig«, empörte sich Danny, »der springt doch im Dreieck, wenn er uns so hier sieht.«

»Dann lass uns zusammenschmeißen und ein Taxi rufen«, schlug Tommy vor.

Die drei bekamen zwanzig Euro zusammen und Danny ging in die Tankstelle, bestellte ein Taxi, das zehn Minuten später kam. Der Taxifahrer weigerte sich uns mitzunehmen.

»Ihr seid zu dreckig, außerdem schmiert ihr mir nachher die

Sitze mit Blut voll und ich kann dann die Kosten für die Reinigung bezahlen.«

»Aber es ist ein Notfall, Sie müssen uns mitnehmen. Wir können uns ja Plastiktüten von der Tankstelle holen und uns darauf setzen«, sagte Danny.

»Nein, ich nehme euch nicht mit.«

»Aber Sie müssen!«, brüllte Danny.

»Ich muss gar nichts«, sagte der Taxifahrer verächtlich und brauste davon.

»Ich glaube, wir müssen doch Fässi anrufen oder bis zum ersten Zug warten. Ich kann unter gar keinen Umständen nach Hause laufen«, jammerte Andreas.

»Hör auf zu flennen, ich habe eine Idee.«

Danny sprach die Autofahrer an und bei dem siebten hatte sie Glück.

Es war ein älterer Typ in einer Nobelkarosse.

»Na, dann steigt mal ein!«, sagte der Typ. »Schlägerei gehabt?«

»Ja, aber leider nicht erfolgreich«, antwortete ich.

Er fuhr los.

»Früher in meinen wilden Jahren habe ich mich oft geprügelt, ehrlich, ich bin keiner Schlägerei aus dem Weg gegangen.«

Ich versuchte mir den Typen, der vorne im Anzug saß, in seinen wilden Jahren vorzustellen, was immer das auch war. Es gelang mir nicht.

»Wir wollten gar keine Schlägerei«, versuchte ich ihm zu erklären.

»Ach, manche Leute ziehen so etwas magisch an.«

Das war die Lösung, wahrscheinlich hatten wir unsichtbar, beziehungsweise nur für bestimmte Menschen sichtbar, auf der Stirn stehen, dass wir Ärger suchten.

Der Fahrer fuhr uns bis zum Haus meines Anwaltes, der schon vor der Tür auf uns wartete. »Kann das sein, dass ihr verdammten Ärger bekommt?«, fragte der Fahrer uns.

»Na klar«, antwortete ich, »wir ziehen doch Ärger magisch an und hatten schon seit zwei Stunden keinen mehr.«

Danny bedankte sich bei ihm und wir gingen ins Haus, mein Anwalt folgte uns. Im Wohnzimmer setzten wir uns. Im Sitzen waren Moralpredigten eher zu ertragen.

»Wo seid ihr gewesen?« Seine Stimme klang bedrohlich.

»Reg dich bitte nicht auf!«, sagte Danny. »Wir erklären dir alles.«

»Nicht aufregen«, regte er sich auf, »sag mal, du hast ja wohl einen an der Waffel! Andreas' Onkel und Fässi machen mir seit Stunden die Hölle heiß. Wenn ihr nicht innerhalb der nächsten Stunde gekommen wärt, hätten sie die Polizei gerufen, und was das für dich bedeutet«, sagte er mit einem Seitenblick zu mir, »weißt du ja.«

Er kam nicht weiter, weil das Telefon klingelte.

»Es war Fässi«, sagte mein Anwalt, als er wiederkam und mir einen Eisbeutel auf das geschwollene Auge drückte. »Ich habe ihm gesagt, dass ihr die letzte Bahn verpasst habt und zu Fuß gegangen seid. Ihr habt halt nicht daran gedacht, dass wir uns Sorgen machen könnten. Ich habe mit ihm vereinbart, dass ihr hier schlaft. Er ruft deinen Onkel an, Andreas, und sagt ihm Bescheid.«

Andreas bedankte sich und auch Tommy, der froh war, seiner Mutter in diesem Zustand nicht begegnen zu müssen.

»O. K., ich habe für euch gelogen, aber ich will die Wahrheit wissen, also raus mit der Sprache.« Er klang zum Glück nicht mehr wütend, sondern hatte sich in den Sessel gesetzt, ein Glas Rotwein in der Hand und eine Pfeife im Mund.

Danny erzählte ihm alles, ich glaube, das war ganz gut so. Ihr glaubten Erwachsene eigentlich immer, außerdem erzähle ich nicht gerne von verlorenen Schlägereien.

»Wir haben wirklich nichts gemacht«, beteuerte Andreas.

So viel geballter Unschuld musste man einfach glauben.

»Wieso habt ihr denn nicht angerufen?«, fragte uns mein Anwalt, ich nuckelte verlegen an meinem Bier.

»Fässi wäre im Dreieck gesprungen und mein Onkel hat sein Auto verliehen.«

»Und wieso hast du mich nicht angerufen?«, fragte mein Anwalt mich.

»Ich habe nicht nachgedacht.«

»Womit wir bei einem deiner Hauptprobleme sind. Dein Leben ist wie ein Gewittersturm, es bricht alles immer über dich herein«, ärgerte er sich.

Danny gähnte zu meiner Rettung.

»Ich will ja nichts sagen, aber ich bin hundemüde, sollen wir bei ihr im Zimmer schlafen?«

»Ja, ich habe euch ein paar Matratzen und Decken in das Zimmer gelegt.«

Tommy und Andreas erhoben sich auch.

»Willst du nicht mit?«, fragte Danny mich.

»Nein, ich bin noch nicht müde.« In Wahrheit war mir schlecht und mein Kopf fühlte sich an, als wäre eine Dampfwalze drübergefahren.

Ich legte mich auf das frei gewordene Sofa. Mein Anwalt, ich hatte schon wieder seinen Namen vergessen – was war eigentlich so schwer daran, sich seinen Namen zu merken –, hantierte in der Küche herum.

Jetzt brauchte ich auch nicht mehr nach seinem Namen fragen, bald war ich ja in einem neuen Heim. Meine Freunde würden mich vergessen, Alex war ich schon jetzt keinen Anruf mehr wert. Wahrscheinlich amüsierte er sich irgendwo köstlich und dachte nicht ein einziges Mal an seine kleine Prinzessin. Ich fühlte mich so dreckig und alleine, dass ich anfing zu heulen. Wahrscheinlich würden sie mich irgendwo hinschicken, wo mich keiner leiden konnte und ich nur Ärger hatte, davor hatte ich wirklich Angst.

»Alles klar mit dir?« Mein Anwalt stand am Sofa.»Hast du Angst?«

»Quatsch«, sagte ich, »ich fühl mich nur nicht gut.«

Er sah mir in die Augen und nahm mir die Bierflasche weg.

»Bei Gehirnerschütterungen gibt es kein Bier.«

»Quatsch, ich habe doch keine Gehirnerschütterung, das ist mir noch nie passiert. Weißt du, wie viele Schlägereien ich schon hatte?«

»Ich glaube, das will ich gar nicht wissen.«

Er nahm meinen Kopf hoch, setzte sich auf das Sofa und legte meinen Kopf auf seine Knie.

»Ich würde sagen, Gehirnerschütterung mit Angst dabei.«

»Ich habe keine Angst.«

»Natürlich hast du Angst, und das ist völlig natürlich. Ich hätte an deiner Stelle auch Angst.«

»Ich bin aber nicht so eine Memme wie du.«

»Bist du natürlich nicht. Sagen wir mal, auf einer Skala der Angst zwischen eins und zehn ist eine Memme bei zehn, und du?«

»Gar nicht.« Ich musste immer noch heulen.

»Und warum weinst du dann?«

»Heuschnupfen.«

»Zwiebeln schneiden wäre auch nicht schlecht gewesen, obwohl, für so viele Tränen habe ich nicht genug Zwiebeln im Haus.«

Ich wollte ihm sagen, wie doof ich ihn fand, aber das ging nicht. Meine Stimme versagte, er streichelte mir über den Kopf und sagte eine Weile gar nichts.

»Und was macht die Skala?«

»O. K., anderthalb, aber nicht mehr.«

»Das reicht, aber wenn du die nicht hättest, dann müsste ich hier vor lauter Coolness erfrieren. Willst du mir auch erzählen, vor was du Angst hast?«

Ich erzählte ihm alles. Von all den Toten und den Lebenden und allen Schlägereien, von denen er eigentlich nichts hören wollte, aber dafür erzählte ich ihm auch von denen, in denen ich der Verlierer war.

»Wie wäre es, wenn du bei mir bleiben würdest. Ich sage dir aber direkt, ich lasse mich nicht verprügeln. Ich wehre mich, und zwar sehr gut, und wenn du es wagen solltest, auch nur ein Teil zu zertrümmern, dreh ich durch. Und noch eins, du wirst zur Schule gehen, ich werde nicht zulassen, dass so ein helles Köpfchen wie du verblödet. Das klingt alles hart, ich weiß, aber denk dran, du könntest bei deinen Freunden bleiben.«

Ich wusste nicht mehr, ob er das wirklich alles gesagt hatte oder ob ich es nur geträumt hatte. Mein Kopf tat wirklich weh. Er legte eine Decke über mich, strich mir über den Kopf und summte eine Melodie. Ich wollte ihm noch sagen, dass ich eigentlich zu alt für so etwas war, aber ich schlief ein.

24

Am nächsten Tag ging es mir nachmittags wieder besser. Die anderen waren in die Schule gegangen und mein Anwalt arbeiten. Er hatte mir einen Zettel hinterlassen:
Ich muss leider arbeiten, rufe dich an, bitte iss was, Jörg.
Den Namen konnte ich mir merken, der war in der Vergangenheit schon einmal da gewesen. Das Telefon klingelte und Jörg war dran.

»Sag mal, kannst du vielleicht noch einmal einen Brief an den Erzieher schreiben und dich erkundigen, wie es ihm geht, und noch einmal sagen, dass es dir Leid tut?«

»Aber hast du denn den Brief von mir damals abgeschickt?«

»Ja, ich habe ihn vorher für dich noch mal neu geschrieben und dann abgeschickt. Also würdest du bitte noch einen Brief schreiben?«

Ich versprach es ihm.

»Ich bin in drei Stunden wieder zurück, bitte brenn mir bis dahin nicht das Haus ab.«

»Gut, dass du mir das verbietest, ich wollte gerade damit anfangen.«

Er lachte und legte auf.

Ich suchte einen Zettel und setzte mich an den Küchentisch.

Sehr geehrter Herr ... Mist. Den Namen wusste ich immer noch nicht, egal, den konnte man später immer noch einsetzen.

Ich wollte mal nachfragen, wie es Ihnen so geht. Ich hoffe, gut. Mir geht es auch gut, ich bin jetzt vernünftig geworden und mir tut das mit der Wasserflasche wirklich Leid – mir fiel

nichts mehr ein und ich unterschrieb den Brief. Als Jörg nach Hause kam und den Brief las, schüttelte er den Kopf.
»Was ist?«
»Briefe schreiben scheint nicht deine Stärke zu sein, du hättest ihn ruhig etwas ausführlicher schreiben können, na ja, egal.«
Er hatte Recht, ich schreibe wirklich nie Briefe.
»Ich wollte noch etwas wegen der Gerichtsverhandlung mit dir besprechen.«
»Was denn?«
»Dass du nichts sagen sollst, außer am Anfang, wenn der Richter dich nach deinem Namen fragt. Ansonsten Klappe halten, lieb und nett lächeln. O. K.? Den Rest mache ich!«, erklärte Jörg.
»Mir soll das recht sein.«
Die nächsten Tage vergingen wie im Flug. Andreas, Danny und Tommy hatten sich bei mir einquartiert, so war ich nur vormittags alleine, wenn sie in der Schule waren. Jörg wollte nicht, dass ich den ganzen Tag alleine war, und hatte Tommys Mutter und Andreas' Onkel überzeugt.

Am Mittwoch wurde ich unsanft geweckt, ich stieg unter die Dusche, Danny machte mir eine peinliche Mädchenfrisur und schmierte mir Make-up ins Gesicht. Ich sagte die ganze Zeit keinen Ton und war wie benommen. Es war einfach nicht meine Tageszeit. Wir fuhren los, und als wir am Gerichtsgebäude ankamen, stand dort Alex.
»Wo kommst du denn her?«, fragte ich ihn verblüfft.
Er nahm mich in den Arm.
»Ich bin schon eine Woche hier, aber erst mal musste ich mich eingewöhnen, weil ich doch eine Lehre als Zimmermann angefangen habe. Es ist toll, mein Chef ist wirklich in Ord-

nung, er war früher selbst im Heim und sogar für ein halbes Jahr im Knast. Für heute hat er mir freigegeben. Er hat gesagt, in der Not müsse man für seine Freunde da sein.«

Er hielt mich immer noch im Arm, ich wollte ihm eigentlich erzählen, dass ich sauer auf ihn war, weil er sich nicht gemeldet und ich mir solche Sorgen gemacht hatte, aber es war so wie immer: Alex stand vor mir und ich hatte allen Ärger vergessen.

»Hallo, Alex!« Jörg kam auf uns zu, er hatte sich noch eine Zeitung gekauft. »Wozu soll ich als Erstes gratulieren: zu der Lehrstelle oder zum Geburtstag?«

»Woher weißt du das alles?«, fragte Alex ihn verdattert.

»Ach, lass mir doch meine kleinen Geheimnisse.«

Er überreichte ihm ein Geschenk und Alex war so fassungslos, dass er vergaß sich zu bedanken. Ich konnte mich nicht daran erinnern, dass wir im Heim je etwas zum Geburtstag geschenkt bekommen hatten, zu Weihnachten gab es fünfzig Euro, die konnte man sich dann selber als Geschenk einpacken.

»Du brauchst dich nicht zu bedanken«, sagte Jörg, Alex wurde tatsächlich etwas rot, »aber wir müssen jetzt da rein, die junge Frau hat dort ein Date mit zwei älteren Herren.«

Wir folgten Jörg ins Gerichtsgebäude.

Jörg ging kurz in einen Nebenraum und sagte, als er wieder herauskam: »Das dauert noch ein bisschen.«

»Super, und warum bin ich dann so früh aufgestanden?«, motzte ich.

»Weil es nicht gut aussieht, wenn die Angeklagte zu spät kommt.«

Fässi war gekommen und auch Tommys Mutter. Wahrscheinlich wollte sie sich noch mal davon überzeugen, wie furchtbar ich war.

Wir gingen einen Kaffee trinken und wurden dann in den Gerichtssaal gerufen. In dem Saal saß eine Schulklasse.

»Was wollen die denn hier?«, flüsterte ich Jörg zu.

»Schulausflug. Wahrscheinlich nehmen sie gerade Gerichtsverhandlungen in der Schule durch.«

»Ich will, dass die abhauen.«

Mein Anwalt stand auf und redete mit dem Richter, in dem Augenblick versank ich in meiner Traumwelt.

Basti gestand mir seine Liebe am heißen Strand von Spanien, an dem alle meine Freunde – die Lebenden und die Toten – waren.

Mein Anwalt rüttelte an meiner Schulter, erst jetzt sah ich, dass gegenüber der Erzieher saß, dem die Wasserflasche auf den Kopf gehauen wurde, ein paar Meter weiter saß der Mann von der Staatsanwaltschaft.

»Aufwachen!«, flüsterte Jörg, mein Anwalt. »Wenn dich das schon nicht interessiert, was der Staatsanwalt dir vorwirft, dann hör dir wenigstens an, was ich zu sagen habe.«

Er stand auf und berichtete über mein Leben, dass mir fast die Tränen kamen.

»So ist es doch nicht verwunderlich«, brachte er zum Schluss hervor, »dass sie den oder die Mittäter in Schutz nimmt, da für sie die anderen Heimkinder eine Art Familie sind. Und muss nicht die Tatsache, dass die Tatzeit gegen ein Uhr lag, die Tat aber erst um zwei der Polizei gemeldet wurde, etwas verwundern?«

Mein Anwalt setzte sich wieder und der Richter ordnete eine Pause von fünf Minuten an. Als wir zurückkamen, beantragte der Staatsanwalt die Aussetzung des Verfahrens wegen widersprüchlicher Aussagen der Erzieher, und Jörg, mein Anwalt, forderte meinen Freispruch. Nachdem der Richter sich für zehn

Minuten zurückgezogen hatte, verkündigte er im Namen des Volkes meinen Freispruch.

»Im Zweifel für den Angeklagten, sprich für die junge Dame hier«, sagte der Richter.

Wir gingen hinaus.

»Wieso hat eigentlich die Schulklasse den Saal verlassen?«, fragte ich Jörg.

»Hast du das nicht mitbekommen?«

»Nee, sorry, ich war zwischendurch etwas weggetreten.«

»Das hat man gesehen. Der Richter hat sich extra bei dir entschuldigt, weil bei Minderjährigen die Persönlichkeit mehr geschützt werden muss. Das Gerichtsgebäude ist im Umbau und so finden die Erwachsenen- und Jugendverhandlungen in denselben Räumen statt.«

»Und die Erzieher, was haben die gesagt?«

»Ach, der eine hat nur ausgesagt, dass er einen Schlag auf den Kopf bekommen hat, und der andere hat erzählt, dass er zu dieser Zeit kurz auf der Toilette war.«

»Der hat doch telefoniert.«

»Das ist doch jetzt nicht mehr wichtig, du hast es glücklich überstanden.«

Wir standen immer noch vor dem Gerichtssaal, als eine Frau mit knallroten Haaren auf uns zukam.

»Hallo, wer ist die arme Angeklagte?«, fragte sie uns.

»Ich.«

»Hallo, ich bin dein neuer Vormund«, stellte sie sich vor.

»Aber die Verhandlung ist längst vorbei und ich bin freigesprochen worden.«

»Ich weiß, ich weiß, ich wäre gerne pünktlich gekommen, aber ich bin im Stau stecken geblieben.«

Sie schnatterte noch eine Weile weiter.

»Herzlichen Glückwunsch zu dieser tollen Eroberung«, flüsterte mir Tommy ins Ohr.

»Ich habe ein neues Heim für dich gefunden. Es ist sehr tolerant und auf Fälle wie dich spezialisiert. Ihr arbeitet und lebt dort mit den Erziehern zusammen.«

Super, dann wurde man die ja gar nicht mehr los.

»Wann muss sie denn dahin?«, fragte Fässi.

»Am Ersten des nächsten Monats. Ich habe leider keine Unterbringungsmöglichkeit für sie gefunden, also wird sie wohl bei mir bleiben müssen.«

Super, drei Wochen bei einer rothaarigen Hexe!

»Wo ist denn das Heim?«, fragte Andreas. Irgendwie schienen meine Freunde mehr Fragen zu haben als ich.

»Es liegt fünfhundert Kilometer von hier, ich bin sehr froh darüber, denn sie kennt dort niemanden und fängt noch einmal ganz von vorne an. Ich bin froh, dass ich ihr diese Chance geben kann. Es ist ein tolerantes, aber auch strenges Heim. Sie wird eine Probezeit von drei Monaten haben. Hält sie sich in der Zeit nicht an die Regeln, fliegt sie raus.«

»Und was passiert dann?«, fragte Danny.

»Dann, ach, es gibt noch Spezialprogramme für solche schwierigen Personen, das heißt, man kann sie für ein halbes Jahr auf ein Schiff schicken oder nach Schweden in die Wälder, aber das wird nur bei wenigen Jugendlichen genehmigt.«

»Was soll sie denn da?«, fragte Fässi.

»Zu sich kommen«, erklärte die rote Hexe.

»Ich möchte mal wissen, wer auf so einen Schwachsinn kommt«, erzürnte sich Fässi.

»Das sind Errungenschaften Ihrer Generation«, sagte sie.

»Was ist mit meinem Antrag, den ich vor zwei Wochen gestellt habe?«, fuhr Jörg meinen Vormund an.

»Sie sind vermutlich der Anwalt, bei dem mein Zögling die letzten Wochen verbracht hat?«

»Ja, ich habe sie in den letzten Wochen gezogen.«

Ich glaube, Jörg war ziemlich wütend.

»Dann kommen Sie mal bitte einen Augenblick mit.«

Sie ging mit Jörg den Flur lang und blieb am Ende des Ganges stehen.

»Was hat denn Jörg für einen Antrag gestellt?«, wollte Andreas von mir wissen.

»Ach, dass ich bei ihm bleiben kann.«

»Hoffentlich sagt sie Ja, dann könnten wir doch alle zusammenbleiben«, sagte Alex.

»Aber sie hat schon ein neues Heim für mich gefunden.«

»Vielleicht kriegt Jörg sie doch noch überzeugt«, munterte Fässi mich auf.

Zehn Minuten später kam die Hexe mit Jörg zurück.

»Du darfst bis zum Ende des Monats bei deinem Anwalt bleiben, dann hole ich dich ab und bringe dich in dein neues Heim.«

»Wieso darf sie nicht ganz bei ihm bleiben?«, fragte Fässi.

»Weil wir entschieden haben, dass es besser für sie ist.«

»Warum darf sie nicht selber entscheiden, wo sie sein will? Wir sind ihre Freunde, hier fühlt sie sich wohl!«, brüllte Andreas sie an.

»Ich werde mich nicht mehr weiter mit Ihnen darüber unterhalten, das ist ein Thema, das Sie schlicht und ergreifend nichts angeht.«

»Mehr als dich, du Schlampe!«, schnauzte Danny sie an.

»Du kennst sie doch gar nicht.«

»Ich werde jetzt gehen«, sagte mein Vormund, »und dich hole ich am Dreißigsten bei deinem Anwalt ab.«

»Begegnen Sie mir bloß nicht nachts!«, brüllte Alex ihr hinterher.

»Schreibtischtäterinnen, dafür habe ich nicht gekämpft!«, rief Fässi.

»Was hat sie denn gesagt?«, fragte ich Jörg, als mein Vormund außer Sichtweite war.

»Ich hätte angeblich keine pädagogischen Fähigkeiten, was auch immer solche Leute sich darunter vorstellen. Außerdem hat sie mich gefragt, was ich als Achtunddreißigjähriger mit einem fünfzehnjährigen Mädchen wollte. Als wenn ich ein Kinderficker wäre.« Jörg ballte die Fäuste.

»Reg dich nicht auf!«, beruhigte ich ihn. »Das ist sinnlos bei solchen Leuten. Lass uns lieber Alex' Geburtstag feiern gehen!«

»Oder deinen Freispruch«, sagte Alex.

»Wieso ist denn meine Mutter schon gegangen?«, fragte Tommy.

»Ihr ging's nicht gut«, antwortete Fässi.

Ich ersparte mir jede dreckige Bemerkung, ich wollte es mir nicht mit Fässi verderben.

Ich lebte die nächsten Wochen richtig glücklich, die Vormittage verbrachte ich alleine und mittags holte ich Tommy und Danny von der Schule ab. Sie waren in einer ziemlich coolen Schule, in der man keine Hausaufgaben machen musste, Andreas dagegen hatte bis nachmittags um fünf Schule und machte danach noch viele Experimente zu Hause.

Ich aß mittags immer bei Tommys Mutter, das schien bei ihr keine Begeisterungsstürme hervorzurufen, aber sie hielt die Klappe, wahrscheinlich weil sie wusste, dass ich bald weg war.

Am frühen Abend trafen wir uns immer mit Alex in der

Stadt am Brunnen. Andreas kam dazu, wenn er mit seinen Versuchen fertig war.

An dem Brunnen hingen ein paar Punks herum. Ein paar von ihnen waren ständig betrunkene Asis, die uns als Bonzenkinder beschimpften, aber mit den meisten verstanden wir uns ziemlich gut. Wir tranken mit ihnen Bier und hörten Musik aus einem schrottreifen Ghettoblaster, zu der mindestens vier Hunde gleichzeitig bellten. Die Bürger mochten uns genauso wenig wie die Polizei, die uns immer wieder wegschickte, mit der Begründung, wir würden dem Ansehen der Stadt schaden. Nach dem vierten Mal wurde mir das zu bunt.

»Wohin sollen wir denn gehen?«, fragte ich die Polizisten.

»Das wissen wir doch nicht!«, schnauzte der eine von ihnen mich an.

»Aber Sie können uns doch nicht immer wegschicken, wenn wir nicht wissen, wo wir hinsollen.«

»Wenn du mit uns diskutieren willst, kannst du das bei uns auf der Wache machen, da kannst du auch direkt bis morgen früh bleiben.«

Das war zwar nicht die genaue Antwort auf meine Frage, aber sie reichte aus. Ich ging.

»Das ist doch nicht fair«, sagte ich zu Alex, »sie können uns doch nicht immer wegschicken, wohin sollen wir denn?«

»Du und dein ewiges *Das ist doch nicht fair*, das könntest du dir mal abgewöhnen«, antwortete er.

»Lass uns zu den Automaten gehen!«, schlug einer der Punks vor.

»Wer sind denn die Automaten?«, fragte ich.

»Ach, so Laberköpfe.«

So genau wollte ich das gar nicht wissen. Wir machten uns auf den Weg.

»Man darf da aber keine Weiber anmachen«, warnte der eine Punk Tommy.
»Warum nicht?«
»Die mögen das nicht, dann fliegst du raus.«
»Und die Typen, darf man die anbaggern?«, fragte ich.
»Ich glaube schon.«
»Dann lass dich doch einfach anbaggern«, schlug ich Tommy vor, »das ist auch nicht so anstrengend.«
Das schien Tommy einzuleuchten. Wir waren an dem Haus der Automaten angekommen, es war eine alte Fabrik. Es schienen sich alle zu kennen, aber da uns niemand fortschickte und uns nur ein paar Leute komisch ansahen, beschlossen wir zu bleiben. Wir setzten uns in eine Ecke und ich holte uns Bier am Tresen. Das ließ sich aushalten: billiges Bier und schlechte laute Musik.
In der nächsten Zeit kamen wir öfters hierher. Einmal kochten wir sogar in der alten Fabrik. Das war aber sehr schwierig, da die Automaten kein Fleisch und keine Milchprodukte essen durften. Wir rührten eine Pampe zusammen und würzten sie so scharf, dass niemand mehr schmecken konnte, um was es sich wirklich handelte. Danach gingen wir heimlich einen Döner essen und versuchten den Tag meines Abschiedes zu verdrängen.

An einem Sonntagabend kam Jörg in mein Zimmer, ich hatte einen Riesenkalender an der Wand und mit einem roten Edding hatte ich die Tage durchgestrichen, die vorbei waren. Jörg betrachtete den Kalender.
»Nächste Woche Sonntag um eins kommt dein Vormund dich abholen, dann heißt es Abschied nehmen.«
»Sieht wohl so aus.«

In den nächsten Tagen sprach niemand mehr von meinem Abschied.

Am Samstagnachmittag war ich alleine, niemand von meinen Freunden kam, ich versuchte sie anzurufen, aber es ging keiner ans Telefon. Toll, meinen letzten Tag hier konnte ich wohl alleine verbringen, ich lag auf meinem Bett und kämpfte mit den Tränen. Vielleicht waren sie einfach zu feige, mir *Tschüss* zu sagen.

Jörg schaute am Abend in mein Zimmer.

»Kannst du mir einen Gefallen tun, ich muss gleich gehen, weil ich noch jede Menge Arbeit im Büro habe, aber dieser Brief hier muss unbedingt weg. Es ist nicht weit von hier, vielleicht zwanzig Minuten zu Fuß.«

»Muss das sein?«

»Komm, bitte, tu mir den Gefallen.«

»O.K.« Er hatte schließlich auch jede Menge für mich gemacht.

»Ich versuche mich mit meiner Arbeit zu beeilen, dann können wir deinen letzten Abend noch zusammen ausklingen lassen.«

Ich ließ mir den Weg erklären und machte mich auf. Nach einer Stunde war ich zurück. Jörgs Haus war stockfinster, jetzt war ich ganz alleine.

Ich versuchte im Flur Licht anzumachen, es funktionierte nicht. Im Wohnzimmer machte ich die Tür auf und tastete nach dem Lichtschalter. Als ich ihn fand, griff eine Hand nach mir und zog mich ins Zimmer. Ich bekam einen Riesenschreck, aber dann ging das Licht an und meine Clique stand um mich herum.

»Dachtest du, wir würden dich an deinem letzten Abend alleine lassen?«, sagte Alex und umarmte mich. »Heute feiern wir. Und mach dir keine Sorgen, wir bleiben Freunde, egal was passiert.«

»Das schwören wir dir«, sagte Andreas und legte seine Hand auf unsere Hände.

»Für immer«, schwor Danny und legte ihre Hand drauf.

»Und ewig«, sagte Tommy und legte auch seine Hand darauf.

»Danke«, murmelte ich gerührt.

»Du musst aufstehen.« Jörg rüttelte an mir. »Wir haben zwölf Uhr, dein Vormund kommt in einer Stunde. Geh unter die Dusche und zieh dir frische Klamotten an.«

Ich schleppte mich unter die Dusche und zum Frühstückstisch. Dort saßen bereits meine Clique und Fässi. Niemand sagte etwas.

»Glaubst du, ich habe für ein wenig Sonnenschein in deinem Leben gesorgt?«, fragte Jörg mich nach dem zweiten Kaffee und sah mich traurig an.

Ich stand auf, ging zu ihm hin und schloss ihn in die Arme. Die anderen applaudierten. Wenn mich irgendwann jemand darauf ansprechen würde, würde ich das einfach auf den Restalkohol schieben.

»Danke für alles«, sagte ich zu Jörg und dann klingelte es an der Tür.

Es war mein Vormund.

»Wir müssen sofort los, wo sind deine Sachen?«, sagte sie.

»Ich habe keine.«

»Dann müssen wir noch welche kaufen, ach, das geht ja gar nicht, wir haben ja Sonntag. Ich lasse dir dann Geld zurück in deinem neuen Heim.«

Wie konnte man nur so viel reden?

Ich ging mit ihr raus, die anderen kamen mit.

»Tschüss«, sagte ich an der Haustür und drehte mich noch mal um.

Sie standen alle etwas müde und verkatert da, na ja, vielleicht war das besser als ein tränenreicher Abschied.

25

Ich stieg in den Wagen und versuchte nicht mehr zurückzuschauen, ich hätte den Anblick, vor allen Dingen von Alex, nicht ertragen.

Mein Vormund fing direkt an loszuquatschen. Nach einer halben Stunde wurde mir das zu viel, ich wollte schlafen, aber das ging bei ihrem Geschnatter nicht.

»Du bist so ein armes Ding«, sagte sie.

»Bin ich nicht, ich bin ein brutales Nervenmonster.«

Da hielt sie endlich die Klappe und gab Gas, die nächsten Stunden war Ruhe. Wir fuhren in ein ländliches Gebiet und dann sah ich jede Menge Strand und das Meer. Ich dachte an Basti und mir wurde schlecht.

»Ist das nicht schön!«, sagte sie.

Ich hielt die Klappe.

An einem Haus, das über und über mit Efeu bewachsen war, hielten wir an.

»Das ist dein neues Zuhause. Ist doch schick, oder? Freu dich doch mal!«

Ich streckte ihr die Zunge raus. In dem Zimmer, in dem ich warten sollte, gab es eine Spielzeugecke. Ich baute die Ritterburg auf, dann setzte ich mich hin und dachte an meine

Clique, wie ich jeden Einzelnen kennen gelernt hatte. Ich dachte an Michaela, die vor den Zug sprang, an Tobi, dessen kurzes Leben an einer Leitplanke endete, an Jörg, der spurlos verschwand, an Frank, der aus Versehen starb, und an Basti, der sich aufgehängt hatte. Ich dachte an Fässi und meinen Anwalt Jörg, der mich behalten wollte, aber gescheitert war, und ich dachte sogar an meinen alten gebrochenen Vormund. Ich schaute auf die Uhr. Sie zeigte achtzehn Uhr, die anderen kochten bestimmt gerade.

»Du kannst jetzt reingehen«, sagte mein Vormund, »ich muss leider wieder fahren, wenn du irgendwelche Probleme hast, kannst du mich jederzeit anrufen.«

Ohne einen Ton zu sagen ging ich an ihr vorbei in das Büro. Ein Typ kam auf mich zu, der mir die Hand reichte, die ich ignorierte.

»Setz dich doch hin. Du interessierst dich doch bestimmt für ein paar Sachen, die hier so laufen.«

Wenn der wüsste, für was ich mich ganz bestimmt nicht interessierte. Ich setzte mich in einen Sessel und zündete mir eine Zigarette an.

»Du wirst sehen, du wirst dich hier wohl fühlen.«

Ich schaute den Typen an, der zu mir sprach.

»Ja, wirklich, auch wenn du es jetzt noch nicht glaubst, es wird ein neuer Lebensabschnitt für dich sein. Eine große Umstellung, aber wir werden uns viel Mühe mit dir geben und du wirst dich bald wohl fühlen.«

Ich sah auf meine Schuhspitzen, nahm noch einen letzten Zug von meiner Zigarette und drückte sie auf dem Tisch aus.

Ich war fünfzehn Jahre alt und hatte verdammt viel gesehen und das hier kam mir irgendwie bekannt vor.